dtv

Von der abenteuerlichen Reise eines jungen Mädchens, das die enge Welt ihres serbischen Heimatortes verläßt, um in Hamburg ihre große Liebe zu suchen. Von einem geplagten Altenheiminsassen, der sich mit Graf Luckner konfrontiert sieht: Fünfzehn Geschichten, in denen sich die souveräne Meisterschaft, der hintersinnige Humor und die tiefe Menschlichkeit eines großen Erzählers bewähren. »Geschichten, die spannend sind *und* mit uns zu tun haben.« (Jens Frederiksen in der ›Welt‹)

Siegfried Lenz, einer der profiliertesten deutschen Autoren, wurde am 17. März 1926 in Lyck (Ostpreußen) geboren, studierte Literaturgeschichte, Anglistik und Philosophie und lebt heute als freier Schriftsteller in Hamburg.

Siegfried Lenz

Das serbische Mädchen

Erzählungen

Deutscher Taschenbuch Verlag

Dieses Buch liegt auch im Normaldruck als Band 11290
im Deutschen Taschenbuch Verlag vor.

Ungekürzte Ausgabe
Mai 1997
Deutscher Taschenbuch Verlag GmbH & Co. KG,
München

ISBN 3-455-04245-7
Umschlagkonzept: Balk & Brumshagen
Umschlagfoto: © Bildarchiv Engelmeier
Gesetzt aus der Garamond 12/14· (Linotron 202)
Gesamtherstellung: C.H. Beck'sche Buchdruckerei,
Nördlingen
Gedruckt auf säurefreiem, chlorfrei gebleichtem Papier
Printed in Germany · ISBN 3-423-25124-7

Inhalt

Der Redenschreiber 7
Fast ein Triumph 56
Tote Briefe 78
Zum Vorzugspreis 94
Trost 110
Motivsuche 128
Die Kunstradfahrer 167
Die Bergung 187
Das serbische Mädchen 209
Eine Art von Notwehr 234
Das Preisausschreiben 260
Ein Tauchversuch 278
Der Usurpator 308
Die Prüfung 324
Der Mann unseres Vertrauens 344

Der Redenschreiber

Am Ende des Privatwegs lag, wie versprochen, das Sommerhaus des Referenten. Sie huckelten noch über ein paar freiliegende, schuppige Kiefernwurzeln, wichen einer umgekippten Mülltonne aus und hielten im hohen Gras vor der Holzveranda. Gert stellte den Motor ab und blickte auf das schattenlose Leuchten über dem See; alles hob sich dort auf, verlor seine Eindeutigkeit, selbst die Wasservögel schienen nur noch von einem Glitzern getragen zu werden. Still, sagte er, still, und nickte zur Mündung des kleinen Flusses hinüber, wo das Wasser über weißgewaschene Kiesel hinlief und den dünnen, sich selbst nur andeutenden Schilfgürtel in sanfte Schwingungen versetzte. Ein Entenpaar ließ sich von der schwachen Strömung hinaustragen, das Gefieder des Erpels glänzte. Seht ihr es, fragte Gert die Kinder, hört ihr es? Das Wasser tanzt, es klingelt an den Steinen.

Die pausbäckige Corinna sah ihn schmollend an, die Fahrt hatte viel länger gedauert, als er vorausgesagt hatte, sie wollte das tanzende, klingende Wasser nicht sehen, sie schmiegte sich an ihren älteren Bruder und versuchte, die Zunge des Labrador-Hundes zu fassen, der hechelnd zu ihren

Füßen lag. Seht nur mal, wo wir sind, sagte Gert, mitten in einer chinesischen Wandzeichnung. An das unerwartete Bild verloren, schien er Marens Seufzen nicht zu hören, die ihre Zigarette ausdrückte, die Augen schloß und sich, erschöpft und wie in feierlichem Vorwurf, über die Schläfen strich. Bolzo muß mal, sagte der Junge, er guckt schon so. Also gut, sagte Gert; Endstation, alle aussteigen.

Sie standen neben dem Auto, und alles bestätigte ihnen, daß sie hier ganz unter sich waren: die alten Kiefern, die ihre Wurzeln gegen den Fluß vorschickten, der überwachsene Trampelpfad, der zu einem krummen Holzsteg hinabführte, das aufgebockte Boot und das dunkelbraun gebeizte Sommerhaus, unter dessen weißeingefaßten Fenstern leere Blumenkästen hingen. Sie standen noch und sahen sich um, als Maren plötzlich sagte: Ein Telefon, ich hör doch ein Telefon; und gleich darauf vernahm auch Gert das Läuten im Haus, es klang so gedämpft und unglaubhaft hier draußen, daß er nicht wie sonst losstürzte, sondern kopfschüttelnd, mit amüsierter Neugier die Holztreppe hinaufstieg, ohne Eile die Tür aufschloß, dann aber, angesichts des immer noch läutenden Telefons, mit raschen Schritten auf den Apparat zuging und den Hörer abhob.

Wie fremd die Stimme des Referenten klang, da war ein Knistern, ein nagendes Geräusch in der

Leitung, gerade als säße irgendwo eine knabbernde Maus in ihr, und Gert mußte zweimal fragen: Wer ist da? Der Referent wollte vor allem wissen, ob seine Skizze sich bewährt, ob Gert mit ihrer Hilfe gut hergefunden hätte, außerdem wies er darauf hin, daß die Wasserpumpe angestellt werden müßte, das schwarze Ding im Keller. Bevor Gert seinen gesammelten Dank dafür loswerden konnte, daß sie nun ein Wochenende hier zubringen durften – er war entschlossen zu sagen: an diesem verwunschenen Ort –, fragte der Referent, ob Harry sich schon habe sehen lassen. Harry? Ein Fischotter, zahm, aber verfressen; geben Sie ihm keine Teigwaren, lieber Lassner. Gert linste durch die verschlierten Fenster zum See hinaus, er lächelte, er versprach, dem Fischotter zu keiner Tageszeit Teigwaren anzubieten. Fein, sagte der Referent und fügte rasch hinzu: Es genügt übrigens, wenn der Minister den Entwurf der Rede am Dienstagvormittag auf dem Schreibtisch hat. Dann wünschte er mit abnehmender Stimme einen erholsamen Aufenthalt und hängte ein.

An ein nur dürftig besetztes Buchregal gelehnt, überblickte Gert den großen, sparsam möblierten Raum, gut gelaunt nickte er den breiten, mit Segeltuch bespannten Stühlen zu, setzte vorsichtig einen Fuß auf ein angegilbtes Schaffell, sah schon das stimmungsvolle Frühstück an dem derben Holztisch voraus, bei geöffneten Fenstern, mit

Blick auf den atmenden See und die Flußmündung. Hell leuchtete der geölte Fußboden, die braunen Astaugen erinnerten an den Ursprung der ebenmäßig geschnittenen Dielen. Die Hängelampe, die ein rotweißgewürfeltes Röckchen trug; die alte, mit Ornamenten verzierte Milchkanne, die als Bodenvase diente; der an einer Wand befestigte Flügel eines ausgedienten Netzes, aus dem Glaskugeln grünlich blitzten; alles nahm ihn für den Referenten ein, trug zu dem Gefühl bei, dem Mann, der das uneingeschränkte Vertrauen des Ministers besaß, erst hier draußen nähergekommen zu sein. Eine bestimmte Freude, eine Tatbereitschaft erfüllte ihn, und einen Augenblick glaubte er, einige Zeichen der Verheißung erkannt zu haben. Er tätschelte das Regal, erkundete noch einmal die Rutschgefahr des Schaffells und trat an den Tisch heran, auf dem die Schreibmaschine stehen würde, hier also. Hier würde er sitzen, vor diesem zerkerbten, geduldigen Ungetüm, das gewiß selbstgetischlert war, hier würde er mit Maren das Konzept der Rede besprechen – beiläufig, jedoch nicht so, daß sie den Eindruck haben müßte, er bemühe sich nun krampfhaft darum, sie an seiner Arbeit teilhaben zu lassen; hier würde er ihr nach langer Zeit wieder einmal vorlesen.

Gert sah hinaus zu den Seinen, nur Franz war am Auto, der Junge war schon barfuß und versuchte, Bolzo zum Wasser hinabzuzerren, doch das schwarze Muskelpaket blieb hechelnd im Gras liegen. Maren lehnte bereits am Geländer des Holzstegs, ausdruckslos beobachtete sie Corinna, die ihre Plastikente an einer Schnur durchs Gras schleifte, unbekümmert darum, daß die Räder keinen Halt fanden; wie verbissen Corinna zog, wie unerbittlich, ein Wunder, daß der Ente nicht der Kopf abgerissen wurde. Entschlossen stieß er die ein wenig klemmenden Fenster auf, trat auf die Veranda hinaus und rief: Ausladen! Alle helfen beim Ausladen! Und mit ein paar Sätzen war er am Auto und hob aus dem Kofferraum Taschen und Tüten und Koffer heraus, lud Franz vier lindblaue Bademäntel auf, schoß übermütig einen Ball in die Luft. War das Dolenga? fragte Maren. Ja, sagte Gert, er wollte uns nur einen erholsamen Aufenthalt wünschen; übrigens müssen wir die Wasserpumpe anstellen. Keine Zitate für die Rede? Noch nicht, sagte Gert und lächelte nachsichtig; er legte Maren eine Hand auf die Schulter und bewog sie durch leichten Druck, sich umzusehen, den flutenden Glanz über der Mündung zu bewundern, das Filigranwerk der Schatten unter den alten Kiefern und das Sommerhaus, das jedes Wohlgefühl versprach: Ihm, daß wir hier sein können, verdanken wir ihm; denk an nichts anderes.

Sie trugen alles ins Haus, und während die Kinder sich darum stritten, wer in dem Bett zur Seeseite schlafen dürfte – wie immer würde Corinna siegen – blickte er über die zurechtgerückte Schreibmaschine hinweg auf seine Frau, gebannt und staunend und mit einem Anflug von Stolz, er beobachtete, mit welcher Sicherheit sie sich die fremde Küche zu eigen machte, den Kühlschrank einschaltete, Schränke, Schubladen und Borde inspizierte und, ohne einen einzigen Ratschlag einzuholen, den Inhalt von Taschen und Tüten verteilte. Ihr zartes Gesicht, das nicht zu passen schien zu dem stämmigen Unterkörper, verriet weder Zufriedenheit noch Überdruß; dennoch trug es keinen Ausdruck von Gleichgültigkeit; wie so oft lag auf ihm nur diese ruhige Bedachtsamkeit, die Gert bei allen ihren Tätigkeiten wahrnahm. Er dachte: Wunderbar, wie sie sich überall zurechtfindet, einfach wunderbar. Schwester Zauberin hatte er sie einmal genannt, in einer norwegischen Ferienhütte, wo sie fast keinerlei Vorräte fanden und Maren dennoch ein kräftiges Abendbrot auf den Tisch brachte. Um nicht mitten in seiner Beobachtung entdeckt zu werden, spannte er einen Bogen in die Maschine, tippte das Wort Nationalcharakter, ordnete seine Notizen und ging in den Schlafraum der Kinder, wo die Entscheidung, wer wo schlafen würde, bereits gefallen war.

Die Kinder waren schon dabei, ihre Badehosen anzupellen, nackt standen sie vor ihm, mager und blaß der Junge, pummelig, mit noch krummen, elastischen Gliedmaßen Corinna, beide wetteiferten darin, sich das eingelaufene Zeug überzustreifen. Gert hob das Mädchen vom Boden auf, schleuderte es einmal herum und drückte es an sich und küßte ihren warmen weichen Bauch und sagte: Ist es nicht schön hier, sag, ist es nicht schön? Corinna wand sich stumm in seiner Umarmung, stemmte sich von seinen Schultern ab; sie hatte nur Augen für Franz und drohte ihm: Wehe, wenn du zuerst ins Wasser gehst, hörst du? – worauf Franz und sein Vater einen komplizenhaften Blick wechselten. Wir werden alle ins Wasser gehen, entschied Gert, und Franz fügte hinzu: Auch Bolzo.

Er saß auf der Bettkante und zog seine Socken aus, der Gummizug hatte über der Fessel ein rotblaues Muster in die Haut gekniffen. Gert hob den Fuß an und massierte ihn, strich über das Muster und bewegte den verwachsenen großen Zeh. Der Morgen fiel ihm ein, an dem Corinna in seinem Bett saß und jedem seiner Zehen einen Namen gab und ihn verblüffte, als sie Tage später alle Namen wiederholte. Das ist Hebbi und das ist Paul. Wann kommst du endlich, rief Maren. Gert beugte sich vor und sah sie in schwarzem Badeanzug neben dem Tisch stehen. Maren war fülliger geworden, das knotige Tau der Wirbelsäule war kaum zu erkennen unter fahlen Fettkissen, bläuliche Dellen sprenkelten die Oberschenkel, kleine braune Haarzipfel guckten unter der Badekappe hervor, das feine Nackenhaar flimmerte im Sonnenlicht. Bin schon fertig, rief er zurück, aufgeräumt, glücklich, und so, daß sie es hören sollte, ließ er das Gummiband der Badehose in sein Bauchfleisch schnappen und trat aus dem Schlafzimmer. Maren schnippte gegen die eingespannte Seite in der Schreibmaschine, sie fragte: Ist das das Thema der Rede? Ja, sagte Gert, über unseren Nationalcharakter, das heißt, er will verschiedene Nationalcharaktere vergleichen, launig, kurzweilig, hab schon vorgedacht, am Abend erzähl ich dir ein bißchen.

Die Luft stand still, sie war sanft und warm, und als sie Hand in Hand von der Veranda hinabstiegen, hörten sie einen hohen singenden Ton und sahen einem Entenpaar zu, das knapp über ihnen hinwegflog und mit einem Zischen draußen im Glitzern landete. Los, ihr Frösche, rief Gert den Kindern zu, jetzt rein ins Wasser, aber vorher abkühlen. Er selbst blieb vorerst auf dem Holzsteg und überwachte die Badefreuden, und für einen Augenblick erfüllte ungewohnter Besitzerstolz sein Herz: Maren schwamm, nur von schwachen Paddelschlägen bewegt, auf dem Rücken, mit zärtlichem Fließen strich das Wasser an ihrem Körper vorbei, und wenn es burbelnd in ihren Mund drang, hob sie sich von der Oberfläche und spie es ihm lachend entgegen. Mit nassen, verklebten Wimpern, das Haar wie angelackt an die Kopfhaut, tauchte Franz zwischen den Schilfhalmen auf, umtanzt von silbernen Blasen und einen graugrünen Faden von Hechtkraut über der Schulter. Erst als Corinnas Plastikente, die sie immer wieder unter Wasser drückte und mit einem Pflopf herausspringen ließ, von all dem Planschen abgetrieben wurde, glitt auch Gert vom Steg aus ins Wasser, barg die Ente, tauchte mit fröhlichem Bibbern unter und schnellte gleich wieder vom sandigen Grund ab und stieg in einer sprühenden Fontäne auf. Er schubste Bolzo vom Steg, hielt ihn am Schwanz fest und ließ ihn paddeln, dann zog er Corinna zu sich heran, überließ ihr Bolzos Schwanz, und der Hund schleppte sie nicht gleich zum Ufer, sondern, eine wulstige Bugwelle vor sich herschiebend, eifrig und angestachelt von Gerts Beifall, durch den Schilfgürtel ins Tiefere hinaus, wo er einen Bogen ausschwamm und, stoßweise fauchend wie ein altersmüdes Dampfwerk, wieder auf den Steg zuhielt.

Wie glatthäutig Marens Arme waren, einzelne Tropfen glänzten auf der eingeölten Haut. Sie standen dicht beieinander, das Wasser zitterte um sie herum, Lichtsplitter schaukelten an ihren Hüften, und aus dem geriffelten Grund blitzte es zu ihnen herauf. Versöhnt? fragte Gert. M-hm. Siehst du, sagte er, und er sagte: Ich hatte es im Gefühl,

Dolenga hat nicht zuviel versprochen, hier kann einer aufblühen. Maren kauerte sich im Wasser nieder, ihre Hände fächelten flossenhaft, sie fragte: Wann mußt du abliefern? Dienstag früh, sagte Gert und nahm einen Mundvoll Wasser und preßte es in einem Bogen durch die Lücke seiner Schneidezähne, genau auf Marens Badekappe. Ein dunkler Körper huschte über die Kiesel in der flachen Flußmündung und tauchte dort, wo die grüne Tiefe begann, mit einem peitschenden Schwanzschlag weg. Das war er, sagte Gert, das war der Otter. Ein Otter? fragte Maren, woher weißt du das? Dolenga hat ihn uns ans Herz gelegt, sagte Gert, der Bursche soll zahm sein, aber wir dürfen ihm keine Teigwaren geben. Wir fangen ihn, rief Franz, oh, wir treiben ihn an Land und fangen ihn. Erst einmal gehen wir an Land, sagte Gert, und er packte Corinna und hob sie auf seinen Nacken, alles Zerren und Rucken half ihr nicht, er setzte sie auf der Veranda ab, und von dorther forderte er noch einmal die andern auf, aus dem Wasser zu kommen und sich in der Sonne abzutrocknen.

Und dann saßen sie auf der Veranda, barfuß, in leichtem Zeug, sie saßen ihm zuliebe da, weil er sie um sich haben und zu ihnen sprechen wollte, er wünschte sich, daß sie spürten, wieviel er für sie empfand. Er machte sie auf das Grün aufmerksam, das sie hier umgab, auf das dunkel selbstbewußte

Grün der Erlen, das in der letzten Sonne klebrig glänzte; er ließ sie das pastellhafte Grün der Weiden erkennen und den geheimen Blauschimmer im Grün des Schilfs, in dem, wie er sagte, schon der Winter wartete. Er wollte, daß sie mit seinen Augen den See betrachteten, der sich jetzt am Abend eindunkelte; das Glitzern hob sich auf, die Reihe der Wasservögel wurde bestimmbarer, wie Korkstücke, die ein Stellnetz halten, so sahen sie aus, ruhend in dem Element, zu dem sie gehörten. Gert beschrieb für sie den milchigen Hauch über der Flußmündung und die Herkunft der knarrenden Geräusche und den Haubentaucher mit seinem strahlenkranzförmigen Kopfschmuck, der neben dem Steg durch die Wasseroberfläche brach und erschrak; eine still flutende Zuneigung inspirierte Gert und ließ ihn immer mehr gewahr werden. Sie waren einverstanden damit, daß er sich zum Vorsprecher ihrer Empfindungen machte, und die Kinder, anfangs nur erstaunt, daß soviel betrachtet werden konnte, dann aber mehr und mehr in Bann gezogen von allem, was ihnen eröffnet wurde, vergaßen ihre Brauseflaschen und hörten ihm zu.

Zum Abendbrot gingen sie ins Haus, sie machten nur Würstchen warm und aßen dazu den mitgebrachten Kartoffelsalat, und obwohl er sich ermüdet fühlte, öffnete Gert eine Flasche Rotwein und schenkte sich und Maren ein. Morgen fangen wir den Fischotter, sagte Franz. Beißt der? fragte

Corinna. Er ist sehr possierlich, sagte Gert, der Otter hat ganz kleine Ohren und Schwimmhäute zwischen den Zehen, und seine Wohnung, die liegt unter Wasser. Dann ertrinkt er doch, sagte Corinna, und Gert darauf: Damit er nicht ertrinkt, baut er sich einen Luftschacht. Corinna zwängte sich zwischen Gerts Knie, und in diesem Augenblick schnappte Bolzo zu, der unablässig das Wurststück in der Hand des Mädchens im Auge gehabt hatte, schnappte und schluckte und rieb seinen dicken Kopf an einer Pfote, als ob ihn etwas gestochen hätte.

Als Corinna ihn fragte, ob er auch eine Geschichte von einem Otter wüßte, dachte Gert nach, prüfte, ob ein Otter sich einbringen ließe in das feststehende Muster der Gutenachtgeschichten, die ihm regelmäßig abverlangt wurden, doch ihm wollte nichts so rasch einfallen. Ronnie Rübchen – auch Ronnie Winziggroß –, der ergiebige Held so vieler Geschichten, bestand seine Abenteuer entweder in der Großstadt oder unter den Tieren des Waldes, niemals am Wasser. Gert versprach, intensiv nachzudenken. Was heißt »intensiv«, fragte Corinna, worauf er einen Finger in ihren vorgestreckten, golden schimmernden Bauch drückte, bis sie Au sagte und noch einmal Au: Was ganz heftig ist, das ist intensiv, siehst du. Sie wand sich aus seinem Arm, trug ihre Plastikente zum Regal und flüsterte dort mit ihr, wobei ihre

Blicke sich immer wieder auf ihn richteten, aufmerksame Blicke, in denen eine glimmende, geheimnisvolle Drohung lag.

Gert schickte die Kinder zum Füßewaschen hinaus und schenkte sich und Maren nach, er trank ihr zu, versonnen, mit einem Ausdruck der Verschworenheit, den sie nur heiter quittierte. Endlich haben wir uns ganz allein, sagte er und spürte, wie er in eine wohlige, düstere Schwere sackte, diesen Tag wollen wir nicht durch Arbeit entweihen. Er erinnerte sie an die zuletzt geschriebene Rede ›Über Tradition‹, drei Tage hatte er gebraucht, um sie fertigzustellen, eine Stundenrede, die auch von Mitgliedern der Opposition begrüßt und sogleich als Glücksfall bezeichnet wurde. Diesmal, sagte er, geht's nur über vierzig Minuten, und es wird vorwiegend unterhaltsam, ein Vergleich zwischen Marianne, Michel und John Bull, du weißt schon. Gibt es den eigentlich, fragte Maren, ich meine den Nationalcharakter? Die Selbstzufriedenheit hat ihn jedenfalls entdeckt, sagte Gert, und seitdem haben wir uns darauf geeinigt, daß es ihn gibt und daß er die Unterschiede zwischen uns und unsern Nachbarn deutlich macht. Eine Fiktion also, sagte Maren, und er darauf: Nein, er ist keine Fiktion, der Nationalcharakter, leider gab ihm die Geschichte Gelegenheit, sich zu entwikkeln – und wir selbst haben ja schließlich unser möglichstes getan, um Vorurteile zu bestätigen, die andere von uns haben.

Sie nippte an ihrem Glas und sah ihn skeptisch an, er aber lächelte ihr beruhigend zu und erläuterte stichwortartig sein Konzept, das bereits die Wünsche des Ministers enthielt: mit einer vergnüglichen Selbstdenunziation, garniert mit Zitaten von Heine bis Johannes Scherr, wollte er beginnen, danach wollte er zeigen, wie verblüffend austauschbar nationale Eigentümlichkeiten sind, wie sie anscheinend wandern, Grenzen passieren und aus unfaßbarer Ferne zurückgrüßen, und für den Schluß hatte er sich vorgenommen, den Nationalcharakter anekdotenhaft zu bestätigen – weißt schon, Maren: drei Ungarn: eine Zigeunerkapelle, drei Franzosen: eine glückliche Ehe, drei Deutsche: ein Verein. Gert trank auf einen Zug sein Glas leer, schenkte sich gleich wieder ein und blickte zu den Kindern hinaus; auf dem See lag eine silbrige Lichtinsel, der dünne Schilfgürtel schien zu schwanken von unterseeischen Berührungen, und auf dem Holzsteg wippend, daß es nur so platschte und spritzte, tobten Franz und Corinna. Das hast du bestimmt auch schon erlebt, sagte Gert: es gibt Orte, zu denen man gleich Zutrauen hat, ohne es begründen zu können. Geht es dir hier so, fragte Maren. Morgen früh fang ich an, sagte er, und mit einer seltsamen Unsicherheit in der Stimme: Du bist doch gern hier, oder? Natürlich, sagte sie und tätschelte seinen Arm und schob ihm ihr Glas zu: Trink du das aus, ich hole die Kinder.

Er fischte sich den Stapel seiner Kladden, Bücher, losen Notizen heran, wie immer hatte er einige Pointen präpariert, die er berechnet hineinweben würde in den Redetext, bissige, wirkungsvolle Pointen, die nicht nur für sich selbst stehen, sondern das Gesagte raffen, steigern, es blitzartig erhellen sollten durch launige Zuspitzung. Verschwommen sah er das Gesicht des Ministers, das gewellte graue Haar, die schlauen Augen, er sah das erschlaffte Wangenfleisch und den immer leicht geöffneten Mund, der so oft seine Sätze gesprochen hatte, in bloß referierendem Ton oder leidenschaftlich oder mit kalkuliertem Stocken – immerhin, dachte Gert, habe ich ihn jetzt dazu gebracht, »ich« zu sagen, »ich«, anstatt »der, der hier die Verantwortung trägt«. Zum letzten Geburtstag hatte ihm der Minister ein Photo mit Widmung geschenkt: In Dankbarkeit für die haltbare Brücke aus Wörtern. Gert leerte Marens Glas, in wohliger Schwere beugte er sich über ein Görres-Zitat aus dem ›Deutschen Nationalcharakter‹, langsam las er den Satz: »Im Reich der Ideen schafft er sich seine Welt, dort labt er sich an den Bildern ...«, und nickend bescheinigte er ihm seine Beweisfähigkeit. Er genoß das zarte Glühen unter der Haut, spürte, wie sich fast ohne sein

Zutun Gedanken organisierten und verschränkten, Fäden näherten sich da einander, dienstbar boten sich Zitate an, das ganze Muster der Rede zeigte sich ihm bereits in überblickbarem Gewebe, und als Corinna rief, sagte er aufgeräumt: Ja, mein Schatz, ja, und stand mühsam auf und ging zu ihrem Bett.

Früher hatte sie ihm immer nur mit geschlossenen Augen zugehört und dabei seinen Daumen umklammert, seit einiger Zeit aber sah sie ihn nachdenklich an, während er erzählte, und nicht nur nachdenklich; etwas Abwägendes und Kontrollierendes lag in ihrem Blick, mitunter auch etwas Lauerndes, gerade so, als wollte sie ihn bei einem Fehler ertappen. Nicht er, Corinna begann die Gutenachtgeschichte, der Anfang stand ebenso fest wie das wichtigste handelnde Personal, und auch die Etappen der Entwicklung waren vorgegeben.

Zurückgelehnt und mit gekrauster Stirn blickte sie ihn an und sagte: Ronnie Rübchen war allein zu Haus. Richtig, sagte Gert und atmete tief aus, aber diesmal war es nicht das Haus seiner Eltern, sondern das ganz kleine, von Kletterrosen überwachsene Haus seiner Großeltern, in dem er zu Besuch war. Dies Haus lag nicht weit von einem einsamen Fluß. Sieben Brücken führten über diesen Fluß, aber es waren keine Brücken aus Stein oder Eisen, sondern Bäume. Es waren mächtige

Erlen und Pappeln, die so gestürzt waren, daß sie beide Ufer miteinander verbanden. Sind die von allein so gestürzt, fragte Corinna. Nein, sagte Gert, nein, nein, Biber hatten die Brücken gebaut, sie hatten die Bäume so geduldig beknabbert, bis die kippten, ganz berechnet kippten und eine Brücke bildeten. Und vor jeder Brücke hielt ein Biber Wache und verlangte von jedem, der über den Fluß wollte, Brückengeld. Gut, sagte Corinna, weiter.

Ronnie Rübchen war also allein zu Haus und schnitt mit einer Schere Vögel aus Silberpapier aus, da hörte er vor der Tür einen seltsamen Klagelaut. Er machte gleich auf. Draußen war ein ganz kleiner, braunpelziger Fischotter, der hatte sich nachts verirrt. Vorgestellt hat er sich als Hubert. Er wohnte in einem Sumpfsee auf der andern Seite des Flusses, aber die Biber ließen ihn nicht hinüber, unter Wasser nicht und über Wasser nicht, sie wollten ihr Brückengeld haben. Hubert klagte. Er war sehr traurig. Er wollte zurück zu seinen Leuten. Da beschloß Ronnie Rübchen, ihm zu helfen. Miklosch, sagte Corinna. Was? fragte Gert. Ronnie ging zu Miklosch, sagte Corinna, und beriet sich mit dem alten weisen Raben, erst einmal. Genau so, sagte Gert, weil Ronnie kein Geld hatte und auch nicht gleich wußte, wie er Hubert helfen könnte, wandte er sich an den weisen Miklosch.

Gert zögerte, er erkannte, daß Corinna einen Einwand erheben wollte – vermutlich wollte sie die Allgegenwärtigkeit von Miklosch nicht in Kauf nehmen –, doch ehe sie noch die Lippen öffnete, ging das Telefon, und erleichtert stand er von der Bettkante auf. Ich warte, sagte Corinna, und es erschien ihm wie eine Androhung. Maren hatte bereits abgehoben, sie nickte und lächelte, während sie zuhörte, und dann sagte sie: Einfach herrlich, und sagte: O ja, alle, sogar unser Bolzo war im Wasser, aber jetzt kommt mein Mann, und die Muschel abdeckend flüsterte sie: Dolenga.

Sie setzte sich und beobachtete Gerts Gesicht, dies weiche füllige Gesicht, das jung wirkte trotz des grauen Haars, sie sah, wie er sich auf die Lippen biß, sich sammelte und plötzlich ruckhaft aufrichtete, als wollte er einen Widerstand andeuten, etwas wurde ihm da beigebracht, das ihn unsicher machte und zweifeln ließ, dennoch hörte er fast nur schweigend zu, sagte ein paarmal ja, oder gut, ja, und zum Schluß nur: Ich verstehe, ich warte dann, besten Dank. Er legte den Hörer auf und seufzte und öffnete die Hände in Ratlosigkeit. Was Ernstes? fragte Maren. Gert winkte ab, beschwichtigte schon sie und sich selbst: der Minister habe nur noch einmal das Konzept der Rede gelesen, und dabei seien ihm einige Bedenken gekommen; er befürchte allzu große Verbindlichkeit, zuviel anekdotenhafte Verharmlosung, jedenfalls habe er geäußert, daß eine überwiegend launige Rede dem Thema Nationalcharakter nicht gerecht werde. Er wünschte sich auch Eingeständnisse, die in gewissen Kreisen nicht allzu gern gehört werden, einige Wahrheiten, die schmerzten. Und was heißt das für dich, fragte Maren. Abwarten, sagte Gert, Dolenga schickt morgen den Fahrer zu uns raus, mit einigen Texten, die dem Minister am Herzen liegen, die er jedenfalls in die Rede hineingestrickt haben möchte. Er zuckte die Achseln, streifte mit seinem Blick die beiden Zeitschriftenstapel auf dem Regal und mußte lächeln und sagte: Welch eine Spannweite, Maren – Time-Magazin und die Hobby-Zeitschrift ›Mach es selbst‹.

Kaum stand er im Licht der Tischlampe, als Corinna auch schon rief: Wann geht's weiter, ich schlaf noch nicht; sie setzte sich auf und hieb mit der flachen Hand auf das Zudeck, hieb immer wütender, als sie sah, daß Gert einige Seiten seiner Notizen aufnahm und stehend zu lesen begann und sich auf einmal mit einer gleitenden Bewegung auf den Segeltuchstuhl niederließ. Ohne hinzublicken, ertastete er sein Glas und trank ein wenig. Bitte, rief Corinna, bitte komm doch, und gleich darauf, mit drohender Stimme: Ich schlaf nicht. Noch ein Weilchen, rief Gert zurück, ich muß hier etwas prüfen, etwas nachsehen, nur noch ein Weilchen. Wie vollkommen Maren ihn verstand, er hob nur flüchtig seinen Blick zu ihr auf, und sie nickte ihm zu, berührte seine Schulter, ging in den Schlafraum und schloß die Tür.

Er brütete über einem Zitat, das er selbst gefunden hatte, es war ein Erfahrungssatz, den er vergnüglich bebildern wollte und zu dem ihm jetzt nichts einfiel: »Darum ist wohl bei keinem Volk soviel von der Zeit die Rede als bei den Deutschen; sie ringen um den Sinn der Gegenwart, uns ist er gegeben.« Das schwierige, das behinderte Verhältnis zur Gegenwart, das Hofmannsthal festgestellt hatte, war Gert sogleich als wesentliche nationale Eigentümlichkeit vorgekommen. Die Zeitversäumer, die Liebhaber des Absoluten, die Spaziergänger im Luftreich: die treffenden Erscheinungen hatten sich wie von selbst eingestellt, doch auf einmal widersetzten sie sich der heiteren ironischen Fassung, die er ihnen hatte geben wollen. Ihm war zumute, als liefe er hinter den Wörtern her – in dem Wunsch, sie zur Eindeutigkeit zu überreden. Er dachte an den Minister, hörte seinen Tonfall, er sah sich selbst in einem Saal stehen, im bergenden Schatten eines Pfeilers, während der Minister mit Sätzen auftrumpfte, die er für ihn gemacht hatte, und unwillkürlich stellte er sich vor, daß er da selbst sprach. Es gelang ihm, sich selbst reden zu hören von blumengeschmücktem Katheder. Wie verbraucht seine Wörter klangen, wie wirkungslos sie blieben vor der festlichen

Einöde der Gesichter! Nie würde er den Beifall ernten, den der Minister einheimste, nicht einmal mit dem Echo eines Zwischenrufs würden sie ihn belohnen. So ist es, dachte Gert, der Redner, kaum das Wort.

Er trank das Glas aus und schenkte sich wieder ein und wischte die beschriebenen Blätter zur Seite. Er hatte nicht bemerkt, daß Maren hinter ihn getreten war. Bitte, sagte sie, geh noch einmal rein zu ihr, sie wartet so auf den Rest. Ich weiß nicht, sagte er, vermutlich krieg ich die Geschichte nicht mehr zusammen. Ronnie ist gerade bei Miklosch, sagte Maren, sie überlegen, wie sie dem kleinen Fischotter helfen können, du machst es schon... Von hinten legte sie ihm beide Arme um den Hals, er spürte ihre Wärme, roch den seltsamen Geruch ihres neuen Hautöls, der Geruch erinnerte ihn an etwas, an etwas Verschmortes, er kam ihm so aufdringlich vor, daß er ihre Arme löste und aufstand. Mit einem schmerzlichen Blick trat er an ihr vorbei und wollte zur Tür des Schlafraums, doch plötzlich stolperte er, riß fuchtelnd die Arme hoch, erst am Regal konnte er den Sturz abfangen. Noch in der Hocke erkannte er, daß er über die Schuhe von Franz gestolpert war, über die Sandalen mit den Schnürriemen, die Maren kopfschüttelnd aufhob und wie so oft ordentlich vor das Bett des Jungen stellen wollte.

Einen Augenblick, sagte Gert und stand mühsam auf; er nahm ihr wortlos die Sandalen aus der Hand, öffnete ein Fenster und warf sie hinaus in das hohe Gras. Die Lichtinsel auf dem See war verschwunden, eine gespannte Stille lag über dem Wasser, nur von der Flußmündung her war ein feiner Ton zu hören, dort, wo die Strömung an den Kieseln tanzte und klingelte. Der Junge schläft schon, sagte Maren, und Gert darauf: Einmal muß er es lernen, wie oft hab ich's ihm gesagt, wie oft hat er es versprochen. Du kannst ihn jetzt nicht wecken, sagte Maren, doch Gert stand schon am Bett, tippte Franz auf den mageren Rücken, morste härter und empfindlicher, bis der Junge sich herumwarf und quengelnd aufsetzte: Was issen los? Nichts weiter, sagte Gert, ich will nur, daß du deine Schuhe da hinstellst, wo du mir versprochen hast, sie hinzustellen. Franz blinzelte ihn ungläubig an: Jetzt? Jetzt, sagte Gert und trieb den Jungen mit kleinen, klatschenden, schmerzlosen Schlägen aus dem Bett und folgte ihm und sah unerbittlich und schweigend zu, wie Franz suchte, sich bückte und herumkroch und, da er keine Erklärung für das Verschwinden der Sandalen finden konnte, schließlich zu ihm aufsah und kleinlaut gestand: Sie sind weg. Such draußen weiter, sagte Gert, da wirst du sie finden, na los, geh schon.

Er trat ans Fenster und blickte hinaus, ohne den suchenden Jungen ausmachen zu können, im Spiegelbild aber sah er Maren, die das feuchte Badezeug einsammelte, und allein an der Heftigkeit ihrer Bewegungen erkannte er, wie sehr sie sein Verhalten mißbilligte. Sie sprach mit sich selbst, unterdrückt, in verstümmelten Wendungen, während sie in der Küche das Badezeug auf einen Topfständer hängte, und auf einmal knallte sie einen zusammengedrückten feuchten Batzen auf den Rand des Ausgusses und ging nach draußen in die Dunkelheit; jetzt sah er sie beide. Sie nahmen sich bei der Hand. Sie stöberten. Eine Sandale fanden sie gleich. Maren war es, die die Suche lenkte, und nachdem sie auch die zweite Sandale gefunden hatte, kamen sie Hand in Hand herein und gingen an ihm vorbei wie an einer Säule.

Bei seinem Anblick setzte sich Corinna erwartungsvoll auf, er strich ihr übers Haar, und sie duldete es ohne Regung, ihre gesammelte Aufmerksamkeit schien sie unempfindlich gemacht zu haben für jede Berührung. Gert dachte sich zurück, um die Geschichte an der Stelle aufzunehmen, an der er sie unterbrochen hatte, er war bereit, zu erzählen, er witterte auch dunkel die Möglichkeiten der Handlung, doch als ob ein Schalter in seinem Kopf klemmte, verfiel er nicht auf das Bindeglied, auf die Klammer; außerdem spürte er seine Abwehr wachsen gegen die Einwände, die Corinna sich bereits zurechtgelegt hatte. Morgen, sagte er, morgen erzähl ich dir weiter, und ich verspreche dir, daß die Geschichte doppelt so lang wird. Dann kann ich nicht einschlafen, sagte sie kühl und mit einer Entschiedenheit, die ihn ärgerlich machte. Doch, sagte er, Mami kommt gleich zu dir, und wenn sie dir etwas vorliest, wirst du einschlafen. Kann Ronnie dem kleinen Hubert helfen, fragte sie und forderte ihn sogleich mit veränderter Stimme auf, weiter zu erzählen. Er vertröstete noch einmal auf den nächsten Abend, er entschuldigte sich damit, daß er noch zu arbeiten habe, etwas Wichtiges sei ihm dazwischen gekommen, er müsse eine Aufgabe ganz neu durchdenken, in seinem Kopf schwirre es wie von lauter Wespen – sie sah ihn stumm an und ließ nichts gelten. Sie bestand auf ihrer Forderung, und sie blickte starr geradeaus und war ganz steif, als er sie an sich zog und ihr einen Gutenachtkuß gab. Morgen, sagte er, und sie darauf: Das merk ich mir, du wirst schon sehn, das merk ich mir.

Bekümmert nickte er Corinna zu und setzte sich so an den Tisch, daß sie ihn durch die offene Tür bei der Arbeit sehen konnte, oder doch bei der fast reglosen Beschäftigung, die er, über seine Notizen gebeugt, vorführte. Er fühlte, daß es ihm an diesem Abend nicht gelingen würde, die Einfälle zu überprüfen, sie so zu organisieren, daß sie den veränderten Wünschen des Ministers dienten – zu sehr hatte er sich in seinem ersten Entwurf festgelegt. Zusammengesackt, schwergliedrig, doch von glimmendem Zutrauen zu sich selbst erfüllt, verfing er sich in dem herausgeschriebenen Bekenntnissatz, der besagte, daß der Deutsche die Freiheit in den teutonischen Urwäldern sucht, beim Eber; er las den Satz immer wieder, er unterstrich ihn, gab ihm, nach einem hastigen Schluck, ein kräftiges Fragezeichen. Von weither hörte er Marens Stimme; ich geh ins Bett, sagte sie, und er murmelte zunächst nur: Gute Nacht, wandte sich dann aber noch einmal nach ihr um und sah sie am Buchregal stehen. Mit dem Zeigefinger ging sie die Titel durch, reckte sich, ihr schlaffer Bademantel hob sich und gab die Kniekehlen frei, die teigig wirkten. Sie zog ein Buch heraus und schlug es auf, im Profil sah er ihr Doppelkinn, den niedrigen Haaransatz und die gerunzelte Stirn, und als der Mantel sich vor ihrer Brust öffnete und einen Ausschnitt der sonnverbrannten, aufgerauhten Haut freigab, drehte er sich wieder zurück und tat so, als widmete er sich seinen Papieren. Ein undeutliches Gefühl regte sich in ihm, ohne ihn erschrekken zu lassen; er empfand kein Bedauern für sie, er wollte nichts an dem Eindruck der Verbrauchtheit korrigieren, den sie in diesem Augenblick auf ihn machte.

Sie fand ein Buch und tappte in den Schlafraum zu Corinna; da sie die Tür nicht schloß, hörte er sie flüstern und sich in dem Doppelbett bewegen, er kannte diese Art zärtlicher Komplizenschaft, die ihn oft genug innig ergriff, jetzt aber auf unerklärliche Weise störte. Gerade als er beschloß, die Tür zuzumachen, wurde es still, und ohne hinzusehen, wußte er, daß Maren auf der Seite lag und las, und daß sie so lange lesen würde, bis ihr das Buch aus der Hand glitt. Die Flasche war fast leer. Gert goß sich den Rest ein und mußte an die lange Rucksack-Wanderung denken, in Schweden oben, auf dem Königsweg; damals hatte Maren einmal zu ihm gesagt: Alles, was du erlebst, wird seltsam, auch wenn es gar nicht seltsam ist. Er griff sich seinen Taschenkalender, fuhr mit der Bleistiftspitze die Tage hinab, strich aus, was hinter ihm lag, und machte dem Sonntag ein Kreuz: morgen also. Er war an sonntägliche Arbeit gewöhnt, es machte ihm sogar Freude, an Sonntagen hinter der Schreibmaschine zu sitzen. Leicht schwankend erhob er sich und tastete sich zu seinem Bett. Franz schlief fest, und er brummte nur unwillig im Schlaf, als Gert zu ihm hinüberlangte und ihn an der knochigen Hüfte berührte. Bevor er selbst einschlief, nahm er sich vor, gleich nach seiner Rückkehr Dolenga einzuladen, den Referenten, dessen Umgänglichkeit und Gelassenheit ihn vom ersten Tag an beeindruckt hatten, und von dem Gert nicht viel mehr wußte, als daß er während des Krieges in der Schweiz geboren war.

Geschrei und Bolzos Gebell weckten ihn, ein dunkles Gewitterrollen, das weit über den See hallte; ein früher Sonnenstrahl ließ die lachsfarbene Tapete leuchten, über seine nackten Beine strich kühle Morgenluft. Er wandte den Kopf zur Seite und sah liegend zum wolkenlosen Himmel auf, mit ihrem mühevollen Flug strich eine Krähe vorbei; vermutlich patrouillierte sie das Ufer ab. Ächzend stand er auf und trat ans offene Fenster. Seine drei waren schon im Wasser, doch sie vergnügten sich nicht, sondern waren bemüht, Corinnas Plastikente zurückzuholen, die bis vor den Schilfgürtel hinausgetrieben war, ein gelber Fleck vor einem ruhelosen Nebelhauch. Zerrend und aufmunternd versuchten sie Bolzo dazu zu bringen, die Ente zu holen, doch der Hund tat, als verstünde er sie nicht, er blieb auf dem Holzsteg stehen und bellte auf den See hinaus. Gert nahm die Tasche mit dem Rasierzeug, schlang sich ein Handtuch um die Hüften und verließ den Schlafraum.

Der Frühstückstisch war bereits gedeckt, ein Kranz von Tausendschönchen und Butterblumen umschloß jeden Teller, und mitten auf dem Tisch, in einer Konservendose, stand ein Strauß von langen Gräsern, die bei der geringsten Bewegung zitterten. Seine Notizen lagen auf dem Fensterbrett, die Schreibmaschine hatten sie auf den Fußboden gestellt. Als er auf der Holztreppe stand, grüßte nur einer zu ihm hinauf, der Junge, der eine lange Astgabel in die Luft hielt. Noch lag kein Glanz auf dem See, das Sonnenlicht schien zu zögern, an diesem Morgen kam ihm alles hier begrenzt vor, sonderbar abgeschlossen, der Raum bewahrte sich seine eigene Intimität. Kiefern und Schilf: deutlich nahm er ihren Geruch wahr, er hätte ihn mit geschlossenen Augen bestimmen können. Barfuß stakste er durch das hohe Gras zum Steg hinab. Bolzo sprang an ihm hoch, peitschte mit wedelndem Schwanz seine Knie. Guten Morgen, ihr Nixen, sagte er und prüfte mit einer Fußspitze die Temperatur des Wassers und krümmte sich fröstelnd zusammen. Es erfrischt für den ganzen Tag, sagte Maren und schnellte sich vom Grund ab. Ihre blaßblauen Lippen. Der Bauchansatz. Die gelbliche Haut. Du mußt meine Ente holen, rief Corinna, los, du mußt. Gert begutachtete die Entfernung. Es ist noch zu kühl, entschied er, da bekommt man leicht einen Krampf; wenn sie nicht ans Ufer getrieben wird, holen wir sie später.

Während er sich auf dem Steg rasierte, hörte er das Brummen eines schweren Wagens, über die freiliegenden Kiefernwurzeln schaukelte er heran, schwarz glänzte er auf, als er den Schatten verließ. Rasch spülte Gert sich den Seifenschaum ab, der flockig auf dem Wasser tanzte, machte dem Fahrer ein Zeichen, lief hinauf und begrüßte den grau uniformierten Mann mit Handschlag. Sie bringen mir was. So ist es. Der Fahrer stieg aus und gab Gert einen unverschlossenen Umschlag, dann lehnte er sich lächelnd ans Auto und blickte aus verengten Augen zur Flußmündung hinüber, offensichtlich darauf aus, etwas wiederzufinden in seiner Erinnerung. Da, sagte er, da war es, ja; ich angelte auf lebenden Köderfisch, eine Stimmung wie jetzt, plötzlich ging der Hecht ab, kein sehr großer, so um die vier Pfund, ich drillte ihn, bis er müde war, und als ich ihn ranzog, da tauchte dicht hinter dem Fisch dieser Kopf auf, der Otternkopf. Biß er zu? fragte Gert. Nein, sagte der Fahrer, der Otter erschrak so, daß er gleich wegtauchte. Maren und Franz winkten, und der Fahrer erwiderte ihren Gruß. Er sagte: Ach ja, Herr Lassner, ich soll selbstverständlich grüßen. Vom Minister, fragte Gert. Von Herrn Dolenga, sagte der Fahrer und fügte hinzu: Der Minister ist seit zwei Tagen in London, er kommt erst am Dienstag vormittag zurück. Nickend blickte der Fahrer über den morgendlichen See und zum fernen Wald hinüber, der bis zum Ufer vorgerückt war, ein Ausdruck von Hoffnung und gleichzeitigem Bedauern lag auf seinem Gesicht, ihm war anzusehen, wie sehr er sich hierher wünschte.

Als Gert, mit dem Umschlag fächelnd, an den Frühstückstisch trat, bemerkte er, daß Maren den Wickelrock trug, den zu kaufen er ihr nicht zugetraut hatte, weil er dieses Kleidungsstück für eine Verirrung hielt. Der Rock war mit großen Noten bedruckt, purzelnden, mutwilligen Noten, dazu mit einigen Klaviertasten, die schräg lagen und wohl übermütige Stimmung andeuten sollten, und er dachte: Rhapsodie in Grau, und dachte auch: Warum nur? – sie ist einfach nicht dumm genug, um sich solch ein Ding leisten zu können. Er zwang sich, nicht zu ihr hinzusehen; mit einer Sorgfalt, als nähme er an seinem Brötchen eine Operation vor, schnitt er die Kruste auf, kratzte und zupfte Teigflocken heraus, drückte die beiden Hälften probeweise aufeinander, hob sie wieder ab und ließ von einem langen Löffel Honig in eine fast ausgeräumte Schale tropfen, konzentriert, als müßte er lebenserhaltende Einheiten zählen. Plötzlich sagte er: Der Minister ist in London. Maren sah ihn erstaunt an und hörte zu kauen auf. Nun ja, sagte Gert, wenn er seit Tagen in London ist, wird er sich wohl kaum mit der Rede beschäftigt haben. Angeblich ist ihm aber erst gestern eingefallen, daß mein Konzept geändert werden muß. Aber Dolenga hat es dir doch am Telefon ... sagte Maren, und Gert darauf: Eben, Dolenga.

Der abweisende Ausdruck seines Gesichts hielt Maren davon ab, weitere Fragen zu stellen, ihm in seinen Mutmaßungen zu folgen, sie sah, wie er die Entdeckung für sich bedachte und in ihren Konsequenzen erwog. Einmal, in der Mensa, vor Jahren, da hatte sie seine Fähigkeit bewundert, einen Gedanken hervorzubringen und ihn dann sich verzweigen zu lassen bis ins Feinste und Schlimmste, mit natürlich anmutender Folgerichtigkeit. Doch auf einmal gab er auf, er wischte sich über die Augen, stürzte den Rest des Kaffees hinunter, fischte aus dem Umschlag einige lose Seiten heraus und begann zu lesen. Er schien gar nicht zu merken, daß Corinna ihr angebissenes Brötchen auf den Teller legte, vom Hocker rutschte und, als wollte sie die andern zum Schweigen verpflichten, mit einem Finger auf den Lippen hinausging. Das neue Material, fragte Maren. Mhm. Du kannst dich hier gleich ausbreiten, sagte sie. Franz und ich werden abräumen, und danach lassen wir dich allein.

Lange, länger zumindest, als er es wollte, blickte er ihnen nach, wie sie unter den mächtigen Kiefern dahingingen, verschattet unter zerzausten Kronen, plötzlich scharf konturiert in einem Bündel von Lichtarmen, die zur Erde fanden; das feiertägliche Bild erinnerte ihn an einen Buchumschlag, auf dem ein Paar ziemlich andachtsvoll auf einer Waldlichtung stand, von Lichtgittern eingeschlossen, die sich kathedralenhaft reckten. Da zeigt sich, dachte er, die mystische Tiefe, und unwillkürlich unterlegte er in Gedanken das Bild mit einer Begleitmusik, ließ in ironischer Anwandlung unweltlichen Orgelton fluten: Seelenmusik. Er mußte darauf eingehen, sie mußte in der Rede vorkommen, diese »Tiefe«, die man hierzulande seit je für sich in Anspruch nahm, die einerseits bedeutende Musik geschaffen, andererseits zu hochmütiger Weltabkehr geführt hatte: Gert notierte sich ein Stichwort. Zum zweiten Mal las er Thomas Manns Rede ›Deutschland und die Deutschen‹, die Dolenga ihm mit anderen Texten geschickt hatte – mit Gedichten von Brecht und Kästner, mit Herweghs Wiegenlied und Goethes Reflexionen –, und obwohl er eine kleine Mutlosigkeit aufsteigen fühlte, spannte er einen Bogen in die Maschine.

Gert gab ihm recht, dem bekenntnisbereiten Schilderer deutscher Eigenart: er selbst glaubte auch, daß Wahrheiten, die man über sein Volk zu sagen versucht, nur das Ergebnis einer Selbstprüfung sein konnten. Er war zu solch einer Selbstprüfung bereit, doch wie weit und mit welcher Schonungslosigkeit war es auch der Minister? Die schlauen, von Müdigkeit geröteten Augen des Ministers ruhten unvermittelt auf ihm – zumindest fühlte er sie auf sich ruhen –, und auf einmal gelang es ihm nicht, den Blick auszulegen, das Zögern, das Achselzucken dieses Mannes zu deuten, dessen Entschlußfreude und soziale Gesinnung er schätzte. Waren das verfrühte Zweifel, voreilige Bedenken? Hatte dieser Mann nicht vieles angenommen und wiedergegeben, was Gert ihm nur mit Vorbehalt in den Mund gelegt hatte? Gewiß, der Minister behielt sich noch jedesmal eine eigene Redaktion vor, er ließ es sich nicht nehmen, letzte Retuschen selbst anzubringen, doch im Grundsätzlichen hatten sie noch immer übereingestimmt.

Gert dachte an den imponierenden Lebenslauf des Ministers – Schiffszimmerer, Abitur in Abendkursen, Studium der Volkswirtschaft mit Promotion – er tat es nicht absichtslos; indem er sich die Stationen dieses Lebens vorstellte – mit allem, was sie an Entschlüssen und Entbehrungen und Selbstermutigungen mit sich brachten –, fand er zu Sprache und Argument, jedenfalls war es oft genug so gewesen. Warum war er auf einmal unsicher? Lag es daran, daß der Charakter der Rede prinzipiell geändert werden, daß statt des launig Anekdotenhaften die schmerzliche Wahrheit zu Wort kommen sollte? Einbringen: dieses seit neuem häufig benutzte Wort fiel ihm ein, und er fragte sich, wie weit der Minister bereit war, sich bei einer Besichtigung des Nationalcharakters, wie man es ihm nun aufgegeben hatte, »einzubringen«. Ratlos las er: Der Deutsche, als Politiker, glaubt sich so benehmen zu müssen, daß der Menschheit Hören und Sehen vergeht – dies eben hält er für Politik. Unmöglich, diesen Satz zu verwenden, er stellte mehr als eine Zumutung dar für den Redner.

Er hob das Gesicht und blickte über den See zum jenseitigen Ufer, ein einsamer Mann kam da den sanften Hang herab, er trug Ruder auf den Schultern, sprang in ein Boot, das unter hängenden Weiden lag, machte es los und ruderte sehr langsam auf den See hinaus in ein silbriges Briseln, wo er an Schärfe verlor und, wie es schien, sonntäglich ruhte – jedenfalls brachte er keine Angel aus, verletzte nicht die Stille durch eine Tätigkeit, ruhte da nur und überließ sich anscheinend seinen Empfindungen. Gert schrieb – und jeder Anschlag verursachte einen flachen platzenden Laut, der hier draußen etwas Ruhestörerisches hatte: Meine Damen und Herren, darf man den Zeichen trauen, dann ist heutzutage und hierzulande eine heftige Suche im Gange – man sucht sich selbst. Viele, so hat es den Anschein, sind sich in schmerzlicher Weise unbekannt, sie leiden gar unter Selbstfremdheit, tief im Innern vermuten sie ein unterdrücktes Sein, das Wahre, das Eigentliche, das befreit und zum Blühen gebracht werden soll. Identitätssuche, wir wissen es alle, wird großgeschrieben, und zwar im persönlichen Bereich ebenso wie im nationalen. Wer bin ich, wer sind wir? – diese Frage erscheint uns so dringend, daß wir uns auf vielfache Art Antwort verschaffen möchten.

Er hielt inne, las und bedachte das Geschriebene, zog die Seite aus der Maschine und zerknüllte sie. Auf seinen Notizen stand, mit Strichen eingekastelt, das Wort »Gemüt«; er wußte, daß er es erwähnen, daß er es wenden und ausloten müßte, in diesem Wort erkannte er einen Schlüssel zu nationaler Eigentümlichkeit, es eröffnete eine verborgene Tiefe, es bezeugte etwas Heimliches und Inniges und zugleich rätselhaften Hochmut – eine Dünkelhaftigkeit, die aus der Enge wächst.

Gert spürte, daß er beobachtet wurde. Franz war zaghaft hereingekommen, er wollte nur wissen, ob Corinna hier sei, zufällig, sie suchten sie überall, doch sie sei nirgends zu finden. Hier war sie nicht, sagte Gert und machte eine lässige scheuchende Bewegung gegen den Jungen und spannte einen neuen Bogen ein. Da rief Maren, ihr langgezogener Ruf trug weit über den See und hallte von dort zu ihm herauf wie eine erschöpfte Klage, sie rief offenbar in verschiedene Richtungen, denn ein-, zweimal hörte es sich dumpf und fern an, als riefe sie aus einer Grube. Durchs Fenster sah er sie am Ufer herankommen, spähend, lauschend, mit zögerndem Schritt, und dann, nachdem sie über den morschen Zaun geklettert war, der Dolengas Grundstück begrenzte, eilig und entschlossen zum Haus herauf. Corinna ist weg. Das kann doch nicht sein, sagte Gert, hier verläuft man sich nicht. Aber sie ist verschwunden, sagte Maren, wir haben sie überall gesucht, auch im Wald. Warum schickt ihr nicht Bolzo los, fragte Gert, der findet sie im Nu. Bolzo ist zu dumm, sagte Franz, ich hab ihm schon ein paarmal gesagt, er soll Corinna suchen, aber er guckt nur so dumm und wedelt. Herrgott, das sieht ihr ähnlich, sagte Gert, und er trat an die Brüstung der Veranda und rief in drohendem Befehlston: Corinna!

Gemeinsam machten sie sich auf die Suche; zwar erwogen sie still, sich zu trennen und an verschiedenen Orten gleichzeitig zu suchen – Wald, Seeufer, Flußlauf –, doch niemand sprach es aus, sie blieben zusammen und gingen ohne Abstimmung am Seeufer entlang, Bolzo und Franz im knöcheltiefen Wasser. Mücken tanzten in einem Sonnenstrahl, Libellen mit stahlblauen Flügeln umschwirrten sie. Eine Fußspur von Corinna war nicht zu finden. Gert ging voran, bog junge Äste zur Seite und gab sie, gebogen und gespannt, an Maren weiter, die sie zurückschnellen ließ. Von Zeit zu Zeit blieb er stehen, rief und lauschte, auf Marens besorgten, anfragenden Blick antwortete er nur mit einem Achselzucken. Ihr Gesicht brannte, Schweiß stand auf ihrer Oberlippe, am Halsausschnitt zeigten sich weißliche Quaddeln von Mückenstichen. Auf einmal erschrak er; er erkannte zwar sofort, daß das rötlich gefleckte Ding zwischen den Binsen ein Katzenbalg war, der sich dort verfangen hatte, träge gewiegt in sanften Schaukelbewegungen, doch in seiner Vorstellung sah er ein Stück wallenden gelben Stoffs und braunes Haar, das fächelnd auf der Oberfläche schwamm. Sie kann doch nicht so weit gegangen sein, sagte Maren. Anstatt sich ihr zuzuwenden, rief Gert Corinnas Namen auf den See hinaus.

Vor einer Wiese machten sie halt, eine Weile blickten sie zu den Kühen hinüber, die grasten oder bis zum Euter im Wasser standen und soffen; dann beschlossen sie, sich vom Seeufer zu entfernen und im Wald zu suchen. Sie kletterten über gestürzte Stämme, streiften eine Schonung und erklommen die Hangregion der alten Kiefern, die licht standen und deren Nadelwurf den Boden locker und federnd gemacht hatte. Kleine wilde Himbeeren wuchsen da, doch nur Franz pflückte sich ein paar im Vorübergehen. Gerts Rufe trugen hier nicht weit.

Plötzlich scherte Bolzo aus, er hatte einen Geruch aufgenommen und lief geduckt, die Nase über dem Boden, um einen Hügel herum und verschwand. Warte mal, sagte Gert. Er lehnte sich an eine Kiefer und horchte, der Hund war nicht zu hören, das einzige Geräusch, das er wahrnahm, war Marens angestrengter Atem, und ohne zu ihr hinzublicken, streckte er eine Hand aus und erfaßte ihre Finger. Sie kam noch näher an ihn heran. Sie blies über ihr erhitztes Gesicht. Nur ruhig, sagte er leise, hab keine Angst. Hoffentlich ist ihr nichts passiert, sagte sie. Gert spürte, wie sie zusammenzuckte, als über ihnen, knapp unter den reglosen Gipfeln, das rasende Hämmern eines Spechts begann. Wir finden sie, sagte er leise und machte Franz ein Zeichen, auf den Hügel zu steigen, doch ehe er oben war, kam Bolzo zurück, hechelnd, im Fell Spuren von Gestrüpp, und sie gingen weiter.

Als Maren ihm ihre Hand entzog, wandte Gert sich nach ihr um, und er sah, daß sie weinte, nicht heftig und außer sich, sondern eigentümlich ruhig und beherrscht. Mit bittender Stimme sagte er: Nicht, Maren, nicht, es ist doch nichts geschehen. Er nahm ihr Gesicht in beide Hände, nur einen Augenblick; er nickte ihr zu, doch es gelang ihm nicht, ihr die erwünschte Zuversicht zu geben, denn sie bemerkte, daß sein Blick sich verdunkelt hatte vor Zorn. Der Ausdruck von Härte in seinem fülligen Gesicht veranlaßte sie, seine Hände herabzuziehen. Sie wischte die Tränen ab und wartete darauf, daß er die Richtung bestimmte. Wie scharf seine Kommandos waren, mit denen er Bolzo und den Jungen immer wieder heranrief. Zu jeder Zeit wußte er, wo das Seeufer lag.

Ein Lufthauch kündigte an, daß der Wald sich bald öffnen würde, und als sie aus einer Mulde herausstiegen, sahen sie, lichtgefleckt, den schmalen Fluß, der beim Sommerhaus in den See mündete. Wildenten ruderten in den Schutz überhängender Zweige. Ein Eisvogel stürzte sich von der zerrissenen Böschung ins Wasser. Da ist eine Hütte, rief Franz, als die anderen längst die verfallene Holzhütte entdeckt hatten; das Dach war eingestürzt, schräg hing die Tür in den Angeln, durch ein Fenster stand ein Balken heraus, als hätte er einst versucht, die winzige Hütte aufzuspießen und wegzutragen, und sei dabei in seiner Kraft erlahmt. Gert spähte durch die Türöffnung. Auf dem Boden, zwischen verrotteten Schindeln und zerbrochenen Holzleisten, halb verdeckt von einem geschwärzten, aus Ziegelsteinen gemauerten Ofen, hockte Corinna. Sie lächelte. Sie drückte ihre Handflächen gegeneinander und lächelte, und Gert entging nicht der kleine irrlichternde Triumph in ihren Augen.

Er wartete, bis sie herausgekommen war, dann schlug er zu, schnell links und rechts, sie fand nicht einmal Zeit, sich wegzuducken und den beiden knapp angesetzten Schlägen auszuweichen, die ihren Kopf hin- und herwarfen. Dann schüttelte er sie. Dann zwang er sie, ihn anzusehen. Und während ihre Augen sich mit Tränen füllten, sagte er unerwartet leise und eindringlich, als wollte er um Verständnis werben für seine Erbitterung: Warum tust du uns das an? Warum? Laß sie in Frieden, sagte Maren zitternd und, an Corinna gewandt: Komm her, komm zu mir; jetzt haben wir uns ja wieder.

Auch auf dem Rückweg ging Gert voraus, unbekümmert darum, daß sich der Abstand zwischen ihm und den Seinen immer mehr vergrößerte, und nachdem er, immer nur dem Fluß folgend, das Sommerhaus erreicht hatte, wandte er sich nur einmal flüchtig um, ging dann in den Wohnraum und setzte sich an seinen Arbeitstisch. Während er auf seine Notizen starrte, hörte er draußen auf dem See den knarrenden Lockruf eines Haubentauchers und aus der Ferne, vermutlich aus dem treibenden Boot, Bruchstücke eines Liedes. Er stellte sich den einsamen Mann vor, der die Ruder eingezogen hatte und, mitten in dem Gefunkel, aus innerer Bewegung zu singen begann, und vielleicht hätte er das Lied wiedererkannt, wenn er nicht gleichzeitig auf die Worte und Geräusche geachtet hätte, die von der Flußmündung zu ihm heraufdrangen. Barfuß platschten sie im flachen Wasser; Franz hob zwei rundgewaschene Kiesel auf und schlug sie gegeneinander, das harte Ticken war so durchdringend, daß Gert aufseufzte.

Sie wollten den Kuchen draußen essen, im Gras vor dem Holzsteg, und sie trugen alles hinaus, Becher und Pappteller und Milch und Cola, und lagerten sich um den weißen Karton. Gert bat Maren nur um ein Kännchen Tee, sie setzte es ihm schweigend hin, im Abwenden fragte sie allerdings, ob sie nicht das Fenster schließen solle; er blickte auf die Noten auf ihrem Rock und schüttelte den Kopf. Sie hob die Schultern, drehte sich um, war schon auf der Treppe, da rief er sie noch einmal zurück. Was verbirgt sich dahinter, Maren, was hat das zu bedeuten? Was, fragte sie erstaunt. Dolenga, sagte er, Dolenga hat mich gebeten, das Konzept der Rede zu ändern, auf Wunsch des Ministers. Der Minister aber ist seit zwei Tagen in London. Vielleicht haben sie telefoniert, sagte Maren. Ich weiß nicht, sagte Gert, ich hab so ein komisches Gefühl. Erinnere dich: was ich auch schrieb, am meisten auszusetzen hatte immer Dolenga, er hatte die unmöglichsten Einwände. Seit damals, seit ›Über Tradition‹ habe ich nichts abgeliefert, mit dem er sich auch nur halbwegs einverstanden erklärt hätte. Aber der Minister, sagte Maren, der war einverstanden, und mehr als das. Das steht auf einem andern Blatt, sagte Gert, und Maren darauf: Du siehst Gespenster, wirklich, schließlich hat uns Herr Dolenga eingeladen, wir sind hier in seinem Sommerhaus, wir genießen seine Gastfreundschaft. Ja, sagte Gert, ja, und dennoch habe ich das Gefühl, daß dies meine letzte Rede sein könnte. Hast du schon angefangen? Einmal – für die Katz.

Gert wurde ihn nicht los; er sah Dolenga in dunkelblauem Anzug auf dem Fensterbrett sitzen, fühlte seine Augen auf sich gerichtet, diese weit auseinanderstehenden Augen, die ihn an einen Bären erinnerten, dachte an das eigenartige Kräuseln seiner Lippen, sobald er Gegenfragen stellte. Auf einmal aber, mit schroffer Hinwendung zu seiner Maschine, schrieb er: Meine Damen und Herren, man kann nicht über andere reden, ohne gleichzeitig über sich selbst zu sprechen. Und dann erläuterte er den Satz, bewies, daß das, was wir über andere sagen, auch uns selbst kennzeichnet, zeigte, daß gewisse Probleme durchaus zwei Ansichten zulassen, eine Außen- und eine Innenansicht. Wer es unternimmt, schrieb er, sich mit dem Nationalcharakter zu beschäftigen, ihn zu bezeichnen und zu beurteilen, der wird bald feststellen, daß zwei Ansichten notwendig sind. Er schraubte die Seite heraus, überflog sie und war einverstanden mit seinem Text.

Rasch spannte er einen neuen Bogen ein, doch bevor er weiterschrieb, hob er den Packen mit Notizen auf seinen Schoß, suchte nach einem Nietzsche-Zitat – der Minister liebte Zitate, sie waren ihm Schutz und Deckung –, fand es aber nicht sogleich und las, was er bei Johannes Scherr gefunden hatte: »... während andere Völker leben, denken wir, während andere Völker handeln, schreiben wir, während andere Völker genießen, lassen wir uns drucken, während sich das Bewußtsein anderer Nationen immer mehr weitet und lichtet, während sie ihrem Handel und ihrer politischen Tatkraft in den fernsten Ländern und Meeren von Tag zu Tag neue Bahnen zu suchen und zu brechen streben, rudern wir in friedseliger Michelei unser Gedankenschifflein durch den literarischen Binnensee.«

Ein hallender Ruf veranlaßte ihn, den Kopf zu heben, hinauszublicken; weit draußen auf dem See, nur an ihrer weißen Badekappe erkennbar, schwamm Maren, das heißt, sie hob sich gerade ein wenig aus dem Wasser und winkte zum Ufer zurück: Sie hatte die abgetriebene Plastikente erreicht. Auf dem Holzsteg hüpfte Corinna vor Vergnügen. Mit der Ente in der Hand ließ sich offenbar nicht gut schwimmen, Maren stupste sie mit dem Gesicht vorwärts wie Wasserballspieler den Ball, wobei sie es unterließ, die Hände wie sonst leicht zusammenzuführen bei ihren gleichmäßigen Schwimmstößen. Wie rasch sich die kleinen Wellen verliefen in dem unbewegten Spiegel! Gert dachte an ihren ersten Streit, damals, an dem finnischen See – banaler hätten die Ursachen des Streits nicht sein können, denn er entstand nur, weil sie sich nicht über die Stunde der Abfahrt einigen konnten –, und er erinnerte sich, wie Maren, einfach weil sie das vorwurfsvolle Schweigen nicht mehr ertrug, in der Abenddämmerung hinausging und über den See schwamm und auch wieder schwimmend zurückkehrte und dann bibbernd zu ihm kam und nur sagte: Wärm mich ein bißchen. Aber er erinnerte sich auch seiner Angst, die ihn erfaßte, als er sie vorübergehend aus den Augen verlor, im vom Wind gewalkten Binsengürtel.

Er beschwerte seine Notizen mit der Teekanne, las noch einmal den Anfang der Rede, spürte, wie sich unerwarteter Zweifel regte, dennoch warf er die Seite nicht fort. Der Wunsch, dabei zu sein, wenn Maren mit der Plastikente am Steg anlangte, zog ihn nach draußen, und ohne daß er es wollte, organisierte sich bereits in seinem Kopf eine Zurechtweisung. Doch als sie dann heranpaddelte, als Corinna jauchzend vom Steg sprang und im Sprung die Ente erfaßte, als Franz Bolzo ins Wasser schubste, da schwieg er und hielt ihr nicht vor, zu weit hinausgeschwommen zu sein. Ihren anfragenden Blick übersah er, und ihre Aufforderung, sich auszuziehen und ins Wasser zu kommen, beantwortete er mit einem Kopfschütteln. Soll ich dir noch einen Tee machen, fragte Maren. Nein, sagte Gert, ich werd mich ein bißchen auslüften. Er gab dem Hund einen Befehl, Bolzo gehorchte, kam aus dem Wasser und schüttelte sich mit einer Heftigkeit und Ausdauer, daß der Sprühregen nicht aufhören wollte.

Die Sandalen in der Hand, mit hochgekrempelten Hosenbeinen, watete er durch die Flußmündung, stieg ein glitschiges Ufer hinauf und hatte schon nach wenigen Schritten das Gefühl, daß der Boden schwankte. Schwarz war die Erde, an nackten Stellen glänzte sie feucht, in Vertiefungen stand ölig schimmerndes Wasser. Hier kochte die Sonne. Es kam ihm so vor, als ginge er über unbetretenes Land. Bolzo lief nicht, er trottete nur voran, stöberte nicht wie sonst in Buschwerk und bewachsenen Mulden. Bezwungen von lastender Mattigkeit, erwog Gert die Rückkehr, ging aber doch langsam weiter, auf eine alte Pappel zu, die wohl vor längerer Zeit ein Sturm entwurzelt hatte und die nun zur Hälfte im Wasser lag und verrottete. Ihre Äste hatten bereits Borke und Bast verloren und lagen starr und weißlich zwischen Schilfhalmen.

In dem Augenblick, als Gert den Kessel entdeckte – er war nur ein paar Schritte vom Ufer entfernt, ein flacher, kunstvoll geschichteter Turm aus Zweigen –, jaulte Bolzo auf und begann zu bellen, wie Gert ihn noch nie bellen gehört hatte – statt des heiseren Orgelns und Röhrens, statt dieser fernen, eher gutmütig klingenden Gewitterlaute, produzierte er ein rasendes Geifern, ein wütendes, kurzatmiges Gekläff, das von einem Winseln unterbrochen wurde. Geduckt, mit abstemmenden Vorderpfoten und gefletschtem Gebiß erwartete Bolzo den Angriff des Fischotters, dem er offensichtlich den rettenden Weg zum Kessel abgeschnitten hatte; der platte, stumpfschnauzige Kopf war dicht vor ihm, der flache Leib lag ganz gestreckt da. Plötzlich kreischte der Otter auf, stieß und biß blitzschnell zu, und Bolzo jaulte vor Schmerz und wich zurück, zog seine Muskeln zusammen und sprang und biß selbst zu und schleuderte den graubraunen, weißgefleckten Körper in die Luft. Als der Otter ins Wasser klatschte, war der Hund schon wieder neben ihm; abwartend, gewarnt von dem scharfen Gebiß, beobachtete er die nervösen Bewegungen des plattgedrückten

Schwanzes. Er hörte nicht auf Gerts Befehle, er parierte nicht. Zitternd und wachsam stand er über dem Otter; dennoch konnte er nicht verhindern, daß er von einem abermaligen Biß überrascht wurde. Diesmal biß sich der Otter in einer Pfote fest, so daß Bolzo strauchelte und umfiel, doch es gelang ihm, den Schwanz seines Gegners zwischen die Zähne zu bekommen. Sie wälzten sich, sie kämpften vor seinen Augen. Dann hörte Gert einen gellenden Schrei und sah, wie der Otter sich hochreckte und schlangengleich in dem trüben Wasser floh, beim Kessel noch einmal auftauchte und endgültig verschwunden blieb.

Er nahm Bolzos Kopf in beide Hände und untersuchte die Wunden, nur aus einem Riß an der Nase sickerte Blut. Erst in der Flußmündung, nachdem er lange getrunken hatte, legte sich die Erregung des Hundes, und im hohen Gras vor dem Sommerhaus hinkte er auch nicht mehr. Franz entdeckte sie als erster; komm, Papi, rief er, schnell, wir essen gerade. Sie hatten wieder seine Sachen vom Tisch geräumt, die Notizen und Bücher aufs Fensterbrett gelegt, die Maschine auf den Fußboden gesetzt; vergnügt saßen sie nebeneinander und aßen kalte Koteletts, Tomaten, Gurken und Kartoffelsalat. Ich dachte, du bringst einen Hasen mit, sagte Franz. Wieso, fragte Gert. Bolzo, sagte Franz, wir dachten schon, er ist hinter einem Hasen her; sein Bellen haben wir bis hierher gehört. Es war nichts Besonderes, sagte Gert, Bolzo hat sich nur vor einer Baumwurzel gefürchtet.

Maren kleckste ihm Kartoffelsalat auf einen Teller, schnitt Tomaten und Gurken zurecht und setzte es ihm hin und entschuldigte sich dafür, daß sie bereits angefangen hatten zu essen. Er starrte auf das Kotelett, dessen Panierung sich zu wellen begann. Ist etwas? fragte Maren, und er darauf: Ich hab keinen Hunger, später vielleicht. Bevor ich's vergesse, sagte Maren in gleichgültigem Ton, Dolenga hat angerufen, nichts Besonderes, er wollte nur wissen, wie es uns geht. Und was hast du gesagt? Daß es uns gut geht, daß wir gerade aus dem Wasser kommen und daß es uns gut geht, ja.

Nachdenklich betrachtete er das leuchtende gelbe Steinklümpchen, das Franz heraufgetaucht hatte und von dem er glaubte, daß es Bernstein sei; er wischte es trocken, machte mit einem winzigen Fetzen Papier die Elektrizitätsprobe, wog es auf den Fingerspitzen: Nein, Franz, das ist kein Bernstein, dazu ist es zu schwer. Die Sonne stand niedriger, schickte schon ein Filigranwerk durch die Fenster. Eßt zu, sagte Maren, und dann raus mit euch, Papi muß noch arbeiten. Er zuckte zusammen, durch einen einzigen Satz befreit von allen Überlegungen und Ablenkungen, denen er sich überlassen hatte; ratlos blickte er sie an, und nach einer Weile sagte er: Es ist hoffnungslos hier, Maren, es geht einfach nicht. Sie schien dies Eingeständnis überhört zu haben, munter trieb sie die Kinder zur Eile an, und erst als sie allein waren, fragte sie: Und? Was sollen wir tun? Laß uns nach Hause fahren, ich hab bis Dienstag vormittag Zeit; wenn ich heute nacht anfange, schaffe ich es mühelos. Aber warum, fragte Maren, du warst doch so zuversichtlich, warum geht es hier nicht? Statt ihr eine Erklärung zu geben – und in diesem Augenblick hätte er auch keine genauen Gründe für seinen Wunsch nennen können –, bat er sie, es den Kindern beizubringen: Wenn du es ihnen sagst, sind sie eher versöhnt; bitte, Maren.

Zu seiner Überraschung maulten die Kinder nicht lange; einmal aufgefordert, alle Sachen zusammenzutragen und sie im Auto zu verstauen, halfen sie eifrig mit, und es dauerte nicht lange, bis sie abfahrbereit waren. Bevor sie abschlossen, gingen Gert und Maren noch einmal durchs Haus; sie rückten die Stühle zurecht, ordneten die Bücher ein, inspizierten die Küche. Gert stellte die Wasserpumpe ab, dann drehte er den Leitungshahn auf und trank aus dem immer schwächer werdenden Strahl. Weißt du was, sagte Maren, ich werde uns zurückfahren, du nimmst Corinna zu dir auf den Rücksitz, und ich werde fahren.

Sie rumpelten über den Sandweg, fuhren ein Stück durch den Wald, und als sie auf die Chaussee einbogen, kippte Corinna gegen seine Schulter. Er spürte ihr warmes Gesicht, sah, daß sie ihre

Augen geschlossen hatte. Nicht mehr lange, dachte Gert, und sie wird herabsinken und auf meinem Schoß einschlafen. Unvermutet aber fragte sie ihn: Schläfst du, Papi? Er schüttelte den Kopf und strich ihr übers Haar. Gut, sagte sie, dann paß auf: Ronnie Rübchen ging zu Miklosch, dem weisen, weisen Raben. Richtig, sagte Gert, er wollte ja Hubert helfen. Miklosch, sagte Corinna, der hat lange nachgedacht, so wie immer, und dann wußte er es. Was? fragte Gert. Na, wie Hubert über die Brücke kommen kann, sagte Corinna. Also, zuerst sollte Hubert genau zuhören, wie die Biber sprechen, und dann sollte er warten, bis es ganz dunkel ist. Das hat er getan. Und als er über die Brücke wollte, da verlangte ein Biber gleich Geld von ihm, aber Hubert machte die Biberstimme so gut nach, daß er hinüber durfte, ohne zu bezahlen. So war es, sagte Gert, Hubert hat einfach die Stimmen nachgemacht und kam so zu seinen Leuten. Er dachte lächelnd über den Schluß nach, er wollte sie fragen, was wohl Huberts Leute taten, als Hubert mit ihnen, bei aller Aufregung, in der Sprache der Biber redete, aber er unterdrückte die Frage, als er merkte, daß sie sich zurechtringelte und ihr kleines Gewicht ganz entspannt auf seinen Schenkeln ruhte.

Fast ein Triumph

Aus einem Album

Mit dieser Postkarte beginnt es: hier die zerbrökkelnde Mole, dahinter der stille Hafen, kaum Möwen, wie Sie sehen, eine Zollbude, die seit Jahren vernagelt ist, und das kleine Schwimmdock neben dem Duckdalben ist wohl für immer geflutet, zumindest erzählte Ihr Vater, daß die Flutkammern untauglich geworden waren, ach, der alte Eddie, ich meine: Ihr Vater, der hier auf dieser krummen, verworfenen Holzbrücke stand – an der früher, in betriebsamer Zeit, die Fähre anlegte – und noch nicht ahnte, was sein unscheinbarer Aufbruch für ihn und für andere bedeuten würde. Hier, sehen Sie, an dieser gespannten Leine war das Boot festgemacht, das er auf eine Anzeige gekauft hatte, zum Spottpreis, nach zähen, verdrießlichen Verhandlungen, wie Eddie mir und allen anderen hundertmal versichert hat. Noch bei Dunkelheit war er von zu Hause aufgebrochen, zuerst zu Fuß, dann mit dem Bus und schließlich wieder zu Fuß, bis er hier in dem ausgestorbenen Hafen stand und gleich nach seinem Boot Ausschau hielt, das er in Empfang nehmen und allein überführen wollte, um die Kosten zu sparen: ein verklinkertes Boot mit betagtem Zweitakt-Motor, zum Rudern eingerichtet – Ihr Vater und das Boot waren in gleichem Alter –, und die mittlere Ducht konnte den Mast aufnehmen für ein Hilfssegel. Aber das werden Sie gleich deutlicher erkennen.

Ja, da haben wir's: ein frühes Bild der »Silke«, unter neuem, perlgrauem Anstrich, der winkende Mann im dunklen Pullover – an der Pinne, sehen Sie? – ist der alte Besitzer, von dem Ihr Vater das Boot erworben hatte; eine Original-Photographie. Alles, Eddie hat alles zusammengetragen, was seinen Triumph bebilderte und bewies oder auch nur in entlegenem Zusammenhang mit ihm stand, und selbst als sein Album voll war, hörte er nicht auf, an Leute und Redaktionen zu schreiben, auf der Suche nach unbekannten Ansichten und Dokumenten. Da drüben unter seinem Kopfkissen hat er es aufgehoben, kein Tag, an dem er es nicht hervorholte und brütend durchging, ungewiß, furchtsam auch, als erwartete er Einsprüche oder Widerlegungen, gegen die er sich beizeiten absichern müßte. Die Prüfungen endeten jedoch ausnahmslos mit trotziger Zufriedenheit, wenn Sie wissen, was ich meine – und meist zog er danach los, das Album unter den Arm geklemmt, zog von Zimmer zu Zimmer und tischte unseren Leuten auf, was sie bereits auswendig kannten und offenbar dennoch nicht müde wurden, ein weiteres Mal zu hören. Wenn ihm etwas entfallen, wenn ihm der Faden gerissen wäre: ich glaube, so mancher hier im Altersheim hätte ihm dann das Stichwort geben können. Ja, so also sah in früherer Zeit die »Silke« aus, die Ihr Vater gekauft hatte und nun nach Hause überführen wollte – an der mittleren Ducht erkennen Sie den eisernen Haltebügel für den Mast –, und hier auf dem Fischkasten sitzt die strickende Frau des alten Besitzers, sie hat dem Boot ihren Namen gegeben; alles, meinte Eddie, was sie zum Leben zu sagen hatte, hat sie in Schals und Pullover und Strümpfe hineingestrickt.

Hier, dieser Farbdruck stammt aus einem Prospekt. Sie sehen den mageren Strand, Findlinge, dann die nierenförmige Halbinsel, um die herum ein gestrichelter Kurs führte, sein Kurs, den er zu nehmen gedachte, als er von der Holzbrücke in sein Boot hinabkletterte an einem verhangenen Morgen. Diese Sonne hatte er nicht, diese schmerzende Helligkeit, obwohl die See, wie wir alle nun wissen, an jenem Morgen träge und wie gedämmt war, nur ein mächtiges, ruhiges Heben aus der Tiefe, so sagte er, ein Tag, wohl geeignet zur Überführung des gerade erworbenen Bootes. Wenn er gewußt hätte, für welch lange Zeit er das Gespräch an der Küste beleben würde, er hätte es wohl gern gehabt, wenn ein Photograph zur Stelle gewesen wäre, um aus jedem Augenblick ein Fenster zu machen, ein Fenster auf seine Tat. Elf Seemeilen hatte Ihr Vater für die Fahrt errechnet, hier aus dem Hafen heraus, nordwärts in Sichtweite des Strands, und dann um die Halbinsel herum und bis zum alten Buchenwald, der die Küste besetzt hält, nach Hause.

Und hier nun dieser dunkle, weitläufige Schuppen, zu dem eine schmale Schienenspur hinaufführt, die bewachsene Slipanlage; Sie werden sich fragen, was die zu bedeuten haben. In unserm Haus könnte Ihnen jeder sagen, daß Eddie sich dorthin wandte, nachdem es ihm nicht gelungen war, den Zweitaktmotor anzuwerfen; fast eine Stunde hatte er damit zugebracht, den Motor unter dem klotzigen Holzgehäuse zu starten, hatte ihn mit Zange und Schwedenschlüssel zu bearbeiten versucht, aber außer einem heiseren Fauchen gab er nichts von sich, was Ihren Vater weder erbitterte noch zur Verzweiflung trieb; denn in seiner Gerechtigkeit gestand er sich ein, daß er bei dem unerhörten Spottpreis, auf den er den Verkäufer gedrückt hatte, einen allzeit funktionstüchtigen Motor einfach nicht erwarten durfte. So beratschlagte also Eddie sich mit sich selbst und ging dann zu diesem Werftschuppen hinauf, um sich nach dem Preis für eine Überführung seines Bootes zu erkundigen, fürs Schleppen; die Summe, die ihm von einem bereitwilligen Mann genannt wurde, verschlug ihm den Atem; sie lag, sagte Ihr Vater, bei einem Viertel des Kaufpreises. Sie kennen seine Sparsamkeit, wissen vermutlich auch, wie stolz er auf seine Sparsamkeit war, und deshalb wird es Sie nicht wundern, daß er das Angebot des Mannes, den er vergeblich zu drücken versucht hatte, schließlich ausschlug. Nie habe ich einen gekannt, der so sparsam war wie Eddie; wenn er sich aus Versehen zuviel Salz aufs Ei streute, suchte er die Krümel einzeln ab und gab sie dem Fäßchen zurück; ich weiß, was ich von meinem Zimmergenossen sage.

Hier, auf dieser undeutlichen Photographie, haben Sie Ihren Vater in seiner »Silke« beim Verlassen des Hafens; er rudert mit gebrauchten Riemen, die er für einen Garantiepreis geliehen hatte; denn er hatte sich nicht entschließen können, weder ein Paar neue noch diese gebrauchten Riemen mit ihren abgewetzten Ledermanschetten zu kaufen. Eddie merkt nicht, daß er photographiert wird, vom Sohn des Werftmeisters übrigens, der weniger ihn als vielmehr den Hafen aufs Bild bringen wollte in einem Augenblick, in dem sich alles zu sammeln schien in bedrohlicher Ruhe. Doch wenn er auch nicht merkt, daß er photographiert wird, so fühlt er doch wohl, daß man ihn beobachtet, ihn, den sie an diesem Stück der Küste nur den Artisten nannten, mit gleichbleibender Geringschätzung – aber das wissen Sie vermutlich. Auch der Werftmeister hatte ihn seine Geringschätzung spüren lassen, zumindest aber seine Nachsicht: mehrmals fragte er Eddie, ob er tatsächlich vorhabe, das schwere Boot rudernd um die Halbinsel zu bringen, durch die gegeneinanderlaufenden Strömungen dort, und als Ihr Vater sagte: Was issen dabei?, soll der Werftmeister geantwortet haben: Eben, was issen dabei für einen Artisten. Da Eddie noch nicht über die Riemen verfügte, unterdrückte er jede weitere Bemerkung, er hatte ja auch genug zu tun, um seine Erbitterung niederzuhalten und die steigende Wut. Sein Ruf jedenfalls, unter dem er zu Hause schon genug litt, hatte ihn auch hier eingeholt, und als der Werftmeister ihn darauf hinwies, daß bisher noch kein Einheimischer zu solch einem Unternehmen aufgebrochen war, will Ihr Vater geantwortet haben: Dann wird's Zeit. Eine flaue, hinterhergeschickte Warnung überhörte er.

Und das ist ein Bild der angewinkelten Außenmole, auf der Spitze das rotweiße Blinkfeuer, das auch damals schon außer Betrieb war, als Eddie in die graue ermattete Einöde hinausruderte.

Hier nun, sonntäglich vertäut – nein, ich hab etwas überschlagen; zunächst kommt noch eine besondere Seite, eine Zeichnung der kleinen Bucht, an der er lebte, das Ziel seiner Fahrt, hier; den lang hinausgezogenen Steg, den er eigenhändig gebaut hatte und an dem sein Boot einen ruhigen Liegeplatz finden sollte, können Sie nicht sehen, denn diese stümperhafte Zeichnung wurde vorher angefertigt – schauen Sie nur diese explodierenden Buchen –, von einem Wandermaler. Ihr

Vater ließ sich die Ansicht schenken. Da drüben, auf der Steilküste, Eddies Kate, Schwemmholz türmt sich an der Seite, an Beerensträuchern hatte er genug. Ich brauche Ihnen ja nicht zu sagen, warum er für sich leben mußte an diesem Ort, sie wollten ihn einfach nicht annehmen nach seiner Rückkehr, nicht annehmen. Kann sein, daß er sich zu überlegen aufführte und mit zu vielen unerbetenen Ratschlägen um sich streute. Kann sein, daß sie ihm das Beispiel neideten, das er ihnen gegeben hatte, ich meine: das Beispiel des Entkommens; denn wenn sie auch seinen Weg nicht verfolgten, so wußten sie doch – oder mußten es sich sagen –, daß er es draußen geschafft hatte; Eddie, der Artist, Spezialität Kraftakte. Sie gingen einfach auseinander, wenn er zu ihnen trat, ohne ein Zeichen, ohne Verständigung auseinander. Ich vermute, sie ließen ihn stehen und wiesen ihn ab, weil er ihnen durch seine besserwisserischen Reden die Fragwürdigkeit ihrer Gewohnheiten bewies. Sehen Sie nur die Buchen: Eddie war der einzige, der keine Erlaubnis besaß, Bruchholz zu sammeln nach den Herbststürmen.

So, und nun, sonntäglich vertäut, der Hochseekutter »Anja«, gefirnißtes Steuerhaus, wie Sie erkennen, Funkpeil-Anlage, starke Winschen. Eddie war nach eigener Schätzung zwei Seemeilen gerudert, als ihm die »Anja« auf Kollisionskurs entgegenlief, sie lief äußerste Kraft, ihre Bugsee ein

Schäumen, ein Phosphoreszieren, sagte Ihr Vater, bei ihrem Anblick wußte er wieder, wo oben war in dem grauen unermeßlichen Raum. Er hat dieses Photo der »Anja« eingeklebt, weil ihre Männer die letzten waren, mit denen er nach seinem unerhörten Aufbruch sprach, etwa zwei Seemeilen vor der Küste, während der Hochseekutter beigedreht hatte und ein Decksjunge ohne Auftrag eine Leine aussteckte, einfach in der Annahme, daß Eddie sie aufnehmen und festmachen und sich dann in den Hafen zurückschleppen lassen würde. Ihr Vater fischte die Leine nicht auf, er hockte ruhig in seinem Boot, das korkengleich torkelte in den auslaufenden Wellen des Kutters, dann an der Bordwand entlangschrammte, so daß er einen Riemen einholen mußte. Hier, aus diesem Steuerhaus rief ihn der Kuttereigner an, ein unwirscher Mann, den Eddie vom Sehen kannte; der Eigner wies nur mit dem Daumen hinter sich auf die See hinaus, geradeso, als bereite sich da etwas vor, etwas nie Erlebtes, etwas Unabsehbares, dem man eben noch entkommen könnte, und er drohte Ihrem Vater: Nimm die Leine, Dorschkopp, mach die Leine fest, wir schleppen dich zurück. Jeder bei uns weiß, daß Eddie die achteraus hängende Leine vielleicht aufgenommen hätte, wenn der Kuttereigner nur schweigend gewartet hätte, doch in seiner Ungeduld raunzte er: Die Leine, du Artist! Da legte Eddie die Riemen aus und zog sie langsam durch, ebenmäßig, trotzig. Er sagte, das Boot wurde mit ungeheurer Sanftheit emporgetragen, er hatte das Gefühl, über eine verhalten dünende Ebene dahinzugleiten.

Die ganze Zeit, in der ich mit Ihrem Vater ein Zimmer teilte, hielt er dieses Album unter seinem Kopfkissen verwahrt – sehen Sie, wie verdrückt und verbogen die Seiten sind –, er lieh es nie aus, gab es nicht ein einziges Mal aus der Hand, immer bestand er darauf, es selbst aufzublättern und alles zu erläutern mit düsterer Genugtuung. Hier, sehen Sie dieses Photo, ich weiß nicht, woher er es hat, die Wolken sind heruntergekommen, eine Wand von nebelgrauen Fäden über der See, die sich bald zu schmutzigen lappenähnlichen Gebilden verformten – so sagte Eddie –; schwefliges Licht und ein brutales, anschwellendes Brausen; er konnte beobachten, wie der Horizont zum Offenen hin sich tintig einfärbte. In Bahnen fegte der Wind übers Wasser, fegte sich glatte Streifen in die geriffelte Fläche hinein. So, genau so hat er's wahrgenommen, als er, die Küste immer noch in Sichtweite, seinen vorgegebenen Kurs ruderte und zuerst nur spürte, wie das Boot die Luftstöße auffing. Hier mußt du dir die »Silke« denken, sagte Ihr Vater zu mir, unter dem gleichen Himmel.

Und hier das Bild einer Jacht, die nicht allzu weit von Eddie entfernt stand, eine Luftaufnahme aus geringer Höhe, die Besatzung mußte das Schiff in den Wind schießen lassen, um das letzte Segel zu bergen. Sehen Sie nur, wie das glimmt, wie es nach dem Wellensturz kochend aufschäumt an vielen Stellen, so als sei ein Regen von Geschoßsplittern niedergegangen, ein geborstenes Schrapnell. Ihr Vater stand ostwärts, näher zur Küste hin, die sich ihm aber längst entzogen hatte und unsichtbar geworden war; er hatte die Orientierung bereits verloren, als der unterseeische Tumult entstand, wie er sagte, als die gedämmte, nur hier und da geriffelte Ebene, über die er hinruderte, sich schlingernd verzog und mächtig aufwarf und zuerst nur kurze gedrungene und dann immer längere Wellen aus sich herausbrachte. Die »Silke« trudelte und nahm Wasser über, doch mit seiner Kraft brachte er sie gegen die anlaufenden Seen und hielt sie, unentwegt rudernd; nur wenn es ihn hinauftrug auf einen zerrissenen Wellenkamm, hob er die Riemen an, verharrte, bis er hinabgeschossen war in ein brodelndes Tal; da zog er, gegen die Fußleiste gestemmt, wieder durch. In diesem Augenblick, sagte er uns, schwappte das Wasser schon knöchelhoch durch das Boot.

Das ist die Ansicht des Seenot-Rettungskreuzers »Hinrich Luusen«, ein Veteran an der Küste, ohne Tochterboot noch, einer der ersten unsinkbaren Kreuzer, der sich mit jedem Wetter anlegte. Hier liegt er gedrungen und unscheinbar im Hafen – später werden Sie ein anderes Bild von ihm sehen, ein Pressephoto. Eddie, Ihr Vater, wußte nicht, daß der Eigner der »Anja« Radio Küste verständigt hatte und daß auf seine Meldung der Rettungskreuzer sogleich ausgelaufen war, um den einsamen Ruderer zu suchen. Der hatte sich darauf verlegt, den Bug seines Bootes in den Wind zu halten, unter wütenden Schauern, die ihn gerbten und walkten, um ihn herum flogen Gischtfahnen, manchmal, sagte Eddie, warf es ihn so tief hinab, daß er glaubte, auf dem Meeresgrund aufzuschlagen. Er fragte nicht nach seinem möglichen Standort. Stellen Sie sich vor: Ihr Vater, der uns mehr als ein Rätsel aufgab, will zu dieser Zeit eine unverhoffte Genugtuung empfunden haben, eine Genugtuung, die wuchs und die ihm Ausdauer verlieh; dort draußen in all der Empörung erkannte er ein begrenztes Ziel für sich. Ach, Eddie, der Kraftakt, den er zum besten gab, lief unter dem Titel »Auf Biegen und Brechen«.

Hier ein Amateurphoto, das er entweder selbst gemacht oder in Auftrag gegeben hat: ein zerbrochenes Ruder im Sand, die Stücke beispielhaft hingelegt, helle splittrige Bruchstelle – man könnte vermuten, eine naheliegende allegorische Zusammenfassung, dekoratives Scheitern, nicht wahr, aber von Eddies Unternehmen nimmt es nichts vorweg, es bezeugt nur, was geschah, als das Boot unter einem Windstoß krängte und er genötigt war, den Riemen gegen übermäßigen Druck einzuholen. Er brach nicht beim Rudern. Er brach unmittelbar hinter dem Blatt, als der Ausläufer einer Sturzsee ins Boot schmetterte und Ihren Vater von der Ducht warf, so daß er mit dem Gewicht seines Körpers auf den eingeklemmten Riemen fiel. Sehen Sie noch einmal die Bruchstelle. Bedenken konnte er sich nicht, mit einer Holzschaufel schöpfte er das hereingebrochene Wasser aus, kniend und hin und her geschleudert, mit der Breitseite zur anlaufenden See treibend. Obwohl er noch nie ein Segel gesetzt hatte und, wie er selbst zugab, nicht einmal wußte, wie ein Boot unter einem Hilfssegel geführt werden muß, entschloß er sich, den Mast aufzurichten; nach mehreren Versuchen stemmte er ihn in den Ausschnitt der mittleren Ducht hinein und sicherte ihn mit dem eisernen Haltebügel. Es gelang ihm auch, den wasserdichten Kasten aufzuwuchten, der das Hilfssegel barg und Werkzeug und einen Satz Handfackeln, doch als er den rostroten, imprägnierten Stoff weit genug herausgezerrt hatte, fiel ihn eine Bö an, fing sich in ihm und riß ihn über Bord. Er sah, wie sich das Segel sofort einschwärzte und davontrieb. Wir, die ihn gekannt haben, trauten ihm zu, daß ihn in seiner Einsamkeit ein eigensinniges Frohlocken erfüllte: zu ahnungslos, um sich selbst aufzugeben, vergaß er auch jetzt nicht das Ziel, glaubte beharrlich an die veränderte Macht eines Beweises. Ein vorgefaßtes Bild brannte in ihm.

Dies ein Ausschnitt aus einem bebilderten Spendenaufruf: Seenot-Rettungskreuzer im Einsatz; hier müssen Sie schauen, gleich wird das Boot aus dieser Schmettersee hervortauchen, sich schütteln, das rollende Gebirge annehmen und sich emportragen lassen. Vorn am Turm die großen Suchscheinwerfer.

Hier eine Postkarte: Sturm. In solcher Dunkelheit, unter ähnlichem Drohhimmel trieb die »Silke« ruderlos in der See, das Boot hatte so viel Wasser übergenommen, daß die Stücke des Riemens und die Holzschaufel aufschwammen und der Kasten, der das Hilfssegel enthalten hatte, zu rutschen begann. Ihr Vater klammerte sich an eine Ducht, später seilte er sich an. Das Boot lag jetzt tiefer im Wasser, hatte, wie es Eddie vorkam, durch das zusätzliche Gewicht eine beruhigende Trägheit gewonnen, die dem Mann ein Gefühl der Sicherheit gab. Er hat es uns so nicht gesagt, aber die Leute hier im Heim zweifeln nicht daran, daß seine Selbstzufriedenheit zunahm, je länger er sich behauptete; wenn er hier durchhielte, würde er es ihnen zeigen können, er, der Artist. Vielleicht – ich kann das nicht entscheiden – fühlte er sich da schon in der Nähe eines Triumphs, Eddie, mit seinem Hunger nach Anerkennung.

Wie angekündigt, hier noch einmal der Rettungskreuzer »Hinrich Luusen«; dieses Photo mit Text hat Ihr Vater aus einer Zeitung ausgeschnitten, aber das erkennen Sie ja. So sah der Kreuzer aus nach seiner Sturmfahrt, so zerschlagen, verwüstet – nach seiner Suchfahrt, die Eddie galt. Ich möchte Sie darauf aufmerksam machen, daß die Flagge am Heck auf halbstock steht. Das Licht dieser Suchscheinwerfer lief über das Wasser, Eddie nahm es immer wahr, wenn er auf den Kamm einer Welle hinaufgetragen wurde, er sah deutlich die unruhig kreisenden Lichtarme, die sich überschnitten und heftig wegwanderten und wieder zusammenfanden, obwohl, wie er sagte, keine entschiedene Dunkelheit herrschte; mitunter trafen Lichter die herabgekommenen Wolken. Er schöpfte, er stand bis zu den Waden im Wasser und schöpfte; den Mast, so erzählte er uns, hatte er noch vor dem Erscheinen des Rettungskreuzers umgelegt. Daß die Suche ihm galt, will er sofort gewußt haben; bei dem Versuch, durch Winkzeichen auf sich aufmerksam zu machen, wurde er gegen das kantige Holzgehäuse des Motors geschleudert und verharrte eine Weile gekrümmt auf allen vieren. Die Handfackeln; warum er nicht die Handfackeln nahm, wollten hier alle von ihm wissen – ihr weithin wahrnehmbarer Schein, der sich ja gegen alles behauptet, hätte ohne Zweifel den Rettungskreuzer herangeführt –, worauf Ihr Vater immer nur die Achseln zuckte und den Leuten versicherte, daß sie sich als unbrauchbar erwiesen hätten, nicht alle, aber doch die ersten beiden, die er anzünden wollte.

Ach, Eddie, aus seinen nächtlichen Selbstgesprächen weiß ich, daß er die Handfackeln nicht berührt hat, daß er vielmehr in seinem Boot kauerte, das Gesicht an die Ducht gedrückt, und wenn er vielleicht auch nicht wünschte, unentdeckt zu bleiben, so tat er doch wenig oder nichts, um von dem wandernden Schein gefunden zu werden. Was er für diese Zeit zugegeben hat, war seine Furcht, daß die »Silke« umschlagen, kentern könnte. Als die Suchscheinwerfer des Rettungskreuzers plötzlich erloschen – sie entschwanden und verloren sich nicht allmählich in der Weite, sondern setzten jäh aus, wie abgeschaltet –, will er nur angenommen haben, daß die Suche nach ihm aufgegeben war. Daß eine nie erlebte Sturzwelle den Kreuzer unter sich begrub und einen Mann der Besatzung mitnahm, hat er erst mehrere Tage später erfahren.

Hier eine Luftaufnahme der nierenförmigen Halbinsel; der gestrichelte Kurs ist der, den Ihr Vater zu nehmen gedachte, der gepunktete – ein Ergebnis eigener Schätzungen und Mutmaßungen – zeigt Ihnen, wie weit Sturm und Strömung das Boot versetzten; diesen vermeintlich wirklichen Kurs hat Eddie offenbar mehrmals korrigiert. Sehen Sie nur, wie weit es ihn forttrug, hier, in diesem Gebiet hat die »Hinrich Luusen« ihren Mann verloren, bis dorthin muß ihn also die See verschlagen haben, die zu ausdauernden Schlägen anrollende See. Er saß jetzt im schwappenden Wasser, das die »Silke« übergenommen hatte, schöpfte und beobachtete, was aus der fleckigen Dunkelheit anlief – so sagte er –, was anlief und wie mit Verzögerung in sich selbst zusammenbrach. Eddie versicherte uns, daß er die Ruhe aufbrachte, um hinter die Entstehung der gesammelten Wut zu kommen, in der er trieb und torkelte und geschüttelt wurde. Als einer hier ihm sagte: War wohl seinen Preis wert, dein Boot, antwortete Ihr Vater ihm: Ob du's glaubst oder nicht, damals nahm ich mir vor, dem alten Besitzer den Kaufpreis noch einmal zu überweisen.

Sehen Sie, er trieb hier auf die drei Sandbänke zu, geriet da wohl in Strömungen, die ihn versetzten, und ein umspringender Wind drückte ihn so weit zurück, daß er nördlich der Halbinsel, also hier etwa, zum ersten Mal nach siebzehn Stunden wieder Land erkannte, das heißt, er entdeckte nicht mehr als einen dunklen Strich, das war der Schilfsaum des Noors. Ich zweifle nicht, daß unser Eddie sich da in seiner Besessenheit als Gewinner fühlte, und wenn nicht dies, so doch als Besitzer eines Erlebnisses, an dem er neu gemessen werden wollte.

Und hier nun der Hubschrauber der Seenot-Rettungsstaffel nach seiner Notlandung: ein Pressephoto. Sie müssen wissen, daß er gestartet war, um Ihren Vater zu suchen, er flog mehrere Schleifen bis zu den drei Sandbänken, sichtete eine gekenterte Jacht und ein leeres Floß und schwang dann zur Küste und patrouillierte sie hinab. Kein Zeichen von Eddie. Der Sturm hatte sich erschöpft; geschnittene Rundhölzer und zerbrochene Kisten und Astzeug und Flaschen torkelten und rollten in der Brandung, wurden von langen Wellen im Überkippen dem Strand zugeschlagen, von unterlaufendem Sog zurückgeholt und in neuem Anlauf über die Flutlinie geworfen. Als er in den Schilfsaum des Noors gedrückt wurde, glitt Ihr Vater ins Wasser – es reichte ihm bis zur Hüfte, war überraschend warm –, nahm das Tau, mit dem er sich festgebunden hatte, auf den Rücken und zog und zerrte das Boot tiefer ins Schilf hinein, zentimeterweise, wie er sagte. Er will ganz benommen gewesen sein. Was unsere Leute hier immer wieder wissen wollten: ob er denn nicht müde gewesen sei nach allem Aushalten und erzwungenem Wachsein. Eddie gab ihnen darauf zu verstehen, daß seine Kraft gerade noch ausreichte, das im nachgiebigen Schilf liegende Boot leerzuschöpfen; ob er dann sitzend oder auf den Bodenbrettern ausgestreckt eingeschlafen ist, konnte er selbst nicht mehr sagen. Das Schilf rauschte, es hechelte und schlug mitunter über ihm zusammen. In solch einer Erschöpfung fragt keiner nach Zeit; später allerdings schien ihm daran gelegen, die Zahl der Stunden zu ermitteln, die er in der Deckung des

Schilfs zugebracht hatte, einer sicheren Deckung, die ihn – ich sag es mal so – davor bewahrte, vom Hubschrauber aus entdeckt zu werden. Klopfend zog die Maschine über ihn hinweg, er wurde wach, er stieg auf die Ducht, um sich winkend bemerkbar zu machen, das heißt, er wollte auf die Ducht steigen, um sein nasses Baumwollhemd zu schwenken, doch er konnte sich nicht schnell genug aus dem an der Haut klebenden Hemd pellen, und als er es endlich geschafft hatte, strich die Maschine schon zur Halbinsel hinüber. Hier also der Hubschrauber nach der Berührung mit einer Hochspannungsleitung, sehen Sie den aufgebogenen, verdrehten Rotor, der Pilot wurde verletzt.

Das können wir überblättern: eine Ansicht des Noors, der tiefe Einschnitt der See, dunkel hebt sich der schlammige Grund darauf ab, sehen Sie die vielen Vögel im flachen Wasser, dort der ewig gewalkte Schilfsaum, der Eddie und sein Boot verbarg.

Hier, ja, hier nun ein Photo der »Silke«, sie ist vertäut an dem Steg, den Ihr Vater eigenhändig gebaut hat; beachten Sie die ungleichen Riemen. Das Behelfsruder konnte Eddie sich mit Hilfe des Werkzeugkastens zimmern, er tat es in seinem Versteck, brachte ein angeschwemmtes Stangenholz auf die nötige Länge, nagelte dieses verkürzte Brettstück an und umwickelte es zur Sicherheit mit Kupferdraht; und mit dem heilen Ruder, das ihm verblieben war, und dieser selbstgemachten Wasserschaufel machte er sich auf die letzte Etappe des Weges, nachdem es ihm gelungen war, das Boot aus der Umklammerung des Schilfs zu zerren und zu stoßen. Ruhig war die See, Eddie sagte: sie empfing ihn wie verausgabt, trübe und sandfarben unter der Küste, mit ermattetem Schnalzgeräusch, nur in der Weite erhielt sich ein Brausen. Er ruderte barfuß, mit nacktem Oberkörper, er ruderte parallel zur Küste und so, daß er verschont wurde von der schwach anlaufenden Brandung. Leider gibt es kein Bild von der letzten Strecke seiner Fahrt, doch ich bin sicher: wenn es eins gäbe, es wäre das Bild eines selbstzufriedenen, eines heiteren und womöglich hochgestimmten Mannes, der schon seine Vorwahl traf unter den Auskünften, die er würde geben müssen. Mir gestand er, daß er sich da noch nicht schlüssig war, wie er sich nach seiner Heimkehr verhalten sollte. Aus einem seiner nächtlichen Selbstgespräche erfuhr ich, wieviel ihm daran lag, es ihnen zu zeigen, es ihnen einmal und für immer zu zeigen. Er ruderte gemächlich, und wie ich Eddie kenne, war er sich der Herausforderung bewußt, die er für jeden darstellte, der von Land aus die See absuchte nach Zeichen und Spuren des gerade zu Ende gegangenen Tumults; er war der erste weit und breit, der sich wieder hinausgewagt hatte.

Dies ein Photo des Mannes, der zur Besatzung

des Rettungskreuzers gehörte und von einer Sturzsee außenbords gerissen wurde; ein Zeitungsausschnitt, hier die Lebensdaten. Lesen Sie, was Ihr Vater an den Rand geschrieben hat: Alles Erlebte verwandelt sich. Zu mir sagte er einmal: Auf einmal merkst du, daß dir das, was du erlebt hast, nicht mehr allein gehört.

Hier nun ein Sommerbild der Bucht, trocknende Netze am Strand, alte Männer, rauchend, vielleicht herrscht Feierabend. Als Ihr Vater, seit anderthalb Tagen überfällig, am Saum der Bucht entlang heranruderte, waren nur zwei Jungen am Strand, die prüften und bargen, was der Sturm ihnen gebracht hatte. Sie erkannten ihn sofort und streckten langsam ihre Körper und standen reglos da, gleich den Trockenpfählen; Ihr Vater sagte, eine Erscheinung hätte sie nicht fester anlöten können. Er war sicher, daß sie gleich auf den Holzsteg hinausstürzen würden, und er sah sich schon sitzen unter einem Regen von Fragen, doch plötzlich, noch bevor er das Tau in die Hand genommen hatte, lösten sie sich aus ihrer Starre und rannten davon zu den Hütten, den Katen. Zeugenlos legte Ihr Vater an und nahm sich sehr viel Zeit, sein Boot zu vertäuen; eine Weile saß er auf seinem Steg, ich möchte annehmen: er wartete. Den Mast der »Silke« lud er sich nur deshalb auf, weil er ihn, wie er uns erklärte, vor seiner Kate stehen haben wollte.

Und auf dieser Ansichtskarte erkennen Sie den Weg, den er damals mit dem Mast auf der Schulter gegangen ist. Die einzelnen Häuser, sehen Sie, jedes für sich, voll von Mißgunst und bitterem Verdacht – wie Eddie uns unentwegt versicherte. Er will leicht gegangen sein, seine Ankunft war gemeldet, am Mast baumelten seine zusammengebundenen Schuhe. Kein Haus, aus dem sie nicht vor die Tür traten bei seiner Annäherung. Sie traten nur vor die Tür, ohne bis zum Weg vorzugehen, keiner rief ihn an. Einen Augenblick war Ihr Vater versucht, das Schweigen, die Entgeisterung und Fassungslosigkeit für einen Ausdruck der Verblüffung zu halten, er lächelte einigen zu, bereit, stehenzubleiben, Auskunft zu geben, doch wen sein Blick traf, der wandte sich ab und ging ins Haus hinein, wie verletzt. Eine gewisse Art von Staunen, die er auf einigen Gesichtern fand, konnte er sich bis zuletzt nicht erklären. Hinter ihren Fenstern sah er sie reden, heftig, mit den gleichen wegwerfenden Gesten; sobald sie hinter den Fenstern waren, fanden sie ihre Sprache wieder. Und hier wird der Weg zum Pfad, der zu Eddies Kate hinaufführt. Ihr Vater wandte sich nicht um, er schleppte den Mast vors Haus, warf ihn ab und ließ sich auf die Holzbank fallen. Weit reicht von dorther der Blick über die Bucht und auf die freie See. Daß er die Kate auch deswegen verkauft hat, um die Rechnungen für Hilfeleistung bezahlen zu können, wissen Sie ja.

Hier, zum Schluß, noch einmal das Boot, die »Silke«. Ihr Vater gab sie dem alten Besitzer zurück, kostenlos; auch er ist jetzt bei uns hier im Heim, der Alte mit dem tabakbraunen Bart, er war Eddies geduldigster Zuhörer, sein bedachtsamster. Aber so oft er die Geschichte auch über sich ergehen ließ, man hörte nie einen anderen Kommentar von ihm als: Du hast einen Fehler gemacht, Eddie, du hast alles überlebt. Sie können selbst mit ihm sprechen, er wohnt gleich nebenan; und hier ist das Album, das ich Ihnen persönlich geben sollte; so wollte es Ihr Vater.

Tote Briefe

Auch sein Brief landete bei uns, auch Josuas Brief. Er erwartete mich in einem Packen anderer Briefe, die ausnahmslos unzustellbar waren, weil die Adresse sich als fehlerhaft herausgestellt hatte, weil der Empfänger nicht ermittelt werden konnte und weil, schließlich, ein Absender fehlte, an den der Brief hätte zurückgeschickt werden können. Wir drei hier in der sogenannten Abteilung »Tote Briefe«, die jeden Tag unzustellbare Postsendungen bearbeiten, sind uns einig, daß es ganz schön happig ist, was einem Briefzusteller mitunter zugemutet wird: da wird bei den Anschriften gesaut und geschmiert, Hausnummern werden mit Fragezeichen angegeben, Ortsnamen werden falsch geschrieben, es wird gewischt und radiert, befeuchtet und mit Duft imprägniert, und wer eine charakteristische Handschrift zu haben glaubt, der muß es uns wohl unbedingt auf den Briefumschlägen beweisen. Jedenfalls, wer so wie wir von morgens bis abends die hingerotzten Hieroglyphen der Postkunden entziffern darf, der wird sich, das können Sie mir glauben, nicht darüber wundern, warum zentnerweise Briefe als unzustellbar zurückgehen; da hilft auch aller detektivische Spürsinn nichts.

Sein Brief fiel mir sofort auf, ein Luftpostbrief, leicht zerknittert, die eine Hälfte beschmutzt von einem Abdruck unbekannter Herkunft – vielleicht war es der Abdruck eines nackten Fußballens –, das Porto war bei weitem überbezahlt, reichte für drei oder sogar vier Luftpostbriefe; etwas Ähnliches haben Sie wohl auch schon erlebt. Speerfischer waren auf den Briefmarken abgebildet, hagere, hochgewachsene Männer, die am Bug schlanker, gleitender Boote standen, jeder ein Inbegriff gesammelter Aufmerksamkeit, die den lauernden Schatten in einem nur ahnbaren Flußbett galt. Palmen, hingebogen, wuchsen ohne Berührung mit der Erde. Die Anschrift war leserlich; die Buchstaben, mit Kopierstift ausgezogen, verrieten Sorgfalt und Mühe zugleich, bezeugten aber auch eine gewisse Zärtlichkeit, die sich in angedeuteten Schmuckbögen und ornamentalen Kringeln ausdrückte, vor allem beim Namen des Empfängers – Lena Kuhlmann –, der mit Schnecken und Spiralen verziert war. Quer über diese Adresse lief die eilige Schrift unseres Briefzustellers: Empfänger nicht zu ermitteln; Datum.

Da der Absender fehlte, öffnete ich rechtmäßig den Brief, hoffte auf eine Anspielung, ein Zeichen, einen Hinweis, mit deren Hilfe ich, wie so manches Mal zuvor, den Adressaten ausfindig machen könnte. Der seidig glänzende Papierbogen war kaum zur Hälfte beschrieben, der Text lautete wörtlich:

Geehrte Frau Lena, gut angekommen in der Heimat, aber das Gericht hat geworfen den Tod. Ich, Josua, werde tot den ersten September, 4:3 a.m. Executions finden ihren Platz immer an dem Strand. Möchte ich einen Brief haben mit einem guten Wort, wenn möglich an alte Vateradresse. So sie binden fest an die Pfähle werde ich das Meer sehen nach Norden. Josua.

Ich las den Brief mehrmals, trug ihn dann zu Karl hinüber, dem alten Fuchs und Meister, unter dessen Vergrößerungsglas nicht allein die schlimmste Klaue leserlich wurde; witternd und kombinierend entschlüsselte er auch verkapselte Sachverhalte und Schicksale, brachte unscheinbare Indizien zum Reden, deutete und folgerte mit einer Ausdauer, die oft genug auf die verwischte Spur eines Empfängers führte. Viele luschige Briefschreiber wissen gar nicht, daß sie es nur Karl zu verdanken haben, wenn ihre Briefe trotz der mistigen Anschriften schließlich ihr Ziel erreichen, Karl mit seinem einmaligen Gespür, die entscheidenden Andeutungen zu finden, die eine Postsache vervollständigen und damit zustellbar machen.

Diesmal wußte er keinen prompten Rat. Sehr langsam glitt sein Vergrößerungsglas über den

Text des Briefes, stockte mitunter, senkte sich, er schüttelte den Kopf und seufzte und ließ seine Hand resigniert auf den Tisch fallen; ich sah, wie schwer es ihm fiel, sich zu bedenken. Dann hob er mir sein Gesicht entgegen – sein linkes Auge war blind, es wirkte wie geronnen oder zerkocht – und murmelte: Hier mußt du etwas tun; ich weiß nicht, was, aber du mußt etwas tun; heute haben wir den zwanzigsten August. Glaubst du, daß es stimmt? fragte ich, daß jedes Wort stimmt? Ja, sagte Karl, denn er hat etwas Entscheidendes verschwiegen, er hat die Vateradresse absichtlich nicht genannt – aus Angst. Sein Tod scheint ihm weniger zu bedeuten als der Schutz der Vateradresse, die er beim Empfänger als bekannt voraussetzt. Da scheint etwas Furchtbares zu passieren, sagte ich, und Karl darauf: Ja, wie bei mir hier, wie bei dieser kleinen Griechin, die ihren deutschen Verlobten sucht.

Im Verzeichnis des Einwohnermeldeamts fand ich sofort den Namen Lena Kuhlmann; ihr Beruf war mit Verkäuferin angegeben, sie wohnte in einer Gegend, die sich hochtrabend Gartenstadt nennt – kennen Sie wohl –, zumindest hatte sie dort gewohnt, in einer der winterfesten Lauben oder Behelfsheime, die nach dem Krieg mit Duldung der Behörden errichtet wurden, vorläufige Unterkünfte, die bewiesen, wie dauerhaft einer sich wohlfühlen kann in der Vorläufigkeit. Lena

Kuhlmann war neununddreißig Jahre alt; einen Herrn Kuhlmann schien es nicht zu geben, jedenfalls war unter der Anschrift Johannisbeerweg zwölf keiner gemeldet. Ich dachte an die Gärten dort: feste lehmbraune Erde, ein bißchen schmierig, sehr fruchtbar; jeder Quadratmeter war bestellt, trug Kohl, Sellerie, Porree; viel Beerenobst an den Rändern; an warmen Abenden redeten sie über die Zäune hinweg, setzten sich zum Bier zusammen.

Während ich andere unzustellbare Post bearbeitete, lag Josuas Brief für sich auf einer Ecke meines Schreibtisches; immer wieder nahm ich ihn in die Hand, ließ mich von den Bildern verschlagen, die beim Lesen wie von selbst aufstiegen: ein heißes, stickiges Gefängnis in einer weißen Stadt, vor dem schiefen Gitter das Gesicht eines dunkelhäutigen Mannes, der hochgewachsen war wie die Speerfischer auf den Briefmarken, Posten in Khakizeug mit automatischem Gewehr, in samtener Dunkelheit das Kreuz des Südens über der Lagune, Josuas Würde und Gleichmut. Ohne daß ich darauf aus war, stellte sich Nähe ein, ich sah ihn dort und hier, auf sein Schicksal wartend in der hartgestampften Zelle, neugierig den sogenannten Johannisbeerweg hinabschlendernd zu Nummer zwölf. Sie mußten ihn dort kennen in der Gartenstadt, sie mußten sich seiner erinnern, also mußten sie auch in der Lage sein, Auskunft zu geben über

Lena Kuhlmann, der er doch offenbar nicht weniger zutraute, als daß sie ihm das Sterben erleichtern könnte.

Das Haus Nummer zwölf müssen Sie gesehen haben: nicht nur, daß es das größte und unförmigste Gebäude am Johannisbeerweg war – in gewissen Abständen war es um Veranden und Erker erweitert worden –, es war außerdem in einem fast schmerzhaften Rosa getüncht und hatte wohl ebenso viele Ausgänge und Eingänge wie der Bau eines Murmeltiers. Der Garten war nicht bestellt – im Unterschied zu den anderen Grundstücken, auf denen sie sich um jede Mohrrübe, jeden Kohlrabi einzeln zu kümmern schienen. In einem halbdunklen Schuppen stützten sich zwei rostige Fahrräder gegenseitig, sie zogen den Blick ab von hingeschmissenen Matratzen und Gießkannen und allerlei unbestimmbarem, hindämmerndem Krempel.

Die Tür, von der man vor kurzem ein Namensschild entfernt hatte, schien mir der Haupteingang zu sein; ich fühlte nach Josuas Brief in meiner Tasche und klingelte.

Sie müssen wissen: es gehört nicht zu meinen Aufgaben, die Suche nach einem Empfänger mit allen Mitteln anzustellen, also persönlich am Ort zu erscheinen und die Sachlage zu erkunden; im allgemeinen werden unzustellbare Briefe eine Zeitlang bei uns aufbewahrt und dann vernichtet;

doch diesmal konnte ich es einfach nicht nach Schema laufen lassen und folgte bereitwillig dem zwanghaften Bedürfnis, den Brief wunschgemäß zu vermitteln – nicht zuletzt, ich gebe es zu, damit die Bitte des Mannes da unten erfüllt würde.

Der zierlichen, energischen Frau, die erst nach mehrmaligem Klingeln öffnete, hielt ich auf flach ausgestreckter Hand Josuas Brief hin, und um ihrem automatisch entstehenden Mißtrauen zu begegnen, stellte ich mich als »Mann von der Post« vor. Ob Lena Kuhlmann hier wohne? fragte ich so unbefangen wie möglich, worauf die Frau, leicht gereizt und mit Entschiedenheit sagte: Nicht mehr; sie hat früher hier gewohnt, aber nun nicht mehr. Wissen Sie, wo sie sich aufhält, fragte ich. Nein, sagte die Frau – und ich sah, daß sie log –, nein, keine Ahnung. Ich sagte aufs Geratewohl: Sie sind Ihre Schwester, nicht wahr?, worauf die Frau sich abwandte und forschend den Weg hinabblickte, hastig suchend über die Gärten spähte und dann leise fragte: Von der Polizei, nicht? Sie sind von der Polizei? Ich gab ihr den geöffneten Brief, bat sie, den Inhalt zu lesen und selbst zu entscheiden, ob Frau Kuhlmann ihn erhalten sollte, und dann überflog sie den Brief, während ich vor ihr stand, sah fassungslos zu mir auf, las noch einmal und machte eine Geste der Hilflosigkeit. Sie sehen selbst, wie wichtig es ist, sagte ich. Die Frau nickte, sie schien zu überlegen, ob sie mich ins Haus bitten sollte, der Inhalt des Briefes hatte sie offenbar so getroffen, daß sie bereit war, ihre abweisende Haltung aufzugeben; doch ihr Argwohn – oder ein Versprechen, das sie gegeben hatte – erwies sich als stärker. Können Sie wiederkommen, fragte sie, können Sie in einer Stunde wiederkommen? Sicher, sagte ich.

Wenn man mich fragt, was ich nicht ertragen, nicht ausstehen kann, dann muß ich mit einiger Berechtigung sagen: das Unvollständige. Alles Lückenhafte widert mich an, es quält mich, läßt mir keine Ruhe, ich muß es ergänzen, vervollständigen, wenn Sie verstehen, was ich meine: weiße Stellen, ganz gleich, wo sie vorkommen, rufen in mir eine brennende Unzufriedenheit hervor. Deshalb kam ich gar nicht erst in Versuchung, die Stunde in einem laubenartigen Café abzuwarten, das sich »Zur Flurwirtin« nannte; ich ging lediglich den Johannisbeerweg hinab, drückte mich durch eine Hagebuttenhecke und setzte mich, durch einen Stapel von ausgesonderten Schwellen gedeckt, auf den von Abfällen versauten Damm der S-Bahn, von wo aus ich das Haus Nummer zwölf beobachten konnte. Krähen suchten hoppelnd den Damm ab, in unmittelbarer Nähe hörte ich den scharfen Pfiff von Ratten. Donnerte ein Zug über mir vorbei, dann riß der Fahrtwind Plastikfetzen und Papier hoch und entführte das Zeug in die nächsten Gärten.

Als Lena Kuhlmanns Schwester das Haus verließ, trug sie einen offenen Mantel; auch in ihrer Eile vergaß sie nicht, zu sichern, spähte starr die Wege hinab, warf einen prüfenden Blick in den Schuppen. Leicht konnte ich den rostbraunen Mantel verfolgen, der sich an löchrigem Gebüsch entlangbewegte, vor Wegkreuzungen verharrte, schließlich, nachdem er sanft über einen mit Pfützen bedeckten Platz geweht war, auf ein Haus zusegelte, das mausgrau am Rand der Gartenstadt lag. Noch bevor sie die drei, vier Stufen erstiegen hatte, öffnete sich vor der Frau die Tür und wurde sogleich hinter ihr geschlossen. Daß ein Schlüssel umgedreht wurde, möchte ich für sicher halten.

Ich sah auf die Uhr: nicht weniger als vierzig Minuten mußte ich warten; dann wurde die Tür wieder geöffnet, zwei Frauen traten hinaus, gingen anscheinend Hand in Hand die Wege hinauf zum Haus Nummer zwölf; sie gingen keineswegs im gleichen Rhythmus und von gleichem Wunsch erfüllt; je näher sie kamen, desto deutlicher war zu erkennen, daß die Frau im rostbraunen Mantel nicht nur den Weg bestimmte, sondern auch Energie und Worte aufwenden mußte, um die magere blonde Frau, die einen halben Schritt zurückhing, mit sich zu ziehen. Ich brauche Ihnen nicht zu sagen, daß es Lena Kuhlmann war, die hinter ihrer Schwester herwankte, nicht widerstrebend oder apathisch, sondern, wie ich auszumachen glaubte, nur müde und kraftlos. Beim Aufgang zu Nummer zwölf mußte sie sich auf das klotzige Geländer stützen.

Sollen sie noch eine Weile für sich haben, dachte ich, sollen sie sich besprechen, abstimmen; mir ging es nur um die Zustellung dieses Briefes, mein Auftrag schien erfüllt zu sein. Im Grunde hätte ich mir einen zweiten Besuch schenken können, doch weil die Schwester mich gebeten hatte, wiederzukommen, kreuzte ich nach der vereinbarten Zeit noch einmal auf, erwartete nicht mehr als ein bestätigendes Nicken oder einen achtlosen Dank, mit dem die meisten uns abspeisen. Zu meiner Verblüffung aber wurde ich stumm und heftig ins Haus gezogen, dankbar sogar; ohne mir eine Gelegenheit zu geben, mich umzusehen, zog die zierliche Frau mich über einen trüben Flur, öffnete eine Schiebetür und deutete in ein mit unausstehlichen Rohrmöbeln überladenes Wohnzimmer, in dessen Mitte, genau unter einer Hängelampe, Lena Kuhlmann saß.

Bei meinem Eintritt wandte sie nicht den Kopf; starr saß sie da, verloren, wie geborgt, neben einem Stuhlbein lag ihre aufgeklappte Handtasche. Augenscheinlich hatte sie sich an einem Bord festgesehen, das mit Zinnkrügen besetzt war; denn nach einer flüchtigen Erwiderung meines Grußes blickte sie wieder an mir vorbei auf die kleine Sammlung. Sie hatte ein ausgezehrtes Gesicht, tiefliegende Augen; ihre hängende Unterlippe wurde von leichtem Zittern bewegt; das volle, aber stumpfe Haar wellte sich in ihrem Nacken.

Nach meiner Schätzung war Lena Kuhlmann älter als ihre Schwester, die mir nun einen der Rohrstühle anbot und die teilnahmslose Frau aufforderte, mir zu sagen, was zwischen ihnen ausgemacht worden war. Lena Kuhlmann schwieg, nur ein Zug des Bedauerns glitt über ihr Gesicht. Ihre Schwester trat hinter sie, streichelte ihre Schulter und bat verzweifelt: Nun sag doch schon dem Herrn, daß sie weg ist, Josuas Adresse, daß du sie nicht finden kannst, nun sag es doch schon.

Lena Kuhlmann wandte mir ihr Gesicht zu, ihre geweiteten, glanzlosen Pupillen richteten sich auf mich, und mit einer Bekümmerung, die nur mechanisch wirkte, flüsterte sie: Josuas Vateradresse war immer in der Handtasche; nun ist sie fort. Aber wir wollen ihm schreiben, sagte die Schwester schnell und mit Bestimmtheit, wir müssen Josua schreiben, nicht wahr? Das haben wir doch beschlossen, Lena.

Lena Kuhlmann sah mich mit einem Ausdruck von Ratlosigkeit an, als wollte sie fragen: Wohin, wohin denn soll ich den Brief adressieren? Ich hatte den Eindruck, daß sie von mir bestätigt zu werden wünschte in ihrem Verzicht; doch ich reagierte nicht, ich steckte mir eine Zigarette an und beobachtete, mit welch bitterem Eifer die Schwester nach Schreibzeug suchte, und nachdem sie einen linierten Block und einen Kugelschreiber aufgestöbert hatte, beides zu Lena hintrug und zuerst bittend und dann befehlend sagte: Schreib, komm, schreib an Josua, er hat's verdient, los, fang schon an! Sie legte das Schreibzeug auf Lenas Schoß, blickte vorwurfsvoll auf sie hinab, sinnend und mit unbarmherziger Ausdauer, und plötzlich schrie sie, schrie so laut, daß ich erschrak: Los! Schreib! Tu, was du ihm schuldig bist, du... du... Mit Tränen in den Augen wandte sie sich ab, lief auf den Flur hinaus, kehrte jedoch gleich wieder zurück, beherrscht und erbittert und sagte: Schreib an Josua, Lena, bitte.

Und wie um Lena ihrer Aufgabe zu überlassen, kehrte sie ihr den Rücken und trat auf mich zu mit schütterem Lächeln und sagte: Fast, fast wären sie verheiratet; ich kann es Ihnen ruhig erzählen; fast wären sie getraut worden, und Josua hätte seine Aufenthaltsgenehmigung bekommen und wäre nicht abgeschoben worden. Ich spürte an ihrer lauschenden Haltung, daß das, was sie mir erzählte, nicht für mich allein bestimmt war, es galt ebenso der Frau, die entschlußlos auf dem Stuhl saß und nur auf das Schreibzeug starrte. Fast, wiederholte die Schwester mit ruhiger Verachtung, aber selbst für den Augenblick auf dem Standesamt mußte sie das Zeug nehmen, der Standesbeamte erkannte, daß sie nicht ganz bei sich war, darum forderte er sie beide auf, noch einmal in sich zu gehen und zu gegebener Zeit wiederzukommen.

Zu Hause angekommen, wurde Lena bereits von ihren beiden Freunden erwartet, die ihr zunächst ohne ein Wort die fünfzehnhundert Mark aus der Handtasche holten – den Betrag, den sie als Lohn für den Gang zum Standesamt erhalten hatte – und die bemüht waren, Josua zu besänftigen. Er, Josua, soll danach nur dagesessen haben in unergründlichem Schweigen, eine mehrfarbige Schnur zwischen den Fingern, in die er, ohne hinzusehen, Knoten schlug, die er nach flüchtigem Befummeln wieder auflöste.

Es war unentscheidbar, ob Lena Kuhlmann zuhörte; sie verhielt sich regungslos und starrte auf das Schreibzeug und veränderte ihre Haltung auch dann nicht, als die Schwester sich zu ihr hinabbeugte und begütigend auf sie einsprach. Sie werden verstehen, daß ich mir jetzt das Recht nahm, mehr zu erfahren; ich unterbrach sie, ich fragte: Um was ging es denn? Bleiben, sagte die Schwester nach einer Weile, Josua wollte nur hier bleiben. Er war in irgend etwas verwickelt, dort, wo er herkam, seine Familie hatte für ihn gesammelt, so erschien er hier, doch seine Anträge auf Aufenthaltsgenehmigung wurden abgelehnt.

Jedenfalls, nach der geplatzten Trauung richtete sich Josua allem Anschein nach aufs Warten ein, er erschien immer wieder unangemeldet vor dem

Haus, erkundigte sich nach Lenas Befinden und brachte ihr kleine Geschenke, und wenn ihm nicht geöffnet wurde, ging er in den Schuppen, setzte sich auf die Matratzen und beobachtete das Haus. Stundenlang konnte er so sitzen, brütend und ergeben, mit unentmutigter Geduld, als sei das, was er sich wünschte, einlösbar und nur eine Frage der Zeit. Oft verbrachte er eine ganze Nacht im Schuppen.

Fast, sagte die Schwester, wäre es Josua gelungen, Lena von dem Zeug zu befreien, mit dem sie sich hochbrachte. Er wußte, von wem sie es erhielt, er ahnte die Zusammenhänge. Sie duldete seine Anwesenheit, und er stand ihr bei, wenn sie, außer sich, die Wände raufgehen wollte. Wer weiß, sagte die Schwester, wohin sich alles von selbst entwickelt hätte.

Plötzlich ließ Lena Kuhlmann den Schreibblock auf den Boden fallen, sie würgte, rang nach Luft, zeigte auf eine Seltersflasche. Ihre Schwester gab ihr zu trinken und sagte auf einmal glücklich: Du schreibst ja, Lena, du hast ja schon angefangen, hier – sie bückte sich nach dem Block und legte ihn auf Lenas Schoß –, mach nur weiter, Josua hat es verdient. Sie streichelte sie voller Anerkennung und nickte mir erleichtert zu. Warum mußte er fort, fragte ich. Ah, sagte sie erbittert, dieses Gespann hat dafür gesorgt, dieses Freundesgespann: sie haben auf sein Geld verzichtet, weil etwas anderes ihnen wichtiger war. Josua wurde abgeschoben. Die Schwester wandte sich der Schreibenden zu, beobachtete, wie diese sich leicht wegdrehte und den Block abzuschirmen versuchte und nach einiger Zeit des Bedenkens den Brief beendete, ohne aufzusehen oder innezuhalten. Zittrig löste sie den Bogen, faltete und kuvertierte ihn. Und dann – Sie dürfen mir glauben, daß ich ganz schön überrascht war –, dann stand Lena Kuhlmann abrupt auf; sie, die bisher kaum ein Wort an mich gerichtet hatte, trat auf mich zu und hielt mir den Brief hin und sah mich bittend an. Sie müssen ihn ausfindig machen, sagte sie und fügte hinzu: Seine Vateradresse, ich weiß genau, daß ich sie in der Handtasche hatte, vielleicht hat man sie mir herausgenommen. Die genaue Adresse hätte uns sehr geholfen, sagte ich. Sie lächelte bekümmert und fragte: Sie werden doch alles versuchen? Alles, was uns möglich ist, sagte ich. Selten zuvor bin ich so bedankt worden wie bei meinem Abschied am Johannisbeerweg.

Sie werden sich wohl schon gedacht haben, daß ich auch diesen Brief Karl zeigte, dem noch immer mehr eingefallen war als uns allen zusammen. Skeptisch wog er ihn in der Hand, suchte ihn mit dem Vergrößerungsglas ab, automatisch. Er blickte auf den in Blockbuchstaben geschriebenen Namen, während ich ihm erzählte, was ich wußte; ich sagte ihm auch, wieviel mir daran gelegen war, daß dieser Brief seinen Empfänger erreichte.

Hör zu, sagte er nach einer Weile, schreib unter den Namen: »verurteilt« und schick den Brief an die Hauptpost dort unten; wenn unsere Kollegen sich soviel Mühe geben wie wir, werden sie den Mann schon finden. Ist das dein Ernst, fragte ich, und er darauf: Sicher, was sonst?

Zum Vorzugspreis

Sie mußte ihm einfach ihre Neuerwerbung zeigen, und da sie ihn nicht am Küchentisch fand, mürrisch über seine Patience gebeugt, ging sie mit der gelben, knisternden Papiertüte in den Garten, wo sie ihn sogleich vor dem schiefen Holzschuppen sah, in seiner blauen Arbeitsschürze. Er rupfte Tauben. Perlgrau schimmerten die Bälge in einer Reihe auf der Bank, violette Halsringe funkelten, die Augenlider an den Köpfen, die er vom Rumpf getrennt und in einen Drahtkorb geworfen hatte, waren bereits geschlossen. Wortlos näherte sie sich hinter seinem Rücken, immer zaghafter, immer unsicherer – allerdings weniger, weil sie sich dem Anblick des toten Vogels nicht gewachsen fühlte, den er gerade in eine Schüssel mit heißem Wasser tauchte, um das Federkleid gefügiger zu machen, als vielmehr weil sie einzusehen begann, daß er ihr bei seiner Arbeit nicht allzuviel Aufmerksamkeit würde widmen wollen.

Im Schutz der Johannisbeersträucher blieb sie stehen, blickte auf seine gebeugte, magere Gestalt, auf den hängenden Hosenboden, den eigensinnigen Kopf, eine dauernde Gereiztheit schien ihn zu beherrschen, eine unaufhebbare Unzufriedenheit mit sich selbst, auch jetzt, während er den zarten Federflaum von der Haut riß und die entblößten Arme heftig schlenkernd bewegte, um einzelne Federn loszuwerden, die immer wieder festklebten. Sie hörte ihn leise fluchen und beschloß, ins Haus zurückzugehen und ihm dort zu zeigen, was sie sich nach dem bedrückenden Besuch bei ihrer Schwester gekauft hatte. Da fragte er: Ist was? – und noch einmal, ohne sich umzuwenden: Ist was, Nelly?

Seit mehr als dreißig Jahren mit seiner eigentümlichen Fähigkeit der Wahrnehmung vertraut, war sie dennoch überrascht, daß er ihre Anwesenheit bemerkt hatte, ohne sich umzusehen, einen Augenblick fühlte sie sich wie ertappt, stand nur und richtete stockend Grüße aus, auf die er nicht einmal nickte. Dann trat sie zögernd in sein Blickfeld und sah zu, wie er den Balg mit einem einzigen Schnitt öffnete, den Zeigefinger hineinsteckte und ihn nach kleiner Drehbewegung leicht gekrümmt herauszog, so geschickt und entschieden, daß das ganze Gekröse zum Vorschein kam. Wie viele sind es, fragte die Frau, und er darauf, ohne aufzublikken: Acht, nur die Elternpaare.

Instinktiv verbarg sie die Papiertüte hinterm Rücken, in der Hoffnung, daß er sie bisher noch nicht entdeckt hätte. Sie bedauerte jetzt, zu ihm hinausgegangen zu sein, verstand sich selbst nicht, da sie doch wußte, wie er noch fast jedes Mal reagiert hatte, wenn sie ihm eine Neuerwerbung zeigte, ein Halstuch, einen Rock, einen ärmellosen Pullover. Aus den Augenwinkeln mußte er bemerkt haben, daß sie die Tüte vor ihm zu verbergen suchte, er produzierte einen zischenden Laut des Ärgers und klatschte den durchgespülten Körper der Taube auf ein gescheuertes Küchenbrett. Komm schon, sagte er, was ist es diesmal? Die Frau, die beinahe einen Kopf größer war als er, trat einen Schritt zurück, und er, gereizt: Los, zeig sie schon her, deine übliche Überraschung. Sie brachte die Tüte nach vorn, öffnete sie nervös – gerade als machte ein aufkommendes Schuldbewußtsein ihre Finger fahrig und unsicher –, zog einen leichten, mit Laternenblumen bedruckten Stoff heraus und wagte es nicht, sich die Bluse anzuhalten. Sie lächelte säuerlich, sie sagte: Keine sechzig Mark hat diese Bluse gekostet, keine sechzig Mark; und Frieda wird wohl in ein Heim müssen, Henry.

Der Mann nahm die Bluse kaum zur Kenntnis, mißmutig griff er sich den nächsten Balg, der noch im Federkleid steckte, drückte ihn unter Wasser und ächzte dabei leise. Aber neulich, sagte er, du bist doch erst neulich mit einer Bluse angekommen. Im März, Henry, sagte die Frau, das war eine Übergangsbluse, du meinst doch die gestreifte? Die gelungene Rechtfertigung machte sie sogleich sicherer, sie ließ die gelbe Tüte auf die Erde gleiten, straffte ihre Figur und hielt sich beidhändig die Bluse an, den Kopf ein wenig zurückgelegt, voller Erwartung, daß er sie ansähe; doch anstatt aufzublicken, deutete er plötzlich auf die Tüte und fragte: Seegatz? Textilhaus Seegatz? Warst du da? Sie nickte verwundert; sie hob die Tüte auf, tauchte mit einem Arm hinein und fischte nach dem Kassenbon, den sie dem Mann auf brüske Weise nah vor die Augen hielt: Hier, Henry, kannst sehen, neunundfünfzigachtzig. Mit zischender Bewegung schob er ihre Hand mit dem Bon aus seinem Gesichtsfeld, seine Stimme senkte sich, bekam etwas Schleppendes, Monotones, wie immer, wenn seine Erregung zunahm; nicht an seinem Gesicht oder an seinen Gesten, an seiner Stimme erkannte sie, was er empfand.

Zuerst wollte er wissen, ob sie den ausgeschriebenen Preis bezahlt hätte. Sie bestätigte es achselzuckend, worauf er sie aufforderte, sich genau zu erinnern, wer sie bedient hätte, ob es nicht zufällig ein beflissener Alter gewesen sei, stummelhafte Zähne, das war ihr weniger aufgefallen, sie konnte sich nur an einen Verkäufer erinnern, der für sein Alter sehr gut aussah und einfach nicht nachließ in seiner Höflichkeit. Jetzt hob der Mann seinen Blick und sah sie lange an, vorwurfsvoll, aber auch schon zur Nachsicht bereit, sein Blick dauerte so lange, daß es ihr gelang, eine kleine Lähmung zu überwinden und sogar den Mut zur Selbstverteidigung aufzubringen: Glaub nicht, daß es von deinem Geld ist, Henry, alles ist gespart in den letzten Wochen, alles. Da sie nur darauf aus war, die Wirkung ihrer Worte abzuwarten, entging ihr der flüchtige Ausdruck von Bedauern, der auf seinem faltigen Gesicht erschien und sogleich abgelöst wurde von einer stierenden Verlorenheit. So stand er eine Weile da, den Körper der angerupften Taube in der Hand.

Los, sagte er plötzlich, komm, pack alles ein, mach schon. Er ließ den Balg in die Schüssel fallen, band die Arbeitsschürze ab, rieb mit einem Taschentuch die Arme trocken, krempelte hastig die Ärmel herab und knöpfte sie zu. Sie wußte, daß sie nicht ankam gegen diese Härte, gegen diese Entschiedenheit, und sie hatte es sich abgewöhnt in den mehr als dreißig Jahren ihrer Ehe, sich frühzeitig und in jedem Fall einweihen zu lassen in seine Beschlüsse und Pläne und Vorhaben, einfach, weil er sich von dem, was er sich vorgenommen hatte, nicht abbringen ließ. Er bestand darauf, seine eigenen Erfahrungen zu machen. Immer.

Wie verbissen er ihr vorausging, die Frau hatte Mühe, ihm zu folgen, doch selbst außer Atem, pflückte und zupfte sie an ihm herum, entfernte im Gehen Taubenfedern von seinem Hemd, von seinem Nacken, aus seinem Haar. Er hatte sie nie davon abbringen können, sich in der Öffentlichkeit verantwortlich für ihn zu fühlen. Es machte ihr nichts aus, daß sich mitunter Leute nach ihnen umdrehten, vermutlich weil sie in ihren Augen ein komisches Paar abgaben; in solchen Momenten nahm sie unwillkürlich seinen Arm und war bemüht, in seinen Schritt einzufallen. Immer noch, nach all der Zeit, hatte sie es nicht vergessen, daß er es gewesen war, der ihr damals die Furcht genommen hatte, eine unbestimmte Furcht, die aufkam, als sie sechzehn war und die sie jahrelang besetzt hielt.

Sie gingen an dem Platz vorbei, auf dem das Technische Hilfswerk übte, Männer in Drillichzeug übten einen Katastropheneinsatz, schleppten im Laufschritt Bahren an eine Feuerstelle heran, schnürten heiter Kollegen ein und trugen sie zu bereitstehenden Sanitätsfahrzeugen. Nicht so schnell, Henry, nicht so schnell. Der Mann trug die gelbe Tüte mit festem Griff, sein Griff hatte etwas Unerbittliches, schattenhaft war zu erkennen, daß der Stoff der Bluse zusammengerutscht war und sich wie verängstigt in einer Ecke der großen Tüte häufte. Von der Betonbrücke aus konnten sie das Textilhaus Seegatz erkennen, es war beflaggt und bewimpelt, vor dem portalartigen Eingang stand ein Spalier mehrfarbiger Windmühlen, deren Plastikflügel sich im Wind drehten. Nein, Henry, sagte die Frau; sie hielt ihn zurück, sie sah ihn dringend an und flüsterte: Bitte, es war mein Geld, ich kann dir beweisen, daß es mein

Geld war... Wenn du das tust, Henry... Reg dich nicht auf, sagte der Mann, ich will nur etwas ausprobieren. Was hast du vor, fragte die Frau, und er darauf, in erbitterter Ruhe: Es geht jedenfalls nicht um deine Bluse.

So, wie er sie jetzt aufforderte, mit ihm zu gehen – zwinkernd, komplizenhaft und mit unerklärlicher Siegesgewißheit –, blieb ihr gar nichts anderes übrig, als den Weg freizugeben, sie hängte sich bei ihm ein und ließ ihn den Schritt bestimmen bis zum Eingang des Kaufhauses. Schnell durchquerten sie den Vorraum und strebten zur Rolltreppe hin. Die Menschen, die ihnen mit Päckchen und Tüten entgegenkamen, wirkten gutgelaunt, einige betrugen sich, als hätten sie etwas gewonnen. Hier ist es, Textilwaren, sagte die Frau und blieb unwillkürlich stehen, bereit, ihm alles allein zu überlassen oder sich nur in einiger Entfernung zur Verfügung zu halten, für alle Fälle. Du bleibst bei mir, sagte der Mann.

Der Verkäuferin, die nach einem Blick auf seine Tüte freundlich wissen wollte, ob er etwas umzutauschen habe, gab er zu verstehen, daß er in dringender Angelegenheit mit Herrn Kurtz sprechen müsse, nur eine Minute, worauf das Mädchen sich suchend umsah, dann gegen die hohen Fenster zeigte und feststellte: Der Chef bedient gerade, aber ich werd's ihm schon mal sagen. Beide beobachteten, wie das Mädchen sich ihrem Chef näherte, mehrmals verhielt, dann hinter den Rücken der Kundin trat und von dorther ein Signal gab, und der Chef verstand, er verbeugte sich leicht vor der Kundin, hob bekümmert die Schultern und schien ihr zu versichern, daß sie bei der jungen Verkäuferin in besten Händen sei.

Mensch, Henry, sagte er aufgeräumt, endlich machst du's mal wahr, und das ist deine Frau, wenn ich nicht irre. Daß der Chef sie schon beim Eintritt bemerkt hatte, waren sie nicht gewahr geworden, er begrüßte sie mit einwandfreier Überraschung, hielt Ausschau nach einem stilleren Winkel, wo man der Wiedersehensfreude nachgeben könnte, fand aber augenscheinlich nichts und legte dem kleinen Mann eine Hand auf die Schulter – mit einem Ausdruck von Versonnenheit, der die Frau erstaunte. Noch mehr aber staunte sie darüber, daß Henry den Namen des Mannes kannte, der sie bedient hatte; ohne daß sie es beabsichtigte, blickte sie von einem zum andern, fordernd, als wäre es an der Zeit, Aufschluß zu erhalten über die bestehenden und ihr bis heute verheimlichten Beziehungen.

Offenbar war es mehrere Jahre her, daß die beiden Männer sich zum letzten Mal gesehen hatten; auf Anregung des Chefs versuchten beide, sich zu erinnern, doch es wollte ihnen nicht glücken, vielleicht mißlang ihnen der Erinnerungsversuch auch absichtlich, jedenfalls hatte die Frau für einen Augenblick das Gefühl, daß ihnen nicht sehr viel daran lag, das Jahr zu bestimmen. Als der Chef die Tüte entdeckte, machte er zunächst eine anfragende Geste – zufrieden? Ihr seid doch hoffentlich zufrieden? –, dann schien ihm plötzlich etwas einzufallen, etwas Naheliegendes, das ihm, gerade weil es so nahe lag, aus dem Gedächtnis geraten war; und schon nahm er Henry die Tüte ab. Es ist eine Bluse, sagte die Frau, und der Chef, eilfertig: Oh, ich weiß, und Sie haben sie bei mir gekauft, ich weiß, ich weiß. Ich dachte, sagte Henry, ich sollte mal vorbeikommen, es ist mir damals angeboten worden, bei unserm letzten Wiedersehen. Aber sicher, sagte der Chef, und ich bin froh, daß du endlich mal von meinem Angebot Gebrauch machst, endlich mal, ich schlage vor, daß ich das gleich in Ordnung bringe, der Kassenbon ist wohl in der Tüte.

Kaum war der Chef auf dem Weg zur Kasse, da fragte die Frau auch schon: Woher, Henry, woher kennt ihr euch? Du hast mir nie von ihm erzählt. Wart doch ab, sagte der Mann. Es ist mir peinlich, Henry, wirklich, und der Mann, dem Chef unablässig mit den Blicken folgend: Vorzugspreis ist Vorzugspreis, da braucht einem nichts peinlich zu sein. Er sah, wie der Chef mit der Kassiererin sprach, ihr den Bon zusteckte und, während der Kauf neu verbucht wurde, an einen Packtisch trat, wo er die verknüllte Bluse aus der Tüte gleiten ließ und sie liebevoll zusammenlegte und ihre wiedergewonnene neue Form mit gerippten Plastikklammern sicherte. Die übertriebene Pfleglichkeit, die der Chef bei allem zeigte, hatte nichts Ironisches oder Distanzierendes, vielmehr hatte die Frau jetzt den Eindruck, daß er aufrichtig darüber erfreut war, etwas für sie tun zu können.

Und so kehrte er zu ihnen zurück, lächelnd, die Tüte auf ausgestreckter, flacher Hand, fast verstohlen steckte er Henry den neuen Bon und den Differenzbetrag zu, nur kein Aufsehen, keinen Dank bitte, und mit Genugtuung sagte er: Das hätten wir, siehst du, so leicht geht das bei uns. Er lud sie nicht ein, sie zu den gerade eingetroffenen Sommer-Modellen zu führen, vielmehr wirkte er nur noch, als sei er aus einer Pflicht entlassen, zufrieden und, wie die Frau glaubte, auf sonderbare Weise erleichtert. Zum Abschied allerdings forderte er sie auf – und er schloß ausdrücklich in seine Aufforderung die Frau mit ein –, demnächst wieder einmal vorbeizuschauen, ein Anfang sei ja nun gemacht, endlich, und solange er hier das Sagen habe, bleibe die Abmachung bestehen.

Nur bis zum Fuß der Rolltreppe hielt Henry es aus, dann mußte er einfach den neuen Bon überprüfen. Sein Gesicht hellte sich auf, eine Art grimmiger Freude schien ihn zu erfüllen, und er nickte für sich und stieß die Frau an und sagte: Sieh dir das an, Nelly, das nennt sich Vorzugspreis – statt neunundfünfzigachtzig nur noch siebenunddreißigzehn; sieh dir das an. Ich weiß nicht, sagte die Frau, mir ist es peinlich, und mißtrauisch: Woher kennt ihr euch? Keiner soll sich entgehen lassen, worauf er ein Recht hat, sagte der Mann und sah lächelnd zu ihr auf. Aber woher kommt dieses Recht, fragte die Frau, und er darauf: Später, laß uns jetzt gehen, ich hab alles so liegen lassen.

Ihr behagte die Aufgeräumtheit nicht, in der er sich auf einmal befand; gleich nach dem Verlassen des Kaufhauses hatte er ihr die Tüte übergeben, nicht gerade triumphierend, aber doch mit überlegener Miene: hier, siehst du, so mach ich es, und nun brannte er sich seine Stummelpfeife an und ließ die Frau vorausgehen. Und in dem Gefühl, etwas gemeistert zu haben, schien er die Schroffheit seines Aufbruchs zu bedauern, versöhnlich gestand er ihr zu, mit ihrem Geld machen zu können, was sie wollte, mit ihrem, wie er schnell hinzufügte, am Haushalt gesparten Geld. Für ihn sei das doch selbstverständlich, behauptete er, jeder müsse nun einmal etwas haben, was ihm ganz allein gehöre, bei aller Bereitschaft zu teilen. Er grüßte zu den Männern des Technischen Hilfswerks hinüber, die ihre Katastrophenübung unterbrochen hatten und auf Holzkisten und Autoreifen herumsaßen, in die nur noch schwach qualmende Feuerstelle blickten und rauchten.

Die Frau brachte die Tüte nicht ins Haus, wie er

es erwartet hatte, sie hielt sich nun hinter ihm und ging mit zum Schuppen, wo er sich gleich die Arbeitsschürze vorband und die Ärmel hochkrempelte. Er fühlte die Temperatur des Wassers in der Schüssel; es ist kalt geworden, sagte er, für die letzten brauch ich warmes Wasser. Während er sich die angerupfte Taube griff, spitzte er den Mund wie zu einem Pfiff, Daumen und Zeigefinger fuhren ins Federkleid, rissen büschelweise die feinen Kiele aus dem Fleisch, ein aufkommender Wind nahm sich den Flaum und trieb ihn in die Beerensträucher. Die Frau stand schräg vor ihm, gerade so weit, daß er sie im Blick hatte, ohne aufsehen zu müssen; obwohl ein Hauklotz neben ihr war und eine alte Obstkiste, setzte sie sich nicht, und er spürte ihre dringende Wißbegier.

Siehst du, Nelly, sagte er, sie lassen sich leichter rupfen, wenn ich sie vorher in heißes Wasser tauche. Ja, sagte die Frau, ich hol's dir gleich. Schön, sagte er beiläufig, dann sollst du auch erfahren, woher ich Kurtz kenne, diesen Verkäufer: er hat mich entkommen lassen. Er hat mich ganz einfach entkommen lassen, am Ende des Krieges. Und weil er voraussah, daß sie sich mit dieser Auskunft nicht zufriedengeben würde, blickte er lächelnd auf und fand sie nicht einmal überrascht, sondern nur verständnislos, und er nickte ihr aufmunternd zu – gerade so, als könnte sie ihnen beiden etwas ersparen, wenn sie ihm jeden weiteren Hinweis erließe; doch an der Art, wie sie vor ihm aushielt, erkannte er, daß sie auf ihrem Anspruch bestand. Zögernd berupfte er den mageren Hals der Taube.

Was die Frau vermutete: daß er nach Möglichkeiten suchte, sie zu schonen, traf weniger zu als die Tatsache, daß er noch nie darüber gesprochen hatte und jetzt einfach unter der Not des Anfangs stand. Soviel hatte er immerhin schon gesagt: daß der Verkäufer ihn damals hatte entkommen lassen. Es war am Strand, Nelly, sagte er, es war vor den Dünen, mäßiger Wind und Sonne, ich weiß noch. Die Frau erfuhr, daß das alte Schiff, das die Insassen mehrerer Gefängnisse aus dem Osten herübergeholt hatte, auf der Reede versenkt worden war, acht Tage vor dem offiziellen Ende des Krieges. Du warst im Gefängnis, fragte sie erschrocken, du? Ja, sagte er, ich war in einem Wehrmachtsgefängnis. Die Frau sah ihn fassungslos an, sie fragte: Warum? Was hast du getan? Ich war nicht einverstanden, sagte er, nicht einverstanden mit einem Befehl, darum buchteten sie mich ein. Aber kein Wort, Henry, sagte sie stockend, du hast mir nie ein Wort davon erzählt. Man muß nicht alles erzählen, sagte er, manches kann man übergehen. Sie musterte ihn mit plötzlichem Mißtrauen, doch er übersah ihren Blick und fuhr einfach fort: Unser Schiff jedenfalls sank langsam, fast alle konnten sich retten, auf Booten, auf Flößen, viele schwimmend, fast alle konnten sich retten. Mein Gott, Henry, sagte die Frau, das kann doch nicht wahr sein. Sie setzte sich auf den Hauklotz, legte die Einkaufstüte ins Gras und starrte ihn ratlos an.

Kurtz und er waren unter den ersten, die an Land wateten. Du mußt wissen, Nelly, er gehörte zur Wachmannschaft damals. Jeder hatte mit sich selbst zu tun, es war ein schöner Vormittag. Ich begann einfach zu laufen, weißt du, sagte der Mann, obwohl Kurtz bei mir war und mich warnte und den Karabiner hob. Er hat geschossen? fragte die Frau, und der Mann beschwichtigend: Nein, aber mir war, als hörte ich den Schlagbolzen auftreffen, zweimal. Er hat abgedrückt, das schon, aber es kam kein Schuß, weißt du. Kann sein, der Karabiner war gar nicht geladen, oder... Er hat mich regelrecht entwischen lassen. Aber gezielt, sagte die Frau, er hat auf dich gezielt. Vielleicht, Nelly, weil er glaubte, von den andern beobachtet zu werden, schließlich war er dazu da, mich an der Flucht zu hindern. Jedenfalls, ich entkam in die Dünen.

Die Frau hockte wie betäubt da, es war ihr nicht anzusehen, daß sie ihm noch zuhörte, daß sie mitbekam, was er über die späteren, zufälligen Begegnungen mit Herrn Kurtz erzählte; er schätzte, daß sie sich allenfalls viermal getroffen hatten, immer ganz unerwartet. Sie hockte da, als hätte sie darauf verzichtet, mehr zu erfahren. Fünf Jahre sind es her, daß wir uns zum letzten Mal trafen, sagte der Mann, genau fünf Jahre, Nelly, wir tranken ein Bier zusammen, und beim Abschied machte er mir das Angebot. Bei ihm kriegen wir alles zum Vorzugspreis.

Der Mann zog die beiden Schwingen der Taube aus, der Balg sackte durch, die geröteten, verkrüppelten Füße hoben sich greifbereit; letzter Landeanflug, sagte der Mann und lächelte, schau mal hier: letzter Landeanflug. Er blickte zu ihr hinüber, mit der Aufgeräumtheit, die sie so beunruhigt hatte; die Frau erwiderte seinen Blick nicht, sie verschränkte die Finger und drehte sie angestrengt auf ihrem Schoß, wie bei dem Versuch, ein aufkommendes Gefühl niederzuzwingen oder zunächst nur abzuwehren. Daß du das machen konntest, Henry, flüsterte sie entsetzt, daß du das fertigbringst. Warum nicht, sagte er, und ich kann dir nur den Rat geben, nächstens auch zu ihm zu gehen; auch du bekommst bei ihm alles preiswerter. Daß du mir das verschweigen konntest, sagte die Frau. Unter seiner leichten Berührung zuckte sie zusammen, sie stand sogleich auf, nahm die Schüssel und goß sie aus. Ein schwacher Ausdruck von Furcht lag auf ihrem Gesicht, sie übersah die Papiertüte und sagte im Abwenden: Heißes Wasser, ich hole dir heißes Wasser. Er sah ihr nach, wie sie zum Haus ging, aufrecht und steifbeinig, er fühlte die Versuchung, ihr etwas nachzurufen, doch er unterließ es und winkte ab, zufrieden mit dem Erreichten.

Trost

»Danke, mein Kind, oh, danke.« Das sagt Frau Balnitz in der holzgetäfelten, gut beleuchteten Kabine, während Monika ihr in den kurzen, weißen Frottee-Mantel hilft. Den Gürtel wird sie erst gar nicht binden, denn die transportable Liege, mit blütenreinem Laken bezogen, steht schon bereit, das Beisetztischchen trägt bereits alle ausgesuchten Tuben, Flakons und Schälchen, und auf dem Marmortisch neben dem Waschbecken, wiedergegeben von einem Spiegel, über dem zwei schmiedeeiserne schwarze Rosen hängen, steht auch schon die Glasschüssel, aus der sanfte Kamillendämpfe steigen. Frau Balnitz, das sieht man, ist entspannt. Ohne erkennbare Befürchtung tritt sie nah an den Spiegel heran, öffnet den Frottee-Mantel, mustert die teigige gelbe Haut zwischen ihren Brüsten, quittiert mit müdem Lächeln die haarfeinen Furchen auf der Oberlippe und läßt sich achselzuckend auf der Liege nieder. Wie zeitlupenhaft sie sich ausstrecken kann! Bevor sie den Stoff des Mantels sammelt und über sich hebt, wird man gewahr, daß auch ihr Bauch von Sommersprossen bedeckt ist; also nicht nur Nasenflügel und Augenlider, sondern auch die fahle Haut über ihrem Bauch. Sie trägt einen hellblauen Schlüpfer und einen gleichfarbenen Büstenhalter. Mit einigen strählenden Griffen ordnet sie ihr üppiges, doch ein wenig stumpfes blondes Haar. Sie setzt eine heitere Duldermiene auf. »So, mein Kind.«

Das ist seufzend zu Monika hingesprochen, die, hochgewachsen, schwarzer Bubikopf, ebenfalls einen weißen, doch kurzärmeligen Mantel trägt. An ihr möchte man nichts ändern; ein Ausdruck heimlichen Überdrusses gehört ebenso zu ihr wie die Trägheit ihrer Bewegungen und der Glanz ihrer nackten Arme, deren Haut an Seidenstoff erinnert. Alles, was man ihr sagt, nimmt sie mit leichtem Stirnrunzeln auf; wenn sie zustimmt, tut sie es mit Verzögerung. Auch wenn die aufgeschlagene Zeitschrift auf ihrem Plastikhocker glauben lassen möchte, daß Monika eben noch eine Reportage über die Chinesische Mauer gelesen hat, kann man in ihrem Fall sicher sein, daß sich das Heft an dieser Stelle von selbst aufgeblättert hat. Also, Monika, die sich, anders als Frau Balnitz, nie im Spiegel zulächelt, weder resigniert noch selbstzufrieden.

Weil auch hier eins nach dem andern geht, legt Monika zuerst Kompressen auf, läßt den Kamillendampf in die Hautzellen und Porenkanäle hineinwirken; Drüsen-, Sinnes- und Deckzellen öffnen sich allesamt dem Duft und der zarttreibenden Kraft, die von der bescheidenen, wundertätigen

Pflanze ausgeht. Zeitlebens wird Frau Balnitz beim Duft der Kamille an ihre gütige Großmutter denken, die sie mit hinausnahm, wenn sie das Heilkraut pflückte und es später an Schnüren zum Trocknen aufhängte. Ergeben, eine kaum fühlbare Binde über den Augen, liegt sie da und sieht vor sich den kleinen dottergelben Buckel im weißen Blätterkranz. Fast könnte sie sich allein mit ihren Erinnerungen fühlen, denn Monika hat sich lautlos vor den Rundspiegel gesetzt und bearbeitet gemächlich mit einer Massagebürste ihre eigene Kopfhaut.

Jetzt klopft es, flüchtig, und mit dem Recht, das ihr zusteht, tritt, ohne auf ein Herein zu warten, Vera Putnow ein, die Chefin. Auch sie trägt einen weißen Mantel, der aber schon erschlafft ist und bestäubt und frische dunkle Flecken hat – Spuren ihrer hingebungsvollen Tätigkeit an einer Kundin. Ihr ebenmäßiges Gesicht ist leicht gerötet; eine Neigung zum Doppelkinn ist unübersehbar. Sie allein weiß, warum sie sich in ihr schönes braunes Haar eine maisblonde Strähne hineingebleicht hat. Obwohl sie zu Monika nur das einzige Wort: Telefon sagt, entgeht Frau Balnitz nicht der mitgesprochene Vorwurf. Zu zweit in der Kabine, begrüßen sich die beiden Frauen wie Freundinnen, lassen ihre Hände ineinander liegen, mustern sich freimütig und fragen sich Bekanntes ab. So, wie sie miteinander stehen, findet die Chefin nichts dabei, sich über Monika zu beschweren, allerdings nicht über ihre Fähigkeiten, sondern über die häufigen Telefonanrufe während der Arbeitszeit. Wichtig, mein Gott. Immer ist es wichtig. In *unserem* Alter weiß man, was wichtig ist.

Mit zusammengepreßten Lippen säubert Monika die feucht glänzende Haut, betupft und reibt sie und bereitet sie vor für die Maske aus Mandelkleie. Frau Balnitz, die sich statt für Quark für Mandelkleie entschieden hat, beobachtet im Spiegel Monikas Wirken, spürt, wie die kühlen Finger des Mädchens über ihre Wangen und Schläfen streichen, mechanisch, ehrgeizlos, abgezogen von gerade Erfahrenem. Etwas quält sie. Unschlüssig blickt sie in das Schälchen mit Mandelkleie, wendet sich plötzlich ab, atmet ein paarmal hörbar durch und betupft mit einem Papiertaschentuch ihr Gesicht. Ist was, mein Kind? Nein, nein. Nun wird die Mandelkleie aufgetragen, behutsam angeklopft, die blauen Augen von Frau Balnitz scheinen immer größer zu werden, und allmählich beginnt ihr belegtes Gesicht dem einer erstaunten, gutmütigen Eule zu gleichen. Warum weinen Sie?

Offenbar hat Monika gar nicht gemerkt, daß ihre Augen sich mit Tränen füllten, rasch nähert sie ihr Gesicht dem Spiegel und wischt mit den Tränen den nachtblauen Schatten von ihren Lidern. Die Reste des Schattens tilgt sie mit Öl. Ein Achselzucken soll andeuten, daß alles schon vorbei und überwunden sei, und wie um den Beweis dafür zu liefern, klopft sie aufmerksam die griesige Masse auf der Stirn nach, mit den Kuppen beider Zeigefinger, was so aussieht, als morste sie um Verständnis bittende Signale in Frau Balnitz hinein. Die hat sich ein wenig aufgerichtet und schaut verwundert das Mädchen an, das sie so manches Mal, ohne irgendeine Regung zu zeigen, behandelt hat. Der Kummer, den sie vermutet, bringt ihr das Mädchen zwar nicht gleich näher, doch er weckt ihr Interesse. Mutmachend zwinkert sie ihm zu; das Zwinkern mißlingt, wird beeinträchtigt durch die Mandelkleie. Glauben Sie mir, mein Kind, es lohnt sich nicht; welcher Art Ihre Enttäuschung auch sein mag, Tränen sind in jedem Fall verschwendet.

Nun muß sich Frau Balnitz sichtbar dem Wohlgefühl überlassen, das Duft und Wärme und ein schmetterlingsleichtes Kribbeln in den Wangen hervorrufen. Sie legt sich zurück. Mit spitzem Finger wischt sie sich eine kleine stechende Wimper aus dem Auge. Belustigt kräuselt sie die Lippen. In meinem Alter, mein Kind, darf man sich auf Erfahrungen berufen, zumindest, wenn man unter seinesgleichen ist. Monika nickt nur darauf, automatisch, nicht so, als könnte sie dieses Bekenntnis bestätigen. Um das klebrige Reinigungsöl loszuwerden, gegen das sie schon immer einen Widerwillen empfunden hat, dreht sie einen der vergoldeten Hähne auf und hält ihre Hände unter den warmen Strahl. Es lohnt sich nicht. Keine Träne. Es lohnt sich wirklich nicht.

Frau Balnitz weiß, was sie sagt. Ihre Erinnerungen sortierend, hat sie hinabgefunden zu ihrer ersten eigenen Enttäuschung, die ihr jetzt so fern, so kurios, so leichtgewichtig vorkommt, daß sie nur schmunzeln kann. Man spürt, daß sie reden möchte – verführt durch Entspanntheit und Wärme und ein Gefühl der grenzenlosen Überlegenheit gegenüber allem, was war. Sie glaubt, dem schweigsamen Mädchen etwas anbieten zu müssen, zum Trost. Es lohnt sich nicht, mein Kind, denn sie haben es nicht verdient. Keiner von ihnen hat es verdient. Seufzend entfernt sie einen kleinen Batzen Mandelkleie, der aufs Ohr gerutscht ist. Oh, wenn ich daran denke.

Jung und unternehmungslustig und zu allem, auch zum Erdulden, bereit: so will auch sie gewesen sein, nicht anders als alle anderen. Er hieß Gerold, doch seine Freunde nannten ihn Garry; Frau Balnitz setzt einfach voraus, daß Monika ihr zuhört, daß sie sich diesen Garry vorstellt, während sie natürlichem Eigelb Zitrone hinzugibt und das Gemisch mit zierlichem Besen zu schlagen beginnt. Also Garry, der einmal durch das Physikum gefallen war, aber mehrere Quiz-Sendungen im Radio gewonnen hatte. Ein sorgloser Junge, vielseitig begabt, vielleicht zu vielseitig, erzählt Frau

Balnitz und möchte am liebsten den Kopf über sich selbst schütteln. Voll von Einfällen und Erwartungen nahm Garry alles mit, was sich bot; einmal überredete er sie, an einem öffentlichen Dauerkußwettbewerb teilzunehmen, der von internationalen Kosmetikfirmen gesponsert wurde. Sie hören richtig, mein Kind, und was das schönste ist: es hätte nicht viel gefehlt, und unsere Namen wären im Guinness-Buch der Rekorde erschienen.

Monika setzt sich dicht neben die Liege, deckt den Büstenhalter von Frau Balnitz mit einem Handtuch ab und beginnt, das von Zitronenspritzern belebte Eigelb sacht auf die teigige Haut kleckernd, mit der Dekolleté-Behandlung. Fragen stellt sie nur selten. Sie nimmt diesen vielseitig begabten Garry so hin, wie Frau Balnitz ihn schildert. Er und Frau Balnitz bildeten damals eins von achtunddreißig Paaren, die sich im Festsaal eines Vier-Sterne-Hotels zu einem launigen Wettkampf bereitfanden. Zur Kaffee-Zeit fand die Eröffnung statt, eine Kapelle in kleiner Besetzung spielte Hintergrundmusik, die Kandidaten erhielten Nummern und wurden von einem bekannten Fernseh-Moderator dem Publikum vorgestellt, das sich ebenso amüsiert zeigte wie die Kellner, die während der ganzen Veranstaltung Bestellungen entgegennahmen. Wir hatten die Nummer siebzehn und erhielten den gleichen Beifall wie alle andern Paare. Geküßt werden durfte nur im Stand, nach Möglichkeit in korrekter Umarmung; die Jury gab sich allerdings mit einer angedeuteten Umarmung zufrieden – vorausgesetzt, daß die Geste deutlich erkennbaren, hinleitenden Charakter hatte. Es waren Preise ausgesetzt; der erste Preis: ein Motorrad, das Garry sich heftig wünschte.

Frau Balnitz netzt ihre Lippen mit der Zungenspitze. Wenn die Maske aus Mandelkleie nicht ihr Gesicht bedeckte, könnte man die Entstehung eines schmerzlichen Lächelns beobachten. Man glaubt ihr gern, daß sie Garry noch vor Beginn des Wettbewerbs versprach, alles herzugeben, um ihm zum Besitz des Motorrads zu verhelfen. Ein knallender Sektpfropfen war das Startzeichen, und sie küßten sich, wie sie sich immer geküßt hatten in den drei Monaten, in denen sie miteinander gingen: heftig, mit geschlossenen Augen und einem Saugbedürfnis, als wären sie knapp vor dem Verdursten. Fast alle Paare in Sichtweite machten diesen Fehler, küßten zu Anfang so intensiv, so hingebungsvoll und selbstvergessen, als sollte der Wettbewerb nicht durch Dauer, sondern durch Ausdruck entschieden werden. Offene Münder ruhten nicht auf offenen Mündern, vielmehr bearbeiteten sie sich reibend und streifend, Backen wölbten sich, und das Publikum – oh, das Publikum – reagierte mit Heiterkeit, wenn eins der Paare Standschwierigkeiten bekam. Heute, mein Kind, kommt mir das alles wie ein Stummfilm vor.

Nun stellt Monika doch eine Frage – sie verstreicht gerade mit weichem Pinsel die Eigelbemulsion auf dem Dekolleté. Ob man auch disqualifiziert werden konnte, möchte sie wissen, und Frau Balnitz sagt: Ja, ja, sobald die Lippen sich voneinander lösten, also keinen Kontakt mehr hatten, war man disqualifiziert.

Sie merkten alsbald, daß es leichtsinnig war, sich schwindlig zu küssen; durch Augensprache – die sie nie zuvor trainiert hatten und zu der sie wie von selbst in ihrer Lage fanden – gab Garry ihr zu verstehen, auf jeden leidenschaftlichen Ausdruck zu verzichten und es nur noch bei sachlichem, kräfteschonendem Dauerkuß zu belassen. Den darf man sich nicht als etwas Müheloses vorstellen: je länger man sich auf allerkürzeste Entfernung in die Augen blickt – auf Sachlichkeit herabgestimmt, küßt man nämlich mit offenen Augen –, desto fremder und fragwürdiger wird einem der Partner; zwar versucht man, den Blick gelegentlich abgleiten zu lassen, Augenbrauen, Wimpern und Nasenrücken des anderen zu inspizieren, doch ob man will oder nicht, finden sich schon nach kurzer Zeit die Blicke. Sie werden denken: man kann sich doch etwas erzählen mit den Augen, kann sich erinnern und Mut zusprechen; das schon, aber gleichzeitig wächst das Gefühl, sich selbst abhanden zu kommen, in etwas Unergründliches zu stürzen. Na, Schwamm drüber.

Frau Balnitz, deren Dekolleté-Spitze eine Tendenz zur Trockenheit zeigt und mitunter leicht schuppig wirkt, bittet Monika, etwas mehr von der Emulsion aufzutragen und sie ruhig tiefer hinab zu verstreichen, zwischen die Brüste. Nein, mein Kind, keine Träne; es lohnt sich nicht. Schon am ersten Abend – um elf Uhr wurde der Wettkampf unterbrochen – lichtete sich das Feld: zwei Paare waren disqualifiziert; doppelt so viele gaben von sich aus auf. Garry – wirklich: er war so eine Art männlicher Shirley MacLaine – brachte seine Partnerin nach Hause, und als er sie aus lauter Gewohnheit zu einem Gutenachtkuß an sich zog, bekamen beide einen Lachanfall. Sie waren gutgelaunt. Sie waren siegessicher. Wie es die Regeln vorschrieben, standen sie am nächsten Morgen pünktlich um zehn Uhr auf dem Parkett, wo sie durch den Moderator erfuhren, daß der absolute Rekord in der Disziplin, in der sie angetreten waren, bei zweiundachtzig Stunden lag, aufgestellt von einem Geologen-Ehepaar in Nizza.

Unter Garrys warmem, immer wärmer werdendem Atem und hervorgerufen durch unvermeidlichen Druck, begannen die Lippen zu schwellen, ein sachtes Brennen machte sich bemerkbar, ein Pochen, das kein Speichel mildern konnte, und auch heimliche Lippengymnastik nicht – also Einziehen, Krüllen und Netzen –, die sie unter den Augen der Juroren übten. Begünstigt fühlten sich beide dadurch, daß sie annähernd gleich groß waren; welche Folgen ein bemerkenswerter Größenunterschied bei einem Wettbewerb wie diesem haben kann, erlebten sie an einem Nachbarpaar: der männliche Partner war mehr als anderthalb Kopf größer als sein Mädchen, mußte es also von oben her küssen, in angestrengter Beugung – eine schmerzhafte Nackenstarre warf sie schließlich aus dem Rennen. Ein Paar schied aus, weil es sich blitzschnell Traubenzucker-Tabletten zuführen wollte; ein anderes verließ kopfhängend das Parkett wegen körperlichen Unwohlseins. Das Publikum – oh, das Publikum –, das uns essend und trinkend zuschaute, wartete nur darauf, bis der Saal abgedunkelt wurde und die Wettkämpfer im Schein tanzender Lichtkegel standen – dann zeigten sie, was sie konnten. Ob Sie's glauben oder nicht, mein Kind, am Abend hatte ich ein gutes Kilo abgenommen, nur davon, und dazu war mir so schummrig, daß ich wer weiß was dafür gegeben hätte, wenn wir ausgestiegen wären. Garry richtete mich auf.

Mit einem feinen Spachtel aus Schildpatt schabt Monika die Mandelkleie von Kinn, Wangen und Stirn, kleckst das Zeug, das offenbar seine Wirkung getan hat, mit einem Schwung aus dem

Handgelenk in ein Schüsselchen, das auf einen fahrbaren Abfalltisch wandert. Zwei auch vom Geruch her verschiedene Sorten Öl werden nun angewandt, um zunächst die Gesichtshaut zu reinigen und ihr, nachdem dies gelungen ist, die ursprüngliche Empfänglichkeit selbst für zarte Reize zurückzugeben. Monika bittet dann Frau Balnitz, sich ganz zurückzulegen, denn nun sollen Augenbrauen gezupft, gegliedert, vorgebürstet werden. Frau Balnitz spitzt die Lippen; da die Gesichtshaut spannt, grimassiert sie ein wenig. Fein, sagt sie, und sagt: Was macht man nicht alles, wenn man jung ist.

Garry zuliebe hatte sie die Vaseline von ihren aufgeworfenen Lippen entfernt und war zur nächsten Runde erschienen, matt, steifarmig, mit seltsamem Schielblick, wie sie im Spiegel festgestellt hat. Seufzend fühlte sie, wie seine Lippen sich auf ihre legten, und in diesem Augenblick hätte sie sich fast von ihm gelöst, denn eine plötzliche Atemnot, die ein dröhnendes Geräusch in ihrem Kopf erzeugte, verleitete sie zu panischer Reaktion. Er merkte es sofort und öffnete seinen Mund und füllte sie mit seinem Atem aus; dies und kalkulierte Schluckbewegungen brachten sie über die Schwierigkeit. Von da an, glaubte sie, veränderte sich Garrys Blick; er sah sie nicht mehr vergnügt und mutmachend an, sondern skeptisch und warnend; halt mir ja durch, Menschenskind, mach mir ja nicht schlapp. Dennoch, mein Kind, obwohl mir so elend war, büßte ich nicht einen gewissen Instinkt ein, ein Gespür, das mich nur selten enttäuscht hat: immer und überall wittere ich nämlich den Rivalen, auf den ich achtgeben muß. Und das war auch damals so; ich wußte gleich, daß die beiden in ihren kanariengelben Pullovern unsere gefährlichsten Rivalen sein würden, der knochige Junge mit der eingefallenen Brust und sein schüchtern wirkendes Mädchen. So weltvergessen wie sie küßte sich kein anderes Paar. Sie blieben; immer mehr gaben auf, doch sie blieben.

Auf einem Heimweg – sie hatten bereits über siebzig Stunden auf ihrem Konto, und es waren nur noch vier Paare im Wettbewerb – bat sie Garry, auszusteigen und sich mit dem vierten Platz, der immerhin noch mit einem Karton erlesener Seifen belohnt wurde, zufriedenzugeben; da drohte er mit dem Ende ihrer Freundschaft und schrie sie an und setzte ihr so lange zu, bis sie ihm versprach, weiterzumachen. Taumelnd will sie am nächsten Morgen auf dem Parkett erschienen sein. Ihre Lippen waren geschwollen. Nicht sie, er zog ihr Gesicht zu sich heran, und als sie sich nach der Mittagspause den dritten Platz erkämpft hatten – ein Mädchen hatte sich mit irrem Lachen von ihrem Partner gelöst und war einfach davongelaufen –, küßte er sie auf die

Stirn und sagte, während er ihr Haar streichelte: Wir schaffen es, und wir werden sogar einen neuen Rekord aufstellen.

Jetzt tunkt Monika, die nicht die geringste Ungeduld verrät, eine winzige Bürste in ein Schälchen mit dunkler Tinktur, setzt sich auf den Rand der Liege und beginnt mit ihrer Präzisionsarbeit. Da Frau Balnitz stumpfes blondes Haar hat, müssen Brauen und Wimpern dunkel gefärbt werden, das ist nun einmal so, und um dem Feinsten gerecht zu werden, beugt sich das Mädchen tief über die Kundin hinab, so tief, daß es den warmen Atem der Liegenden am Hals spürt. Frau Balnitz wundert sich, daß das junge Gesicht über ihr nichts preisgibt. So ist es richtig, denkt sie, keine Träne, denn sie sind es nicht wert. Und sie erinnert sich daran, wie auf einmal nur noch zwei Paare in der Arena waren, sie und Garry und die beiden kanariengelben Pullover; Saugfischen gleich, die ihre vorgestülpten Lippen aufeinander legten, standen ihre Rivalen da, ein Denkmal der Ausdauer; doch Frau Balnitz weiß noch, daß sie bei dieser Wahrnehmung einen unerwarteten Zuwachs an Kraft und Standfestigkeit verspürte. Trotz belebte sie, äußerste Entschlossenheit gab ihr das Gefühl für sich selbst zurück. Ja, mein Kind, jetzt wollte ich gewinnen, und wenn es auf mich allein angekommen wäre, hätten wir gewonnen.

Sie dachte sich nichts dabei, als Garry und sein

Rivale gemeinsam aus der Herrentoilette kamen und sich zuzwinkerten beim Auseinandergehen; das sah nicht anders aus als eine ironische Ermunterung für die letzte Etappe. Und sie sah ihren Sieg auch nicht gefährdet, als Garry auf einmal die Arme sinken ließ und ein wenig schwankte; das hätte ein unbedeutender Schwächeanfall sein können, dem sie auch gleich begegnete, indem sie den Partner stützte und mit den Armen umfing. Sie suchte seinen Blick. Sie zog die Augenbrauen zusammen, um ihm dringlich zu signalisieren: Halt durch, wir schaffen es. Das Publikum – oh, dieses Publikum – ahnte, daß eine Entscheidung nahe war, es gab vorsorglich größere Bestellungen auf, ließ statt Karaffen und Gläsern gleich Flaschen auffahren. Garry fing sich noch einmal, sein Kuß, so empfand es Frau Balnitz, wurde kontrollierter, sie sagte: wettkampfmäßiger, und meinte damit, daß die Lippen sich nicht aneinander rieben und wund preßten, sondern ökonomisch berührten. Da riskierte sie es, dann und wann zu ihrer Rivalin hinüberzulinsen – das »Ding« hieß Paula und hing mit geschlossenen Augen im Klammergriff des Partners –, um ihr Stehvermögen zu taxieren.

In der achtzigsten Stunde – Sie müssen sich vorstellen: zwei Stunden vor der Einstellung des Rekords von Nizza – begann Garry sich plötzlich aufzubäumen, zu zucken, er benahm sich, als ob er Schläge in die Magengrube erhielte, man konnte spüren, wie sich etwas gewaltsam aus ihm herausdrängte. Ein explosionsartiger Husten schüttelte ihn, er drehte sich weg und krümmte sich. Die Kapelle – kleine Besetzung – unterbrach den Blue Tango. Garry wankte zur Balustrade, nahm sich einfach von einem Tisch ein gefülltes Glas und trank, trank es auf einen Zug leer. Er stierte mich an. Dann hob er ohne ein Wort den Arm und meldete seine Aufgabe.

Danke, mein Kind, sagt Frau Balnitz und betrachtet sich prüfend im Handspiegel und tupft mit befeuchteter Fingerkuppe auf eine Augenbraue. Augenscheinlich ist sie einverstanden mit sich selbst, denn sie murmelt: Jetzt können wir uns wieder sehen lassen. Doch das muß Monika noch wissen: bei einem Freiluftkonzert, nicht lange nach dem Wettkampf, begegnete Frau Balnitz ihrer einstigen Rivalin, diesem schüchternen »Ding«, dieser Paula. Beide waren ohne Begleitung gekommen, sie umarmten sich unwillkürlich und sagten sogleich du zueinander. Von ihrem Partner – sie nannte ihn Benno – wußte Paula nur, daß er in Südfrankreich unterwegs war, auf seinem Motorrad, und nicht allein: das Mädchen, das mit ihm fuhr, hatte Haare, die einem aufgerebbelten Manilahanfseil glichen; diesen Vergleich hat Frau Balnitz nicht vergessen. Sie erinnerten sich gemeinsam, sie waren nicht mißvergnügt bei allem Erinnern, doch dann erwähnte Paula wie nebenher – im Glauben, Frau Balnitz wisse es längst –, daß da zwischen den Burschen eine Abmachung getroffen wurde, heimlich, auf der Herrentoilette; sie handelten den Sieg aus. Man kann ruhig feststellen, sagt Frau Balnitz, diese fidele Niete hat unseren Sieg verkauft, denn wie Paula mir gestand, waren sie und ihr Benno fertig. Eine wegwerfende, eine verächtliche Handbewegung soll Monika sagen, daß es sich wirklich nicht lohnt, auch nur eine einzige Träne zu vergießen.

Frau Balnitz tritt hinter den Paravent, und noch bevor sie den weißen Frottee-Mantel auszieht, fischt sie aus ihrer Handtasche einen Geldschein und steckt ihn Monika zu. Die blickt nicht auf das empfangene Geld, sie weiß, daß es immer ein Zwanzigmarkschein ist; sachlicher kann kaum ein Dank ausfallen. Daß sie gleich darauf den Abfalltisch hinausrollt, kann als Diskretion verstanden werden, denn wenn die Behandlung auch eine beachtliche Nähe herstellt, so gibt sie einem noch nicht das Recht, beim Anziehen dabei zu sein. Vera Putnow aber, die Chefin, darf sich dies Recht nehmen; sie möchte nur wissen, ob eine ihrer regelmäßigsten Kundinnen zufrieden ist. Das fragt sie auch aus Besorgnis und tritt hinter den Paravent und hilft Frau Balnitz ins marineblaue Kostümjäckchen. Mehrere Telefonanrufe am Tag, das kann ich nicht zulassen, sagt sie flüsternd; denn es ist immer dasselbe. Die Komplimente, die sie für

Frau Balnitz übrig hat, wirken nicht verbraucht. Gemeinsam verlassen sie die Kabine, schlendern über den schachbrettartigen Flur und blicken sich nur an, als sie Monikas Stimme hinter einem Vorhang hören, von dorther, wo das Telefon steht. Zwanzig, sagt sie, heute abend, ja, ganz bestimmt, und ihre Zuhörer haben beide den Eindruck, daß Monika sich auf etwas freut, zumindest aber erleichtert ist.

Frau Putnow macht ihr keinen Vorwurf, sie ruft sie zwar zu sich, doch nur, um sie neben sich stehen zu haben vor der schönen Scheibengardine: Da, schauen Sie mal hinaus. Draußen geht Frau Balnitz auf drei wartende Kinder zu, die bei ihrem Anblick ausgelassen zu hüpfen beginnen, sich um sie drängen und die Arme nach ihr ausstrecken. Sie küßt die beiden älteren, ein Mädchen und einen Jungen, und nimmt einen mürrischen kleinen Kerl mit Säbelbeinen hoch, der sogleich mit wütendem Eifer auf ihr Dekolleté zu trommeln beginnt. Offenbar untersucht sie eine Wunde oder Stelle am Hinterkopf des Kindes, ist zufrieden mit ihrem Zustand, lacht und schwenkt den düsteren kleinen Burschen einmal herum, der darauf zu quietschen anfängt. Dann nehmen sie sich an die Hand und ziehen los, schlendernd, hopsend, in Richtung zu einem großen, schwarzen Auto, zufrieden, als hätten sie sich nach langer Zeit endlich wiedergefunden.

Motivsuche

Bevor das Flugzeug zur Landung ansetzte, überflog es ein Stück der breiten, prachtvollen Küstenstraße, und ich merkte, daß für Rainer bereits die Arbeit begann. Er wandte sich ab und sah hinunter; sein wäßriger, geduldiger Blick glitt prüfend über die felsige Küste, gegen die das Mittelmeer kurze, wie verzögert anschlagende Wellen warf; er suchte das schimmernde Teerband nach Brücken ab und verweilte abschätzend auf den kastenartigen Häusern, die, weiß und lindrosa, von strengen Gärten eingeschlossen waren. Man konnte ihm, dem massigen Zweimetermann, nicht ansehen, daß er konzentriert forschte und verglich und etwas zur Deckung zu bringen versuchte; die gewölbte Stirn gegen das Fenster gedrückt, spähte er nur hinab wie ein neugieriger Tourist, der darauf aus war, noch vor der Landung das Hotel zu entdecken, in dem er wohnen würde. Erst als das Flugzeug aufs Meer hinausflog und in einem Bogen auf die in einem Tal liegende Piste zuschwebte, wandte er sich mir wieder zu und schüttelte leicht den Kopf und sagte: Nix, mein Alter, von hier oben siehst du zuviel.

Es war meine fünfte Reise mit Rainer, und wir waren unterwegs, um die Schauplätze für den Film

›Ein Grund zu leben‹ zu suchen und festzulegen. Auch berühmte, eigensüchtige Regisseure wissen, was sie ihm zu verdanken haben, dem großen Motivsucher und Entdecker, der nicht aufgibt, bis er gefunden hat, was seinem inneren Bild entspricht. Er braucht ein Drehbuch nur ein einziges Mal zu lesen, und schon entstehen in ihm diese genauen Bilder, Panoramen von Gesichtern und Orten, innere Landschaften, die das Geschehen zugleich kommentieren und steigern. Und sobald diese vorgestellten Bilder festliegen, beginnt er in der Wirklichkeit nach ihnen zu suchen, überzeugt davon, daß es alles, auch das Verwunschene, irgendwo gibt, und es hat mich noch jedesmal erstaunt, wie ihn seine Ausdauer und sein Scharfblick und diese Kunst der Versetzung fündig werden ließen. Das London von Dickens, das Prag von Kafka, ja, sogar eine Sägemühle, aus der Julien Sorel hätte kommen können: er spürte am Ende alles auf mit seinem untrüglichen Instinkt für glaubwürdige Schauplätze, und solange ich mit ihm unterwegs war, nahmen ihm die Regisseure alles ab und hörten nicht auf, ihn zu loben.

Nach der Landung war es wie so oft: die Zöllner standen für sich und redeten und rauchten, ohne sich für das Gepäck der Passagiere zu interessieren, doch als wir auftauchten, verständigten sie sich blickweise und nickten Rainer heran, der mit resigniertem Lächeln Koffer und Reisetasche öffnete. Er zeigte ihnen gleich die beiden Kameras, fischte aus seiner Brieftasche die Bescheinigung heraus, die bestätigte, daß er die Photoapparate beruflich nutzte, und danach wunderte er sich nicht darüber, wie rasch die kleinwüchsigen Beamten sich zufriedengaben. Es amüsierte sie wohl insgeheim, zu ihm hinaufzublicken und diesem Koloß mit dem schütteren Haar und dem schlecht rasierten Kinn leutselig zu erlauben, seine Sachen zusammenzupacken und durch die Schwingbarriere zu treten, hinaus auf die ehrfurchtgebietende klassische Erde. Ich wußte, daß sie hinter uns herlächelten und sich anstießen und auf Rainers Gang aufmerksam machten, auf diesen eigentümlichen Wackelgang, der an die Bewegungen einer übergewichtigen Ente erinnerte. Ihm machten weder die belustigten Blicke etwas aus noch das Verstummen und Grinsen bei seiner Annäherung; er hatte sich daran gewöhnt, Aufmerksamkeit hervorzurufen, wo immer er auftauchte. So ist das eben, mein Alter, sagte er einmal zu mir, du kannst nicht ungestraft als Leuchtturm herumlaufen.

Wir mieteten uns einen Wagen, einen geräumigen Volvo, und fuhren an Abfallhalden und öden Fabriken vorbei, in denen sich kaum ein Mensch zeigte; wir fuhren auf die Dunstglocke zu, unter der die Stadt in einem Kessel lag, die alte, die ruhmreiche Stadt, in der die Götter es einst nötig hatten, auf sich selbst aufmerksam zu machen. Rainer lenkte geruhsam, es kümmerte ihn nicht, daß wir ständig unter wilden Hupsignalen überholt wurden; er hatte den Stadtplan im Kopf und chauffierte uns sicher in Richtung zur Küstenstraße. Vor einer Verkehrsampel im Zentrum deutete er auf ein riesiges koloriertes Kinoplakat, das für unseren Hamsun-Film warb; Ulla Trenholt, die Hauptdarstellerin, führte an einem Strick zwei Bergziegen durch einen Bach, sie hatte den Rock so hoch wie möglich gerafft und lächelte einem Mann mit Flinte zu, der sie vor einem Birkenwäldchen erwartete. Weißt du noch, sagte Rainer; sogar die Norweger waren einverstanden mit unserer Ortswahl.

Auf der Küstenstraße kurbelten wir die Scheiben herunter, um den kühlenden Seewind hereinzulassen, wir fuhren sehr langsam und hart am Rand der repräsentativen Betonbahn, auf der Halten nicht erlaubt war. Hier war es geschehen; an einer der kleinen Brücken, die die grottenreiche Klippenlandschaft überspannten, hatte das Attentat auf den Regierungschef stattgefunden; hier sollte es auch in unserem Film ›Ein Grund zu leben‹ stattfinden und fast auf die gleiche Weise scheitern. Der genaue Ort war nicht gekennzeichnet, doch Rainer hatte herausbekommen, daß nicht weit von der Brücke, an der es geschehen war oder vielmehr geschehen sollte, eine unübersehbare

Poseidon-Statue erhöht auf den Klippen stand. Wir fanden und passierten gemächlich die Statue, ein kurioses Standbild, denn der Gott des Meeres hatte vom Wind zerzaustes Zippelhaar und einen krummen Nacken, und eine Hand hielt er in Bauchnabelhöhe geöffnet, als hoffte er auf Trinkgeld. Es wunderte mich, daß Rainer nicht bremste und auf den kleinen leeren Parkplatz fuhr, doch er schüttelte nur für sich den Kopf und beschleunigte plötzlich: er hatte entdeckt, daß am Hang über der Straße, von Pinien beschattet, von Zypressen wächtergleich umstellt, das Hotel lag, in dem uns die Gesellschaft eingemietet hatte.

Ein alter Mann mit schadhaften Zähnen, unser Wirt selbst, zeigte uns die Zimmer; er sprach deutsch, er hatte es als Kellner auf einem Rheindampfer gelernt, und er wollte von Rainer etwas über den gegenwärtigen Wasserstand des Stromes wissen. Er konnte das Wochenende nicht vergessen, an dem der Rhein über die Ufer trat und sie einen Deich aus Sandsäcken errichteten, um die Keller der Häuser zu schützen. Rainer wies ihn darauf hin, daß wir nicht aus Köln, sondern aus Hamburg kamen und daß unser Strom, die Elbe, sich verhältnismäßig brav benimmt. Wir bestellten Kaffee und setzten uns hinaus auf den umlaufenden Balkon, doch nach einer Weile brachte uns der alte Mann zwei Karaffen Wein; den Kaffee, sagte er, würde uns sein Sohn oder seine Schwiegertochter bringen, sobald sie vom Arzt nach Hause kämen. Während er den Wein eingoß, nannte er uns den schönsten Badestrand, empfahl eine Motorbootfahrt zu den Zaubergrotten, riet zum Besuch des Nachtlokals »Goldener Salamander«, und dies so nachdrücklich, als lieferte er uns mit diesem Rat den Schlüssel zum Herzen der Stadt. Danke, sagte Rainer, aber wir sind beruflich hier – worauf der alte Mann fragte, ob wir zum Internationalen Verkehrsexperten-Kongreß gehörten. Rainer machte eine verneinende Geste und sagte, das Gesicht zur Küstenstraße gewandt: Wir bereiten nur einen Film vor.

Ein unaufhörliches Sirren drang von der Küstenstraße zu uns herauf, und bei fallender Dämmerung flammten Lichter auf, die zu einem beweglichen Band ineinanderflossen. In unendlicher Wiederholung, gleichförmig und wie geübt tauchten die Scheinwerfer hinter fernen Hügeln auf, schwenkten aufs Meer hinaus, fanden wieder zum Land zurück und ließen gebleichtes Geröll aufleuchten, ehe sie, näher kommend, abgeblendet wurden. Eine junge schwangere Frau, ganz in Schwarz gekleidet, brachte uns Kaffee und gab uns durch Handbewegungen zu verstehen, daß wir an einem bevorzugten Platz saßen, von dem aus sich alles erschloß, was wir erwarteten.

Rainer knipste die Tischlampe aus und starrte auf die vorbeigleitenden Lichter hinab und weiter hinaus auf die schimmernde Bucht, durch die eine Fähre pflügte und ein Kielwasser hinterließ, das bis zu uns heraufglänzte. Er hatte das Drehbuch, das vor ihm lag, nicht ein einziges Mal aufgeschlagen; jetzt, im Dunkeln, ließ er die Seiten mehrmals schnurrend über den Daumen laufen und hielt plötzlich inne und fragte: Was hältst du eigentlich von dem Richter? Ich weiß gar nicht, wie oft er mich schon danach gefragt hatte; zuletzt jedenfalls im Flugzeug, und ich sagte ihm, was ich immer gesagt habe: daß ich den Richter bewunderte.

Der Richter war die Hauptfigur unseres Films, ein Mann, der einen der schwersten Justizirrtümer der letzten Jahrzehnte zu verantworten hatte, und der, als dies erwiesen war, öffentlich erklärte und gelobte, nie mehr ein Urteil zu fällen – in einem Gerichtssaal ohnehin nicht, doch ebensowenig ein privates Urteil im Familien- oder Freundeskreis –, und sich zurückzog in das Dorf, aus dem er gekommen war. Rainer stimmte mir nicht ausdrücklich zu; wie ein alter Schauspieler, der unablässig auf Gewißheit aus ist und nicht müde wird, sich zu versichern, fragte er mich, auch schon zum wiederholten Mal: Und warum bricht er sein Gelübde? Was meinst du, mein Alter, warum tut er es, und noch dazu in einer Umgebung, die alles andere darstellt als ein ordentliches Gericht? Und ich sagte, was ich ihm auch schon ein paarmal gesagt hatte: Weil der Richter erkannte, daß man sein Leben rechtfertigen muß, darum brach er sein Gelübde.

Nie zuvor hatte sich Rainer so mit einer Figur beschäftigt wie mit diesem Richter, der sich, nachdem ihm der folgenreiche Irrtum unterlaufen war, von allem lossagte, Freundschaften aufgab, Briefe unbeantwortet ließ und sich jahrelang in einem abgelegenen Steinhaus verborgen hielt, das nur zwei Menschen betraten, seine verwitwete Schwester, die ihn versorgte, und ein junger Offizier, sein Sohn. Obwohl die Leute im Dorf wußten, welch ein Schatten auf seiner Vergangenheit lag, nannten sie ihn mit eigentümlichem Respekt den Richter, störten sich nicht an seiner Anwesenheit und trugen ihrerseits dazu bei, ihm sein zurückgezogenes Dasein zu erhalten.

Ich sehe sein Haus, sagte Rainer, wir werden es bestimmt finden, doch sein Gelübde wird er nicht dort brechen – und auch nicht, wie es im Drehbuch steht, in diesem Warenlager des Kaufmanns; es wird am Strand geschehen, an einem Abend, zwischen aufgebockten Booten. Dorthin wird ihn sein Sohn bringen, dort wird er von den Freunden seines Sohnes erwartet werden, nur das Geräusch der kippenden Wellen wird zu hören sein. Auch dieses Stück Strand, mein Alter, werden wir finden.

Hier sollte der Richter erfahren, daß die neue Regierung, die mit einem generalstabsmäßig vorbereiteten Coup an die Macht gekommen war, alle verbannt hatte, denen sie mißtraute, gewählte Politiker ebenso wie Künstler und die meisten Richter des höchsten Gerichts. Und hier sollten ihn sein Sohn und dessen Freunde bekannt machen mit einzelnen Aktionen unrechtmäßiger Gewalt und ihn auffordern, ein Urteil im Rahmen der Gesetze zu fällen, die zeitlebens für ihn gegolten hatten. Zuerst weigerte er sich, dann erbat er Bedenkzeit und saß allein, ein Monument des Zweifels, auf den umrauschten Klippen, doch schließlich kehrte er zu ihnen zurück und sprach mit leiser Stimme das Urteil, das sie erhofft hatten. Noch in derselben Nacht trafen sie ihre Vorbereitungen für das Attentat.

Rainer betrommelte das Drehbuch sanft mit den Fingern und saß da wie in Unentschiedenheit; das Licht, das aus seinem Zimmer herausfiel, erhellte nur eine Seite seines Gesichts und verlieh ihm einen Ausdruck von Entrücktheit. Komm, sagte er auf einmal, wir gehen essen, doch bevor wir hinabgingen, öffnete er die Verbindungstür zu meinem Zimmer, inspizierte und begutachtete die Möbel und legte das Drehbuch auf meinen Nachttisch: Falls du noch mal reinschauen möchtest.

Nur drei Tische waren besetzt auf der von Weinlaub umwachsenen Terrasse. Um nicht direkt unter dem Lautsprecher zu sitzen, aus dem unablässig eine samtene Klagemusik kam, setzten wir uns in die Mitte des laubenartigen Raums, und Rainer bestellte bei dem alten Mann, der nun eine weiße Schürze trug, gegrillte Meerbarben und Salat und Wein. Zwei Polizeioffiziere aßen bereits Meerbarben – offenbar waren sie der Empfehlung des Wirtes gefolgt; ganz für sich, unmittelbar an der kühlen Wand des Weinlaubs, saß ein Mann mit ausgezehrtem Gesicht, gewiß ein Liebhaber der Einsamkeit, der darauf bedacht war, jedem Blick auszuweichen. Ungeniert, als hätten sie keine Zuschauer, betrug sich das festlich gekleidete Paar; der kahlköpfige Mann versuchte immer wieder, seiner jungen, feisten, gewiß dummen, aber schönen Gefährtin ausgesuchte Brocken Langustenfleisch anzubieten, die sie mit seufzender Verachtung zurückschob.

Es wird dich vielleicht überraschen, sagte Rainer, nachdem er mir zugetrunken hatte, doch ich bewundere den Richter nicht; er ist nicht mein Mann. Aber er hat ein Opfer gebracht, sagte ich, und zwar zweimal: als er sein Gelübde brach, und später, als er nach dem mißlungenen Attentat die Aufmerksamkeit der Verfolger auf sich zog. Es gibt auch eine Sucht, sich zu opfern, sagte Rainer, und zwar besonders bei denen, die glauben, daß durch einen Tod alles gerechtfertigt wird, selbst die schlimmsten Irrtümer. Du vergißt die Motive, sagte ich; der Richter handelt aus Gerechtigkeit und – aus Brüderlichkeit. Ja, sagte Rainer, ja, doch mit dem Ergebnis, daß ein paar Gräber mehr ausgehoben werden mußten. Er lächelte und hob mir wieder sein Glas entgegen und flüsterte: Ich halte es mit meinen Freunden, den Stoikern; sie haben schon einmal gezeigt, wo der Platz der Opposition ist. Also ist dir der Richter gleichgültig, fragte ich, und er darauf, immer noch lächelnd: Sie setzen nur auf eines, und das ist Erfahrung. Und meine Erfahrung, mein Alter, sagt mir, daß sich in dieser von Paranoia regierten Welt nichts lohnt; alles, was uns bleibt: sie mit Anstand auszuhalten.

Während des Essens kam der Wirt an unseren Tisch, er wollte sich lediglich erkundigen, wie es uns schmeckte, und als Rainer die Meerbarbe überschwenglich lobte, nickte er erfreut. Und auf einmal fragte er: Film? Welch einen Film wollen Sie hier machen? Oh, sagte Rainer, nur einen Spielfilm, aber mit dokumentarischem Hintergrund; wir sind bloß so eine Art Späher, ein Vorkommando, müssen Sie wissen. Soll in dem Film auch vorkommen, was da unten geschah, an der Brücke, fragte der Mann. Ja, sagte Rainer, unter anderem auch das. Ich hab ihn gekannt, sagte der alte Mann, er hat hier manchmal gegessen, so einen wie ihn gibt es nicht ein zweites Mal: *seine* Statue sollte an der Brücke stehen, nicht diese andere. Warum, warum meinen Sie? Er hat uns daran erinnert, was wir uns schuldig sind. Die Polizeioffiziere verlangten zu zahlen, und er ging ohne Eile an ihren Tisch.

Wir sprachen nicht mehr über den Richter, wir tranken noch eine zweite Flasche leichten gekühlten Weins und stiegen dann hinauf zu unseren Zimmern und wünschten uns gute Nacht. Die Verbindungstür blieb nur angelehnt; ich konnte hören, wie Rainer sich auszog, in seiner Reisetasche kramte, unentwegt pfeifend ins Badezimmer ging. Den Versuch, im Drehbuch zu lesen, gab ich auf. Einschlafen konnte ich trotz der Weinschwere und der Erschöpfung von der Reise nicht, denn ich wußte, daß Rainer, ehe er zu Bett ging, wie immer noch eine Karte an Julia schreiben würde, seine geschiedene Frau. Daß sie sich scheiden ließen, konnte ich nie verstehen, es gab keine Anklagen, keine Zerwürfnisse und Bezichtigungen, sie hatten, wie Rainer sagte, lediglich festgestellt, daß es sie zuviel Kraft kostete, ihre Gefühle voreinander zu verbergen; darum hatten sie sich in bestem Einverständnis getrennt, sie, die Journalistin, er, der seinen Beruf mit Graphiker und Kostümbildner angab. Julia war nicht nur eine respektierte Kunstkritikerin, sie war eine leidenschaftliche Köchin und machte die schmackhaftesten Apfelstrudel, die ich je gegessen hatte.

Während er auf der Bettkante saß und, ein wenig verdreht, den Nachttisch als Schreibunterlage benutzte – ich sah, daß er beim Schreiben lächelte und die Lippen bewegte, gerade als spräche er mit Julia und reagierte bereits auf die Art, in der sie das Geschriebene aufnahm –, hörte ich im Nebenzimmer einen Knall und das trockene Klirren von Scherben. Dann kam ein Ächzen herüber, das sich anhörte wie der letzte Ton vor einer Selbstaufgabe, schließlich ein schleifendes Geräusch, als würde ein schwerer Körper durch den Raum gezogen. Ich tappte zu Rainer hinüber, der lächelnd auf die Postkarte blickte. Hörst du das? fragte ich. Sicher, sagte er. Da passiert etwas. Oh, sagte er, man bringt sich wohl nur ein bißchen um. Der unterdrückte Schrei und die kurzen hämmernden Schläge veranlaßten ihn nicht einmal, den Kopf zu heben; er schrieb weiter, und als drüben, aus zunächst röhrender Leitung, Wasser in eine Badewanne lief, sagte er nur: Da, sie sind fertig, sie waschen die Spuren weg. Ob das die Langustenesser sind, fragte ich. Klar, mein Alter, sagte er, so etwas spür ich durch die Wand.

Am Morgen antwortete Rainer nicht, er war fort; auch der gemietete Volvo war vom Parkplatz des Hotels verschwunden. Seinen blaugelb gemusterten Schlafanzug hatte er sorgsam in ganzer Länge über das Bett gelegt, vermutlich, um mir und dem Zimmermädchen zu verstehen zu geben, wie beengt er geschlafen hatte, in welch gewaltsamer Krümmung. Da ich nicht wußte, wo ich ihn suchen sollte, ging ich hinunter auf die verkleidete

Terrasse; zu meiner Überraschung saßen die Langustenesser bereits beim Frühstück, beide gutgelaunt. Mehrere Blumensträuße – Gladiolen, Gerbera – standen auf ihrem Tisch; der Kahlköpfige grüßte mich mit einer angedeuteten Verbeugung und fuhr dann damit fort, Brocken eines braunen Kuchens mit Marmelade zu bekleckern und sie auf den Teller seiner Gefährtin zu legen.

Ich war noch beim Frühstück, als Rainer, mit einer zusammengefalteten Landkarte wedelnd, vom Parkplatz heraufkam, nicht mißmutig und müde, sondern aufgeräumt und unternehmungslustig. Er war bereits bei der Poseidon-Statue an der Brücke gewesen, dort, wo das Attentat wirklich geschehen war, er hatte die Klippen in Augenschein genommen und photographiert, hatte auch die Grotten inspiziert, in denen die Attentäter sich verborgen hielten, bis die Hunde sie aufspürten. Eindrucksvoll, sagte er, durchaus eindrucksvoll, aber mir einfach nicht einsam genug, nicht dramatisch genug; hier spielt die Landschaft nicht so mit, wie ich es gern möchte; außerdem dürfte es aus verschiedenen Gründen nicht leicht sein, die Erlaubnis zur Sperrung der Straße zu bekommen. Er faltete die Karte auseinander, setzte sich an meine Seite und fuhr mit dem Zeigefinger ruckend die Küstenstraße hinauf und sagte: Nördlich, mein Alter, wir müssen dort suchen, wo die Berge ans Meer vorrücken, wo ein Blick auf die Straße schon

Gefahr ahnen läßt, Kühnheit und Gefahr. Es wird immer einsamer da oben, sagte plötzlich der Wirt, der an unseren Tisch gekommen war, um sich nach Rainers Wünschen zu erkundigen, dort liegt auch das Dorf, in das er sich zurückgezogen hatte. Rainer bestellte sich Käse, Melone und Kaffee; den Finger auf der Karte, buchstabierte er die Namen der Berge, der wenigen Orte, die sich in enge Buchten klemmten, und auf einmal sagte er: Hier, das ist sein Dorf, hier lebt er; ja, ich erinnere mich genau: das ist Vascos Heimat.

Wer ist Vasco? fragte ich. Ein Junge, sagte Rainer, ein Knirps von zehn oder elf, Julias Adoptivsohn. Damals wußte ich nicht, daß Julia einen Adoptivsohn hatte; sie hatte Vasco auch nicht richtig adoptiert mit allen Rechten und Pflichten, sondern lediglich eine sogenannte Fern-Adoption übernommen, die eine internationale Wohlfahrtsorganisation vermittelt hatte. Julia, sagte Rainer, sie ist nicht sie selbst, wenn sie nicht jemanden hat, den sie erziehen kann; ich hab da meine Erfahrungen. Und heiter erzählte er, daß Julia monatlich fünfundzwanzig Mark an Vasco überwies und dafür pünktlich Briefe erhielt, die mit der Anrede begannen: Meine liebe Mami Julia. Rainer hatte den Glanzpapier-Prospekt mit Vascos Photo in der Hand gehabt; er meinte, der Junge sähe darauf aus wie Odysseus als Kind. Und dann fragte er mich, ob wir den Jungen nicht besuchen sollten, der mit seinem Großvater und zwei älteren Brüdern zwischen dürftigen Feldern am Fuß eines Berges lebte, und ich stimmte ihm zu. Vielleicht auf der Rückfahrt, sagte Rainer, wenn es sich ergibt.

Wir ließen uns Brot einpacken und Käse, kaltes Hühnerfleisch und Wein, und dann fuhren wir hinab auf die Küstenstraße, über der das Licht funkelte. Ein Strom von Autos, der sich stadtwärts bewegte, kam uns entgegen, alte Klappermodelle, Lastwagen mit schräg verzogener Ladefläche, erschlafft von übermäßigen Gewichten, aber auch schwere dunkle Wagen, die fast geräuschlos dahinrollten, Regierungslimousinen zumeist. Zur Landseite hin zog sich ein Spalier von Villen, ihre Gärten waren von Steinmauern oder schmiedeeisernen Gittern eingefaßt, manche Tore waren mit einer Kette gesichert. Hinter erschlafften Bäumen, zur Seeseite hin, wuchs bescheidenes Strauchwerk, das um so dichter wurde, je weiter wir die Stadt hinter uns ließen, und als die Straße sich verengte, wurde sie statt von Villen nur noch von kleinen getünchten Wohnhäusern flankiert und von offenen Handwerksbetrieben.

Ich mußte an den Richter denken, an ihn und seinen Sohn und dessen Freunde, ich versuchte, mir vorzustellen, wie sie hier hinabfuhren im ersten Licht des Morgens, nicht gemeinsam, sondern einzeln auf Fahrrädern – der Richter und sein

Sohn auf einem Motorroller –, fünf entschlossene Männer, die, wie der alte Mann im Hotel sagte, die anderen daran erinnerten, was sie sich schuldig waren. Es wollte mir nicht einleuchten, daß der Originalschauplatz ihrer Tat zu wenig hergab. Doch, mein Alter, sagte Rainer, so ist es nun einmal, und du kannst mir glauben, daß die Bedeutung ihrer Tat noch gesteigert wird – die Bedeutung, die nicht zuletzt du ihr zuerkennst –, wenn der Ort sozusagen mitspielt.

Wir blieben in der Nähe des Meeres, obwohl es manchmal unserem Blick entzogen war. Kühl wehte es herein, wenn wir an feuchten Felswänden vorbeifuhren, in denen noch einzelne Sprenglöcher zu erkennen waren. Kantiges Geröll bedeckte die Straße. Aus der Höhe sahen wir in besiedelte Buchten, zu denen anscheinend kein Weg hinabführte, und wo die in den Berg gesprengten Wände niedriger wurden, gaben sie die Aussicht frei auf einsame Gehöfte, die in der feindseligen Helligkeit zu zittern schienen.

Vor einer Brücke, die unterwaschene Klippen überspannte, bremste Rainer und fuhr den Volvo auf einen Ausweichplatz. Wir stiegen aus. Er schnalzte mit der Zunge und zog mich mit zur Brückenmitte und nickte auf die schäumenden auslaufenden Wellen hinab, die in trägem Rhythmus die Klippen umspülten und auf einem Sandstreifen versickerten. Schau dir die Pfeiler an, die

Streben, sagte Rainer, schau dir diese waghalsige Konstruktion an: das könnte unsere Brücke sein. Wir kletterten auf die buckligen Klippen hinab und krochen in die schattigen Winkel, dort, wo die Brücke auflag, und wir sahen uns mit angehaltenem Atem an, als ein Lastwagen über uns hinweggewitterte. Wir staubten uns gegenseitig ab und inspizierten dann die Meerseite, wo wir zwei nicht allzu tiefe Grotten fanden, aber tief genug, um den Attentätern als Versteck zu dienen. Rainer photographierte sie und machte Aufnahmen von der Brücke und der gewundenen Straße, die dennoch weit zu übersehen war und sich, da sie in der Ferne als weißgraues Band den Berg erklomm, auf einen ersten Blick als geeignet zeigte für eine lange dramatische Annäherung. Na, was sagst du?

Obwohl wir auf der Karte das Dorf des Richters gekennzeichnet hatten, fanden wir nicht gleich dorthin, einfach, weil wir bei einer steilen, buckligen Abfahrt nicht glauben wollten, daß sie zum offiziellen Weg gehörte. Der Motor pochte und jiffelte, und wir wurden ordentlich durchgestukkert. Hier bist du wirklich verlassen, sagte Rainer. Je näher wir dem Dorf kamen, desto ebener wurde der Weg. Wir hielten auf einem harten leeren Platz, der gewiß der Dorfplatz war, nur ein paar trostlose, in der Sonne brütende Häuser umschlossen ihn; an allen Fenstern waren die Jalousien herabgelassen. Auf einem kleinen Plateau, von einem schiefen, löchrigen Zaun umgeben, stand ein Steinhaus, dessen Erbauer wohl daran gelegen war, daß niemand es unbemerkt erreichte. Rainer photographierte es, während Hunde uns anbellten und beschnupperten und Kinder den Volvo untersuchten, darauf aus, etwas Abschraubbares zu finden.

Als wir den schmalen Trampelpfad hinaufstiegen, folgte uns ein Junge, er war barfuß, seine braune Haut wirkte wie getönt, seine dunklen Augen verrieten Spottlust und eine lauernde Aufmerksamkeit. Wenn wir stehenblieben, um zu verschnaufen, blieb auch er stehen und lächelte. Vasco, sagte Rainer, so ähnlich stelle ich ihn mir vor. Als für ihn kein Zweifel mehr daran bestand, daß unser Ziel das Steinhaus war, überholte er uns plötzlich und rannte uns so schnell er konnte voraus, sprang über den Zaun und schlüpfte in den dunklen Hauseingang.

Nicht er, sondern eine ernste Frau mit strengem, faltigem Gesicht erschien auf unser Klopfen, sie zögerte die Antwort auf unseren Gruß hinaus, sah nur abschätzend von einem zum andern und wartete ungeduldig. Rainer erklärte ihr zunächst in seinem Englisch, woher wir kämen und welchen Auftrag wir hätten, höflich und werbend sprach er in das abweisende Gesicht hinein und bat zunächst nur darum, das Haus und den Garten – einige mickrige Gemüsebeete – photographieren zu dürfen. Noch während er seine Bitte aussprach, schüttelte die Frau den Kopf. Es waren schon andere hier, sagte sie, und fügte leise hinzu: Mein Bruder ist tot. Aber er hat doch hier gelebt, sagte ich, und das, was wir vorhaben, tun wir in Bewunderung für Ihren Bruder. Er braucht keine Bewunderung, sagte die Frau; der Tod hat sein Leben zu einem Verhängnis gemacht; alles, was ihm gebührt, ist ein stilles Andenken. Für uns ist er ein Vorbild, sagte ich, und sie darauf, in geläufigem Englisch: Ich bitte Sie, sein Andenken nicht zu stören. Rainer nahm meinen Arm, murmelte einen Gruß und eine Entschuldigung und zog mich weg.

Unten am Sandstrand, wo wir auf einem verrotteten Boot saßen und die Löcher kleiner Krebse beobachteten, aus denen nach jeder Welle Blasen aufstiegen, sagte Rainer: Da siehst du's, auch über den Richter gibt es mehrere Ansichten. Ich hab wohl nicht alles verstanden, sagte ich. Mach dir nichts draus, sagte Rainer, wir werden das Haus einfach nachbauen und dann unsere Version abliefern. Er zog sich aus und watete und drängte in tiefes Wasser, und als er Grund verlor und in das Glitzern hinausschwamm, rief ich ihm nach: Paß auf, da draußen gibt's Haie. Mir tun sie nichts, rief er zurück. Mit kräftigen Stößen schwamm er in die offene Bucht hinaus, zuletzt nur noch ein schwarzer Punkt in der leicht dünenden Weite. Ich nahm mir einen seiner Photoapparate und machte ein paar Aufnahmen von dem verrotteten Boot und von der farbfreudigen kleinen Armada, die auf den Strand hinaufgezogen war; mit aufgekrempelten Hosen schritt ich den Strand aus und photographierte das Dorf und die von Winterstürmen zerschlagene Mole, und von der Spitze der Mole, zu der ich kletterte, den zerwaschenen geborstenen Felsen. Von dort, von der Mole aus, erkannte ich, daß der Felsen die Form von drei erhobenen Fingern hatte, plumpen Fingern, die einen Schwur zu leisten schienen. Um Rainer mit den Aufnahmen zu überraschen, beschloß ich, ihm nichts zu sagen von meiner Entdeckung. Ich holte aus dem Auto den Korb mit den Eßwaren und erwartete ihn; doch kaum hatte er seine Masse aus dem Wasser gehoben, griff er sich die Kamera, die ich benutzt hatte, kletterte auf die Mole hinaus und photographierte den Dreifingerfelsen. Mir scheint, mein Alter, dieser Platz gibt etwas her. Hier könnten sich die Männer mit dem Richter treffen.

Er schätzte, daß es nach der Karte nicht mehr als dreißig Kilometer sein konnten bis zu dem Ort, in dem Vasco lebte mit seinem Großvater und den Brüdern. Sehr erpicht schien er nicht darauf zu sein, den Adoptivsohn Julias kennenzulernen; daß wir dennoch aufbrachen, tat er wohl ihretwegen: Wir werden ihr eine Ansichtskarte schicken mit all unseren Unterschriften. Nachdem wir getankt hatten, fuhren wir zur Straße hinauf und weiter nordwärts, in sanften Serpentinen erklommen wir einen Berg, der auf der Karte den Namen »Stuhl« hatte, vielleicht hatten die Namensgeber an einen Himmelsstuhl, Götterstuhl gedacht, ich weiß es nicht; ich weiß nur, daß wir von oben einen unermeßlichen Blick über das Mittelmeer hatten, und erinnere mich des wohltuenden Windes, der hier ging. Aschfarben, wie ausgeglüht waren die Hänge, harte, kümmerliche Gräser bedeckten sie; soweit das Auge reichte, war kein einziges Haus zu sehen. Wieder am Fuß, an einer geschichteten Steinmauer, erkannten wir plötzlich ein kleines Mädchen; es war barfuß, trug nur ein dünnes braunes Kleid und hob uns schon von weitem ein Bund Zwiebeln und ein Bund Mohrrüben entgegen, nicht fordernd oder aufdringlich, sondern mit feierlicher Langsamkeit. Auch hier war weit und breit kein Haus zu sehen. Halt mal, sagte ich, halt doch an. Wozu, fragte Rainer. Wir können ihr doch etwas abkaufen, sagte ich. Um es irgendwo fortzuwerfen, fragte er. Wir lächelten bei langsamer Fahrt dem Mädchen zu, und es lächelte zurück, ohne enttäuscht oder betrübt zu sein.

Es wunderte mich nicht, daß wir kurz vor dem Ziel einen Platten hatten, und auch Rainer schien nicht sehr überrascht; er zeigte auf das scharfe, kantige Geröll und sagte: Erstaunlich, daß es überhaupt so lange gutgegangen ist. Wir wechselten den Reifen, hockten uns in den Schatten und tranken den Rest des Weins und rauchten. Wie sich später herausstellte, dachten wir beide daran, ins Hotel zurückzukehren, aber nach einem abermaligen Blick auf die Karte setzten wir die Fahrt fort, einig, uns nicht allzu lange bei Vasco und seinen Leuten aufzuhalten.

Dämmerung fiel, und die Straße wurde schmal und unübersichtlich; Rainer hupte vor jeder Biegung. Wir fuhren durch ein sehr lockeres, schulterhohes Krüppelwäldchen, als wir gleichzeitig den auf der Straße liegenden Körper entdeckten; wie nach schwerem Fall lag er da, das Gesicht im Staub, die Hände ausgebreitet und die Füße leicht angezogen – anscheinend nach einem vergeblichen Versuch, sich aufzurichten. Rainer bremste so scharf, daß der Gurt mich schmerzhaft zurückriß. Wir stiegen aus und rannten zu dem Verletzten; er rührte sich nicht. Wir knieten uns hin und sahen, daß es ein Junge war, dünngliedrig, nur mit Hemd und Hose bekleidet. Behutsam packten wir ihn an Schulter und Bein, um ihn umzudrehen, und als er auf dem Rücken vor uns lag, als Rainer sich tief hinabbeugte und sein Ohr auf den mageren Brustkorb legte, sah ich, daß der Junge blinzelte. Dann hörten wir das Schloß der Wagentür klicken. Dann sahen wir zwei Gestalten in mächtigen Sprüngen in den Krüppelwald fliehen. Da sammelte ich den Stoff seines Hemdes über der Brust und riß den Jungen hoch, ließ ihn aber sogleich wieder los, als er mir in die Hand biß. Weder Rainer noch ich verfolgten ihn.

Alles, was auf dem Rücksitz gelegen hatte, war abgeräumt: der Korb mit den restlichen Eßwaren, meine Stoffmütze, ein Reiseführer und Rainers Kamera, mit der wir die Aufnahmen gemacht hatten; seinen zweiten Apparat, der auf der Ablage unter dem Heckfenster lag, hatten sie offenbar übersehen. So wird's gemacht, sagte Rainer und schlug vor Erbitterung mit dem Fuß gegen einen Reifen; wir sind brav in ihre Falle getappt, in die Mitleidsfalle. Immerhin hatten sie uns den Zündschlüssel gelassen, und nachdem wir eine Weile unschlüssig im Wagen gesessen hatten, ließ Rainer den Motor anspringen und fuhr mit eingeschaltetem Scheinwerfer los; seine Fahrweise verriet die Wut, die ihn beherrschte, seine stumme Wut. Es war zwecklos, ihn zur Umkehr zu überreden, sein Entschluß war gefaßt, und nach wenigen Minuten zeigten uns ein paar versteckte Lichter an, daß wir uns einem Ort näherten.

Ein Restaurant oder auch nur eine Dorfkneipe gab es nicht; vom Gebell eingesperrter Hunde angemeldet, fuhren wir an den in zögernder Dunkelheit liegenden Häusern vorbei, manche waren hinter strauchartigen Gewächsen verborgen und verrieten sich nur durch einen schwachen Lichtschein. Willst du ihn tatsächlich aufsuchen, nach allem? fragte ich, und Rainer darauf: Etwas muß sich doch gelohnt haben am Ende eines Tages, oder? Wir hielten und kurbelten die Fenster herunter, es roch nach offenem Holzfeuer. Mit ihrem schlenkernden Flug schoß eine Fledermaus durch den Strahl unserer Scheinwerfer. Rainer stellte den Motor ab. Hörst du? Was? Sie lauschten. Auf einmal schwiegen auch die Hunde, und ich hatte das Gefühl, daß alles in diesem Ort zu uns hinlauschte. Rainer stieg allein aus und ging auf ein Haus zu und klopfte; während er wartete, gab er mir mehrere beruhigende Zeichen. Es dauerte und dauerte, bis die Tür geöffnet wurde, und dann auch nur einen Spaltbreit, so daß ich nicht erkennen konnte, mit wem er sprach, doch an den Gesten, mit denen er sich versicherte – er wies auf die Silhouette des einzigen Baumes –, sah ich, daß er eine zufriedenstellende Auskunft erhielt. Er bedankte sich und winkte mich zu sich. Da, sagte Rainer, da wohnt Vasco, hinter diesem Baum.

Es war keine Aufforderung, einzutreten; die Worte, die wir hörten, galten nicht uns, sondern dem jungen Burschen, der im Schein einer Petroleumlampe Zwiebeln schnitt, Zwiebelscheiben auf Brotstückchen legte und diese einem Greis hinhielt, der sie mit ungenauen Bewegungen ergriff und sie sich in den Mund schob. Jetzt, als wir auf sie hinabschauten – der Raum mußte wohl einen Meter tief in der Erde liegen, denn vier oder fünf

Stufen führten in ihn hinab –, jetzt wiederholte der Greis die Worte, die wir für ein »Herein« gehalten hatten, und der Bursche legte ihm gleich zwei Brotstückchen in die offene Hand. Sie hatten unseren Eintritt bemerkt, dennoch wandten sie sich uns erst zu, als Rainer ihnen einen guten Abend wünschte; der Greis starrte uns mit offenem Mund an, der Bursche senkte sein Messer auf ein Holzbrett und linste geduckt über die Schulter zu uns herüber. Rainer stellte sich vor – ich bin Rainer Gottschalk aus Hamburg –, er rechnete wohl darauf, daß sein Name einen Eindruck auf die beiden machte, doch sie rührten sich nicht und schwiegen. Alles, was der Raum enthielt, schien selbstgezimmert, die beiden armseligen Schlafgestelle, der rohe Tisch, die Hocker; die ungleichen Haken in der Wand, an denen alte, offenbar geschonte Kleidungsstücke hingen, schienen aus dem Abfallhaufen einer Schmiede zu stammen. Langsam, wie gegen einen Widerstand, stieg Rainer die Stufen hinab und reichte zuerst dem Greis, dann dem Burschen die Hand. Ob sie ihn verstünden, fragte er, worauf die beiden einen Blick tauschten und die Schultern hoben. Rainer wiederholte seine Frage auf englisch, und wieder sahen sich die beiden nur an und antworteten ihm mit einer Geste der Ratlosigkeit. Sie verstanden uns nicht. Vasco, sagte Rainer mit verstärkter Stimme, wir wollen Vasco besuchen. Ein Ausdruck aufglimmender Freude zeigte sich auf dem Gesicht des Greises, angestrengt stand er auf, winkte Rainer und ging ihm voraus zu einer Tür, hinter der eine fensterlose Kammer lag; er deutete auf eine der beiden Schlafpritschen, die die Kammer nahezu ausfüllten, und sagte etwas, das wir nicht verstanden, nur den Namen Vasco hörten wir heraus. Und mit einer Handbewegung, die in die Ferne verwies, wollte er uns zu verstehen geben, daß Vasco weit fort sei, hinter einem Berg, unerreichbar. Was blieb Rainer da anderes übrig, als Grüße zu bestellen?

Bei unserem Aufbruch schlugen die Hunde an. Wie wir es ausgemacht hatten, übernahm ich das Steuer auf der Rückfahrt; im Dunkeln fand ich die Stelle, an der wir in die Falle gegangen waren, nicht wieder, und als ich einmal hielt – überzeugt davon, daß wir sie gefunden hätten –, stellten wir fest, daß wir sie längst passiert hatten. Wir kommen wieder, sagte Rainer, und es klang wie eine Drohung.

Er war entschlossen, wiederzukommen, er hatte in Vascos Kammer, unter Kleidungsstücken unzureichend verborgen, etwas entdeckt, was ihn ausgiebig beschäftigte, ihn überlegen und kombinieren ließ. Ein Fernglas, mein Alter, und zwar ein gutes Glas, das bestimmt genausoviel wert ist wie ihr ganzer Besitz. Immer wieder fragte er sich, woher es stammte und wozu es benutzt wurde; er schloß aus, daß man solch ein Glas einfach irgendwo finden konnte oder daß Vascos Leute es sich hätten kaufen können. Nicht einmal Julias regelmäßige Überweisungen – die Beträge eines knappen Jahres – hätten dafür ausgereicht. Es beschäftigte ihn unaufhörlich, und er mußte sich am Ende eingestehen, daß es ihm rätselhaft sei, wovon sie überhaupt lebten in ihrer Trostlosigkeit. Vielleicht schaffen sie es, sagte er, weil sie nur für den Tag leben, für den Tag und vom Tag. Er machte eine Pause und fügte dann hinzu: Das wird mich allerdings nicht davon abhalten, morgen früh die Polizei aufzusuchen.

Nie hätte ich gedacht, daß auch Erregung schlaffördernd wirken kann, aber Rainer bewies es: er verstummte, lange, bevor wir die Küstenstraße erreichten, fluchte nicht mehr, wenn es ruckelte und schüttelte, hatte kein Auge für die brieselnden Lichtfelder auf dem Meer. Er schlief und erwachte und streckte sich erst, als wir auf den Parkplatz des Hotels fuhren und neben einem Wagen hielten, in dem unbeweglich ein Mann saß. Wir packten unsere Sachen zusammen, redeten laut miteinander – der Mann rührte sich nicht, hockte nur steif und puppengleich hinter dem Steuer. Ich war drauf und dran, den Fremden anzusprechen, doch Rainer drängte mich ab und zog mich mit sich ins Hotel, und hier erst brachte er mir bei, daß der Mann im

Auto unser Zimmernachbar war, unser Langustenesser.

Zu gegrillter Leber bestellten wir gleich drei Karaffen Wein, der alte Wirt selbst ging für uns in die Küche, offenbar bestrebt, uns über unser Mißgeschick hinwegzutrösten. Er war traurig, war erbittert und auf eine sanfte Weise zornig, und um uns zu besänftigen – es lag ihm viel daran –, wies er darauf hin, daß es »die im Norden« seit über tausend Jahren so machten; seit undenklicher Zeit hätten sie es sich angewöhnt, die Straße als Erwerbsquelle zu betrachten: was darüber zieht, ist ihnen freigegeben. Zu dieser Stunde waren wir die einzigen Gäste, und nachdem er uns das Essen gebracht hatte, bat er um Erlaubnis, sich zu uns zu setzen. Während er ab und zu in winzigen Schlukken aus seinem Weinglas trank, legte sich seine Erbitterung: er erkundigte sich nach unseren Eindrücken, wollte wissen, ob wir gefunden hätten, wonach wir suchten, und es war ihm Genugtuung anzusehen, als wir ihm die entdeckten Schauplätze und Orte beschrieben, sie waren ihm wohlbekannt. Den Titel des Films bedachte er ausgiebig, er wiederholte ihn ein paarmal, erwog, bemaß, setzte ihn in Beziehung zu seinem Wissen, schließlich hieß er ihn gut und versprach, daß er achtgeben werde auf die Filmprogramme.

Wir saßen bei der letzten Karaffe, als Schritte auf der Steintreppe zu hören waren; der kahlköpfige

Mann stieg herauf, unser Langustenesser, mit versteinertem Gesicht stelzte er auf uns zu, nickte knapp und ging vorbei ohne ein Wort; den Gutenachtwunsch des Wirtes schien er überhört zu haben. Allein, fragte Rainer. Ja, sagte unser Wirt, wieder mal allein, und er blickte auf die Tischplatte und zuckte in hilflosem Bedauern die Achseln. Er war Komponist, fügte er leise hinzu, einer unserer großen Komponisten; seit er in der Verbannung war, hat er einen Knacks. Plötzlich zog er seinen Bestellblock heraus und bat Rainer um Marke und Kennzeichen der gestohlenen Kamera, in Blockbuchstaben notierte er alles, hielt auch fest, daß auf einem Metallschildchen Rainers Name eingeschnitten war; dann las er uns die Notizen noch einmal vor und bot sich an, am nächsten Morgen die Polizei zu verständigen. Er habe da gute Freunde, sagte er. Seine Zuversicht war glaubwürdig.

Rainer hatte ihm nicht erzählt, daß wir noch einmal hinauffahren wollten, weniger, um nach dem Verbleib unserer Sachen zu forschen, als vielmehr weil er Vasco kennenlernen wollte, den Jungen, den seine Frau fernadoptiert hatte. Wie beteiligt unser Wirt zuhörte, als wir ihn beim Frühstück mit unserer Absicht bekannt machten; ein unerwarteter Eifer ergriff ihn, er lief in die Küche und verhandelte da, verschwand im Privatzimmer seines Sohnes und schien auch da zu verhandeln, und dann kam er ohne seine lange weiße Schürze an unseren Tisch und fragte, ob er uns begleiten dürfe, als Reiseführer, als Dolmetscher. Er wüßte nicht, wie er seinen freien Tag sinnvoller verbringen könnte. Wiedersehen wollte er die Gegend, in der er viele Jahre nicht mehr gewesen sei. Da wir nicht rasch genug zustimmten, versicherte er uns, daß er alle Forderungen des Tages bereits erfüllt und übertragen habe, selbst die Verlustanzeige bei der Polizei werde schon bearbeitet von einem befreundeten Polizeioffizier. Begeistert war Rainer nicht, doch da er einsah, daß wir einen Dolmetscher brauchten, willigte er ein, und der Wirt dankte uns und sorgte für den Reiseproviant.

Ich irre mich nicht: in Begleitung unseres Wirts – er saß vorn neben Rainer und machte uns selbst auf unscheinbare Dinge aufmerksam – glaubte ich mitunter, durch eine vollkommen unbekannte Landschaft zu fahren, jedenfalls kam mir manches so fremd und überraschend vor, daß ich das Gefühl hatte, nie zuvor diesen Felsen, diese Schlucht, dieses an den Berg geschmiegte und von der Sonne gegeißelte Steinhaus gesehen zu haben. Nicht allein, daß er unseren Blick lenkte; vertraut mit allen Eigenheiten dieses Landes und seiner Geschichte, weihte er uns in die hier geltenden Bedingungen der Existenz ein, machte uns klar, wie sehr Ausdauer, List und Trägheit dazu gehörten, aber auch ein flammendes Bedürfnis nach Gerechtigkeit. Ohne ihn hätten wir gewiß nicht den kleinen Friedhof gefunden, der nur einen Steinwurf von der Straße entfernt lag; ich hatte zwar auf unserer Fahrt die geweißte Mauer gesehen, war aber nicht darauf gekommen, daß sie einen Friedhof einschloß. Langsam, sagte der alte Mann plötzlich, und dann scharf rechts hinter dem Warnschild, und Rainer tat, wozu unser Wirt aufforderte; über einen holprigen lehmgelben Weg fuhren wir auf das eiserne Friedhofstor zu. Das Tor war verschlossen. Wir kletterten über die Mauer. Zielbewußt ging uns der Wirt voraus und führte uns zu zwei Gräbern, die zwar keinen Gedenkstein hatten, doch mit verdorrten Blumen bedeckt waren. Hier, sagte er, hier liegen sie, der Richter und sein Sohn.

Einmal – es war vor der Brücke, die wir als Drehort ausersehen hatten – fragte Rainer, ob das, was den Richter bestimmte, sein Gelübde zu brechen, nicht der Wunsch gewesen sei, den großen Irrtum seines Lebens gutzumachen, und der alte Mann sagte: Nein, und erklärte aus seiner Kenntnis: Der Richter fragte sich nicht, was sich machen läßt, um persönliche Probleme zu lösen; er handelte, weil er die Menschen ernst nahm und sich nicht abfinden konnte mit dem, was geschehen war. Und einmal fragte Rainer, ob die Menschen nicht am bereitwilligsten für das in den Tod gehen, was nicht existiert – das Mögliche, das Vollkommene –, und der Wirt schüttelte den Kopf und sagte: Jeder hat doch seine Sehnsucht, und die ist ebenso wirklich wie die Welt um ihn herum.

In der Einöde, auf demselben Platz wie am Vortage, stand das Mädchen in dem braunen dünnen Kleid und hob uns seine Zwiebeln und Mohrrüben entgegen. Der alte Mann bat Rainer, zu halten; er stieg aus und kaufte nicht nur die beiden Bunde, die das Mädchen in den Händen hielt, sondern einen ganzen Kasten mit Gemüse, der im kümmerlichen Schatten der Steinmauer verborgen war. Es entging mir nicht, daß er, während er die Qualität des Gemüses prüfte, unaufhörlich auf das Mädchen einsprach, und zwar nicht beiläufig und scherzend, sondern ernst und in warnendem Ton. Mehrmals nickte das Mädchen ergeben. Zu uns sagte er nur: Sie haben gutes Gemüse hier oben, und dann deutete er auf die Kleine, die leicht und geschickt wie eine Ziege einen geröllbedeckten Hang hinaufsprang, das empfangene Geld in einer Faust.

Wir parkten das Auto unter dem Baum vor Vascos Haus, das jetzt im Licht aussah, als ob es sich allmählich selbst auflöste, zerbröckelte, lautlos zerfiel. Unser Wirt klopfte nur flüchtig und zog die Tür auf und rief dem Greis, der verbissen einen Teig knetete, einen Gruß zu, der überraschend vertraulich klang. Ihr Handschlag dauerte; sie sahen sich lange an, offenbar bemüht, sich etwas zu bestätigen, das sie in ihrer Erinnerung teilten. Dann redete unser Wirt, ich hörte, wie er mehrmals Vascos Namen nannte und dabei auf Rainer zeigte, der süßsauer lächelte. Der Greis wischte sich die Finger ab, ging auf Rainer zu und blickte fragend zu ihm auf, und plötzlich verbeugte er sich vor ihm und murmelte etwas. Was meint er? fragte Rainer. Er hat Sie gesegnet, sagte unser Wirt und kniff sich so, daß nur ich es sehen konnte, die Nase zu, vermutlich, um mich auf den Fäulnisgeruch aufmerksam zu machen. Den Tee, den der Greis uns bereiten wollte, schlugen wir aus, wir wollten nur Vasco kennenlernen und dann gleich wieder zurückfahren. Wir verzichteten auch darauf, von einem noch warmen Brotfladen zu probieren, und brachen auf, nachdem wir erfahren hatten, daß Vasco und seine Brüder auf dem Feld arbeiteten, hinter dem Berg. Ich verstand nicht, was die beiden einander zum Abschied sagten, doch es hörte sich an wie eine gegenseitige Beteuerung.

Terrassenförmig war das Feld angelegt, die rötliche Erde stach vom altersgrauen Geröll des unbearbeiteten Berghanges ab. Schon von weitem erkannten wir die drei gebückten Gestalten, die mit Hacken, deren Eisenblätter spatenbreit waren, die Erde lockerten und immer wieder Steinbrocken aufhoben und fortschleuderten. Auch sie, die Brüder, hatten uns früh erkannt; ich sah, wie sie zusammentraten, uns beobachteten, sich augenscheinlich beratschlagten und sich dann, in gemeinsamem Beschluß, höher hinauf entfernten, nicht fluchtartig, eher zufällig und wie die Arbeit es verlangte. Rainer hielt, und sogleich stieg unser Wirt aus, legte die Hände an den Mund und rief etwas zu den Brüdern hinauf, eine schroffe Aufforderung, der er, nur für sich, eine Verwünschung hinterherschickte. Darauf traten die Gestalten wieder zusammen und schienen sich abermals zu beratschlagen, doch erst ein nochmaliger Ruf unseres Wirtes, ein drohender Befehl, beendete ihr Zögern: einer von ihnen schulterte seine Hacke und kam ohne Eile zu uns herab. Argwöhnisch, mit verschlossenem Gesicht näherte er sich, ein Bursche von sechzehn vielleicht; er sah nur den Wirt an, uns schien er nicht zu bemerken. Unser Wirt gab ihm die Hand, fuhr ihm über sein verstrubbeltes Haar und begann, in begütigendem Ton auf ihn einzusprechen, wobei er ihm ein paarmal auf die Schulter schlug. Auf einmal wandte sich der Bursche um und stieß einen Pfiff aus und schwang seine Hacke; jetzt kamen auch die andern.

Vasco hielt sich hinter seinem älteren Bruder, scheu und bescheiden zugleich. Er war dünngliedrig, sein Gesicht glänzte vor Schweiß, in seinem Blick lag etwas Unstetes, Suchendes. Auf ein Wort unseres Wirts lächelten alle drei und entspannten sich sichtbar, und die beiden Älteren klemmten die Hacken zwischen ihre Schenkel und drehten sich Zigaretten. An Vasco gewandt, sprach unser Wirt einige getragen klingende Sätze, mitunter schloß er beim Sprechen die Augen, so daß es den Anschein hatte, als sage er etwas auswendig her, und zaghaft, ungläubig hob der Junge sein Gesicht und sah auf den massigen fremden Mann, auf Rainer. Seine Lippen öffneten sich. Der magere Körper begann zu zittern. Er ließ die Hacke fallen und atmete schnell. In diesem Augenblick dachte ich, daß er fliehen werde, doch er tat es nicht; er schluckte nur und stürzte auf Rainer zu und umarmte ihn. Unvorbereitet auf diesen Ausdruck, hob Rainer wie hilfesuchend die Hände, während der Junge sich an ihn schmiegte und ihn mit beiden Armen umklammerte. Ist gut, sagte Rainer, ist ja gut, und zum Wirt hin: Sagen Sie ihm, daß ich Julias Mann *war,* daß wir nicht mehr zusammenleben. Unser Wirt sagte es wohl, doch die Freude des Jungen, seine heftige Umarmung ließen nicht nach.

Wir setzten uns an den Rand des Feldes. Körbe und Eßwaren wurden angeschleppt, ihr Korb, unser Korb. Während wir aßen, machte Rainer einige Aufnahmen, widmete sich vor allem Vasco, den er stehend, liegend, sitzend, im Profil und en face photographierte. Über unsern Wirt erfuhren wir, daß die Briefe, die Vasco schrieb, an die Wohlfahrtsorganisation geschickt werden mußten, wo sie übersetzt wurden. Wir erfuhren auch, daß Vascos Eltern durch einen Steinschlag ums Leben gekommen waren. Wein wollte keiner von ihnen trinken, auch Vascos ältere Brüder nicht, doch sie aßen so lange, wie wir es uns schmecken ließen, und dankten, als wir fertig waren. Ein einziges Mal nur richtete Vasco eine Frage direkt an Rainer; der Junge wollte wissen, wann er zu Julia zurückkehrte, und als Rainer ihm sagen ließ, daß er Julia gewiß schon in einer Woche wiedersehen werde, kramte der Junge in seiner Hosentasche und zog den Panzer einer kleinen Landschildkröte heraus: Da, das mußt du ihr bringen, von Vasco.

Zum Abschied winkten sie mit ihren Hacken, reckten sie und hüpften dabei; erst als unsere Staubfahne sich vor den Berg legte, konnte ich sie nicht mehr erkennen. Glauben Sie, daß Ihre Frau sich freuen wird, fragte unser Wirt. Und ob, sagte Rainer, sie hängt an dem Jungen. Und dabei weiß sie so wenig von ihm, sagte unser Wirt. Aber das Wichtigste, sagte Rainer, das weiß sie, und was sie nicht weiß, bildet sie sich ein. An mehreren Stellen unterbrachen wir die Rückfahrt, stiegen aus, ließen uns den Felsen zeigen, von dem aus das um Sekunden verzögerte Signal zur Brückensprengung gegeben wurde, kletterten in die Grotten hinab, die als Haupt- und Nebenversteck gedient hatten, standen noch einmal – vornehmlich unserem Wirt zuliebe – vor der eigenartigen Poseidonstatue. Rainer sagte nicht zuviel, als er vor unserem Hotel bekannte: Ich denke, wir werden Mühe haben, all unsere Eindrücke zu sortieren.

Auf dem Zimmer zog ich mich gleich aus und ging unter die Dusche. Es röhrte in der Leitung, knackte und blubberte, die Brause ließ sich nicht regulieren. Ich rief Rainer zu Hilfe, der mir aber nur riet, mit dem vorläufigen Ergebnis zufrieden zu sein. Geistesabwesend starrte er mich an und sagte: Der Korb, mein Alter, der Korb, in dem sie ihr Brot und ihre Zwiebeln hatten, hast du ihn dir angeschaut? Nein, sagte ich. Siehst du, sagte er, ihr Korb gleicht unserem aufs Haar, ein richtiger Hotelkorb, und dreimal darfst du raten, woher sie ihn haben. Glaubst du's wirklich, fragte ich. Er konnte mir nicht antworten, da fortdauernd an seine Zimmertür geklopft wurde; ich hörte, wie er sich bedankte, seine Erwartung ausdrückte und abermals bedankte, und dann vernahm ich deutlich die Stimme unseres Wirts, der Rainer versicherte, daß die Kamera bald wieder in seinem Besitz sein werde, er habe nach einer Erkundigung bei der Polizei allen Anlaß, es anzunehmen. Fein, sagte Rainer, wollen wir mal sehen, ob die Polizei recht behält. Danach bekam ich noch mit, wie er seine Masse in einen Sessel fallen ließ und einen Brief aufriß.

Dort saß er immer noch, als ich zu ihm hinüberging, um ihn zum Abendessen abzuholen. Vor ihm auf dem Tisch lag ein Brief von Julia, Luftpost, Expreß; sie hatte erfahren, wohin er diesmal auf Motivsuche gegangen war, und beschwor ihn, sich unbedingt Zeit zu nehmen, um ihren Vasco aufzusuchen, der ganz in der Nähe lebte. Um Vasco sogleich erkennen zu können, hatte sie den Glanzpapierprospekt mit seinem Bild und den Photos von elf anderen Jungen beigelegt, die zur Fernadoption angeboten wurden. Rätselnd, in unablässigem Befragen glitt sein Blick von einem zum andern. Als ich mich über ihn beugte, überließ Rainer mir den Prospekt, stieß mich in die Seite und sagte: Na, los, mein Alter, entscheide dich: welchen würdest du nehmen? Ich sah sie mir alle an und sagte: Du wirst es nicht glauben – Vasco. Das werde ich Julia erzählen, sagte Rainer, ich denke, sie wird sich wundern.

Die Kunstradfahrer

Früher war das hier mal eine Fabrik mit heilen Fenstern. Die Schienen sind noch da und der dünne, behelmte Schornstein. Auch die Lagerschuppen stehen noch da, und auf dem Hof ein paar altmodische Schwungräder, die langsam immer tiefer in die Erde sacken. Sonst ist hier nichts mehr los, keine Arbeiter, keine summenden Maschinen. Drinnen zieht es ganz schön, weil fast alle Fenster dran glauben mußten. Peng, peng, so flogen die raus, wenn wir die Schleudern auf sie anlegten oder einfach Zielwürfe machten mit Schottersteinen.

Kalli ging auch nur zur alten Fabrik, um da Zielübungen zu machen. Zwischen den rostenden Gleisen sammelte er schon mal Schottersteine, die waren scharf und kantig. In der Tasche fühlten sich die Steine kühl an, in der Hand waren sie warm. Was er aufgehoben hatte, das reichte bestimmt für sechs Fensterscheiben, oder für die zackigen Reste, die noch vom Kitt gehalten wurden. Er ging zwischen den Schienen auf das große, schwarze Tor zu, seine Hand zuckte schon, man kennt das ja.

Ein hölzerner Flügel des Tors war zur Hälfte geöffnet, er bewegte sich nicht, schlug nicht, denn es ging kein Wind an diesem stillen Augustabend. Mörtel rieselte aus den alten Mauern, das kam wohl von der Hitze. Wenn es hier Eidechsen gegeben hätte, die hätten sich ungestört sonnen können auf den warmen Mauern. Vögel ließen sich hier auch nicht blicken.

Jetzt rief da ein Mann in der Fabrik, das klang wie »Achtung«, und dann fluchte er enttäuscht und sagte: »mitzählen« und »aufpassen« und so etwas. Kalli duckte sich gleich. Er legte sich hinter einen verbeulten länglichen Kessel, der bestimmt zu nichts mehr zu gebrauchen war. Er lauschte und fischte vorsichtig die Schottersteine aus den Taschen, die drückten nämlich. Rufe, wieder waren da Rufe zu hören. Es klatschte. Es knallte. Es dröhnte, als ob einer von ziemlich hoch auf den Fabrikboden sprang. Einer der Männer mußte Paul heißen, denn der andere fragte immer wieder: Warum klappt es heute nicht, Paul? Was ist bloß los mit dir, Paul?

Durch das große Tor schleicht sich keiner an, das ist schon mal sicher. Kalli schlängelte sich durch hohes Gras und Schafgarbe zur Rückwand der Fabrik, da hatten sie einfach ein Stück brandiger Mauer auseinandergebrochen und das Loch später mit Teerpappe zugemacht. Er schob die Teerpappe zur Seite. Er kniete sich hin. Zuerst blendete ihn die schräg einfallende Sonne, und er mußte die Augen schließen. Dann aber, allmählich, gewöhnte er sich an das Licht und erkannte die beiden Männer auf einem Fahrrad. Die Männer trugen Turnhemden mit breiten Brustringen. Sie hatten hellblaue Trainingshosen an. Ihre Turnschuhe hatten weiße Kappen, und beide trugen komische, vielleicht selbstgemachte Sturzhelme. Es waren Kunstradfahrer. Sie trainierten auf dem harten, ebenmäßigen Boden der Fabrik, auf einem Stück, das sie wohl vermessen und mit Kreide aufgezeichnet hatten.

Die Männer waren schon ziemlich alt, mindestens über zwanzig, und sie waren Brüder, das sah man ihnen auch an. Auf einem hölzernen Faß lagen ihre Hosen und Jacken und karierten Hemden. An das Faß gelehnt hatten sie ihre schlappen Ledermappen, aus einer Mappe guckte eine Thermosflasche heraus. Die Brüder waren wohl gleich nach der Arbeit hierhergekommen, zum Training.

Kalli erkannte sofort, daß der jüngere Bruder Paul hieß. Er war der sogenannte Obermann. Er saß dem älteren Bruder, der regelmäßige Kreise fuhr, nicht etwa auf dem Rücken, sondern auf den Schultern. Steif saß er da, mit ausgebreiteten Armen, die Beine ganz schön verschlungen. Mühelos kreisten sie. Kein einziges Mal gerieten sie über die Grenze, über den Kreidestrich. Sie kreisten, als sammelten sie Schwung und Mut. Und dann – hip – gab der ältere Bruder ein Kommando und riß das Fahrrad hoch. Es sah aus, als ob das leichte Fahrrad bockte und scheute und sich wie ein Pferd auf die Hinterhand erhob, so nennt man das wohl. Jetzt trug sie nur das Hinterrad. Paul schwankte oben und fuchtelte. Er griff in die Luft, aber er konnte sich halten, und der ältere Bruder, der einfach Wim hieß, ließ nun auch die Lenkstange los und breitete seine Arme aus. Ruckweise zogen sie nun einen Kreis, richteten ihre Arme aus, machten da so einen Doppeldecker.

Niemand braucht zu fragen, ob sie schnaubten oder stöhnten oder zischten, denn was die so von sich gaben, hörte sich an wie ein ganzes Kraftwerk. Und erst die Muskeln! Kalli sah nur, wie die prall wurden, sich aufwölbten und mächtig hervortraten. Wenn Wim zum Beispiel die Wadenmuskeln geplatzt wären – pff –, Kalli hätte sich bestimmt nicht gewundert. Am meisten aber begeisterte sich Kalli für die Kommandos. Kunstradfahrer kommen wohl ohne Kommandos überhaupt nicht aus. Da geht es immer nur hip und hup und hollah, und auf jedes Kommando geschieht etwas.

Jippi, kommandierte Wim, und beide verlagerten ihr Gewicht nach vorn. Das Vorderrad setzte wieder auf. Wim packte die Lenkstange, und Paul glitt über seinen Rücken und sprang ab. Da klatschte Kalli los. Er wollte gar nicht klatschen, aber seine Hände waren schneller. Er klatschte einfach, weil sie ihm einen so schönen Doppeldecker vorgeführt hatten. Und die Kunstradfahrer staunten, als er durch das Mauerloch trat: vielleicht hatten die noch nie Beifall bekommen. Weil sie schwitzten, trockneten sie sich erst mal mit einem langen, gelben Handtuch ab. Dann schüttelten sie aus einem Tütchen weißes Pulver auf ihre Hände, jetzt konnten sie besser zupacken. Aber erst einmal mußten sie verschnaufen und pumpten sich mächtig auf. Wenn die Luft holten, dann geriet einem gleich der Scheitel in Unordnung.

Wim fragte Kalli: Kannst du auch schon Fahrrad fahren? Kalli schüttelte den Kopf. Sie hatten so anderthalb Fahrräder zu Hause, die standen im Schuppen. Eines gehörte seinem Vater, das hatte immer nur Plattfuß vorn und hinten. Das andere war ein neuer Rahmen mit Sattel, aber ohne Räder. Beide waren ziemlich verstaubt und lehnten aneinander. Nein, sagte Kalli, ich kann noch nicht fahren.

Darauf schickten ihn die Kunstradfahrer weg. Sie schickten ihn nicht unfreundlich weg. Wenn Kunstradfahrer üben, wollen sie keine Zuschauer haben, das ist es. Kunstradfahrer denken immer, daß einer ihre Kunststücke verraten könnte, all die Schwünge und Drehungen und Balanceakte. Deshalb gaben sie sich erst wieder Kommandos, nachdem Kalli weg war: Hip, hollah, jippii!

Natürlich ging Kalli nicht nach Hause. Er kletterte auf das flache Dach des ehemaligen Maschinenhauses. Dort hockte er sich hinter eine dreckige Scheibe und putzte eine Öffnung blank. Das war der schönste Platz, um die Kunstradfahrer zu beobachten. Was sie noch vorführten? Also, Paul führte einen Kopfstand auf dem Sattel vor. Und Wim zeigte, wie gut er das leichte Fahrrad gezähmt hatte: mit ausgebreiteten Armen stellte er sich auf den Sattel, und das Fahrrad fuhr gehorsam im Kreis und kam nicht ein einziges Mal über die Kreidelinie. Nur beim Handstand auf der Lenkstange kippte er ab. Patz, da lag er und biß sich auf den Finger. Finito, kommandierte er, das hieß wohl Schluß für heute. Danach zogen sie sich um.

Kalli erwartete sie draußen am löchrigen Drahtzaun. Er sah das glänzende, leichte Fahrrad an. Es hatte einen ganz schmalen Sattel und keinen Rücklauf. An der Hinterachse waren zwei Tritte zum Hochklappen, die hielten einen Mann aus. Die Lenkstange war beinahe waagerecht, nicht so geschwungen wie bei einem Rennrad. Kalli fragte, ob er das Rad schieben dürfe, aber der jüngere Bruder winkte ab. Er wollte das Rad selbst schieben. So sind eben Kunstradfahrer. Aber er durfte hinter ihnen hergehen auf dem schmalen, buckligen Trampelpfad. Auch die Kunstradfahrer wohnten in der Siedlung, vielleicht sieben Häuser weiter als Kalli, da gingen sie jetzt hin.

Wohin es Kalli zog, weiß man schon. Er ging in

den Schuppen, besah sich gemächlich die anderthalb Fahrräder, schätzte da was ab, pfiff durch die Zähne. Dann band er die Satteltasche ab und schüttete alles aus, was drin war: Schraubenschlüssel, Ventile, Sandpapier und kleine rote Gummipflaster zum Flicken der Schläuche. Er überlegte. Wenn er die beiden Schläuche flickte, wenn er die beiden Räder abmontierte, wenn er sie unter den neuen Rahmen schraubte – er bekäme ein ganz gutes Fahrrad. Allein aber schaffte er es nicht. Darum ging er zu seinem Vater, der gerade wieder einmal sein Auto wusch. Er fragte: Schenkst du mir dein altes Rad? Wozu denn das, fragte sein Vater. Ich will Kunstradfahrer werden, sagte Kalli. Klar, sagte sein Vater, für Kunstradfahrer tu ich alles. Die dürfen sich alles von mir wünschen. So schnell bekam Kalli sein erstes Fahrrad.

Fahren zu lernen, das brauchte er kaum noch. Zuerst half ihm seine Schwester; die hielt eine Hand am Sattel und lief mit. Aber auf einmal wurde er zu schnell, sie mußte den Sattel loslassen, und Kalli sauste allein die Straße hinab. Die Wende gelang. Er war ganz schön begeistert, als er merkte, wie gut das Fahrrad ihm gehorchte. Zum Dank ölte er es gleich dreimal hintereinander. Und dann wollte er es in der Nacht neben seinem Bett stehen haben, einfach weil er glaubte, daß ein richtiger Kunstfahrer sein Rad nie allein lassen darf.

Aber sein Vater sagte, daß es im Schuppen ja auch ganz gemütlich sei. Kalli war einverstanden, aber er mußte sein Rad noch unbedingt mit Säcken zudecken. Jetzt konnte man jeden Tag einen Flitzer in der Siedlung beobachten, fiu, fiu. Dem stand beim Sausen das kleine Handtuch steif nach hinten ab. Weil große Kunstradfahrer beim Training oft ein Handtuch um den Hals legen, trug er natürlich auch ein Handtuch, das hatte ihm seine Mutter geschenkt. Bald fuhr er einhändig, dann freihändig. Schlange fuhr er sowieso. Er konnte so scharf bremsen, daß das Hinterrad zur Seite flog – trotzdem brauchte er nicht abzusteigen. Am liebsten bremste er natürlich auf Sandwegen ab, das gab eine plötzliche Staubwolke. Manchmal sah er die beiden Kunstradfahrer, er grüßte sie dann. Aber sie waren ernst und schweigsam und grüßten kaum zurück. Sie schienen ihn gar nicht wiederzuerkennen. Vielleicht müssen Kunstradfahrer so sein, dachte Kalli, vielleicht sind sie immer in Gedanken.

Die Kinder in der Siedlung, auch ältere, überholte er leicht. Keiner konnte so lange wie er auf dem stehenden Rad Balance halten, ohne runterzukippen. Keiner ölte aber auch sein Fahrrad so oft wie er. Dreimal am Tag: auch für einen Kunstradfahrer ist das ein bißchen übertrieben, oder?

Mehrmals in der Woche übten die beiden alten Brüder in der ehemaligen Fabrik. Das hatte Kalli schon herausbekommen. Sie übten am Montag, am Mittwoch und am Freitag; das sind wohl die besten Tage für Kunstradfahrer. Man braucht nicht zu fragen, warum. Wenn die Brüder den buckligen Trampelpfad herabkamen, lag Kalli schon auf dem Dach des Maschinenhauses. Das Beobachtungsfenster war blankgeputzt. Und dann erlebte er ihr Training.

Zuerst fingen sie mit Bodengymnastik an, Rumpfbeugen und Strecken und Liegestütz. Sie liefen auf der Stelle. Sie rollten die Arme aus den Schultern. Mit ernsten Gesichtern machten sie Hand- und Kopfstände. Sie rissen gleichzeitig die Oberschenkel so hoch, daß diese die Brust berührten. Dann ein Kommando von Wim, und sie schoben das Rad über den Kreidestrich, in das aufgezeichnete Feld. Jetzt drehten sie ein paar lässige Runden; so fingen sie immer an. Kalli war ziemlich aufgeregt, weil er sich alles merken wollte. Er beobachtete genau, wie sich Wim langsam über die Lenkstange schob. Auch an der Vorderachse waren zwei Tritte zum Hochklappen. Blitzschnell drehte sich Wim, suchte nach den Pedalen und fuhr nun mit dem Rücken zur Fahrtrichtung. Das war schon was.

Und nun – hip – sprang Paul auf. Er kletterte behutsam und etwas zittrig an seinem älteren Bruder hoch. Wim hatte da schon etwas auszuhalten: ein Knie auf dem Rücken, dann das andere Knie, schließlich beide Füße auf seinem Nacken. Vorsichtig richtete Paul sich auf. Hochaufgerichtet stand auch er mit dem Rücken zur Fahrtrichtung, eine ganze Runde lang. Immer ruhiger wurde ihre Fahrt, immer gesammelter. Es war schon vorauszusehen, daß gleich etwas Besonderes passieren würde. Und da – hollah – passierte es. Paul, der Obermann, krümmte sich leicht. Er schnellte vom Nacken seines Bruders los, wirbelte herum, gegen die Fahrtrichtung probierte er einen Salto rückwärts, das war so etwa der höchste Schwierigkeitsgrad. Natürlich wollte er auf den Füßen landen. Gedacht war, daß Wim neben ihm halten und beide sich die Hand reichen sollten. Aber Paul schaffte es nicht, nein, er drehte sich etwas zuviel. Tsseng, da lag er. Er mußte sich ganz hübsch wehgetan haben, denn er rollte sich auf den Bauch und wieder auf den Rücken und zappelte mit den Beinen. Wim stieg gleich ab. Er versuchte seinen Bruder aufzuheben, das ging einfach nicht. Paul konnte nicht auf den Füßen stehen, er klappte immer zusammen. Dabei fallen Kunstradfahrer meistens so, daß ihnen überhaupt nichts wehtut.

Wim beugte sich über seinen Bruder und sprach mit ihm. Und plötzlich zog er sich ganz schnell an, ohne ein Kommando zu geben. Kalli dachte, daß er jetzt vielleicht gebraucht werden könnte, darum kletterte er vom Dach und fragte: Ist ihm was passiert? Der ältere Kunstradfahrer war gar nicht höflich, er sagte nur: Mach, daß du hier wegkommst. Kalli sagte noch: Soll ich Hilfe holen? Darauf ging Wim nicht ein. Düster sagte er: Zieh Leine, Menschenskind, wir wollen dich hier nicht mehr sehn. So geht es manchmal, auch wenn man nur helfen will.

Dann schoben die Kunstradfahrer ab. Paul saß auf dem Rahmen, und Wim führte das Rad. Paul hatte einen Arm um seinen Bruder gelegt, so ging das leichter. Es war nichts mehr zu sagen zwischen ihnen. Von weitem sahen sie ziemlich traurig und fertig aus. Man konnte meinen, sie hätten für immer aufgegeben. Vor der Siedlung stieg Kalli auf sein Rad. Er hatte Lust, die Brüder freihändig zu überholen, aber er wagte es nicht. Erst als sie in ihrem Haus verschwunden waren, drehte er auf, wendete und fuhr zur Fabrik zurück.

Jetzt hatte Kalli den glatten, ebenmäßigen Boden der Fabrik ganz für sich. Jeden Tag fuhr er hierher, das ging Woche um Woche. Die Kunstradfahrer blieben weg, da ließ es sich ungestört trainieren. Nur die Kommandos mußte er sich selbst geben. Er fing genau so an wie die Kunstradfahrer, mit Hüpfen und Rumpfbeugen und Liegestützen. Dann aber machte er etwas, was er sich allein ausgedacht hatte: aus dem Maschinenhaus liefen wohl noch einige abgestützte Rohre, auf die sprang er – jippii! –, und auf den schwingenden Rohren machte er Balanceübungen, vor und zurück, tänzeln, blitzschnell wenden. Die Rohre federten. Sie wippten. Ein knapper Sprung, ein Gegendruck, und Kalli machte, daß die Rohre wieder still waren – mit der Zeit lernt man das.

Von den Rohren ging es dann zur Wand. Auf einigen Säcken – als Unterlage – übte er Kopfstand. Später kam Handstand dran, aber noch mit den Füßen an der Wand. Radschlagen probierte er erst gar nicht, denn das ist nichts für Kunstradfahrer – warum, weiß keiner. Und zum Schluß, wenn er gelenkig und locker genug war, wenn er schon ein bißchen schwitzte, schnappte er sich sein Fahrrad. Zuerst drehte er Runden, das war nicht leicht bei der großen Übersetzung. Kunstradfahrer fahren nämlich mit sehr kleiner Übersetzung. Nur ganz selten überfuhr er den Kreidestrich, er hielt sich schon ganz schön im vorgeschriebenen Feld. Er konnte die Kurven auch schon freihändig fahren. Sein größtes Kunststück? Das war wohl der sogenannte Flieger: ein Bein auf dem Rahmen, das andere nach hinten weggestreckt und beide Hände auf der Lenkstange, während das Rad sanft ausrollte. Aber Kalli wollte mehr, wie jeder Kunstradfahrer.

Immer wieder probierte er, auf dem Sattel zu stehen, und immer wieder, tsseng, flog er herunter. Manchmal schürfte er sich ein wenig Haut ab. Manchmal schlug er sich das Knie auf oder den Ellenbogen, das verkrustete dann schnell. Zwei

Vorderzähne – hip – waren ihm auch schon rausgeflogen, als er einmal auf die Lenkstange schlug. Aber Kunstradfahrer machen sich nichts draus, die fahren bis zum letzten Zahn. Haben die mal verschorfte oder blutige Stellen, dann zeigen sie sich die wie Abzeichen.

Wenn Kalli nach Hause kam, wartete seine Mutter schon mit Pflaster. Alles zusammen hatte er vielleicht schon drei Meter Pflaster verbraucht. Wo das überall klebte! Am Knie sowieso und an den Ellenbogen. Aber Kalli bekam manchmal auch ziemlich weit hinten ein Pflaster, zum Beispiel am Steißbein. Einmal bepflasterte sie ihm das Gesicht, da sah er aus wie eine vergnügte Eule.

Die Mutter schüttelte nur den Kopf. Kallis Vater aber sagte: Ich möchte endlich mal einen Sohn haben, der nicht von Pflastern verklebt ist. Wenn das nicht bald aufhört, dann kommt das Fahrrad in den Schuppen. Finito! Aber Kalli ging weiter zur alten Fabrik und probierte immer nur die eine Sache: freihändig auf dem Sattel zu stehen. Das mußte er schaffen, auch wenn es zehn Meter Pflaster kostete.

Doch dann passierte das mit seiner Hose zum zweiten Mal. Einmal hatte er sich bei einer Drehung die Hosentasche an der Lenkstange weggerissen, das war nichts. Diesmal stürzte er so über sein Fahrrad, daß ein Pedal ihm ein ganzes Hosenbein aufriß, nun flatterte es nur so um ihn herum. Dazu kam eine lange Schramme auf dem Schenkel, rot und brennend, und eine Schwellung auf der Stirn, nicht schlimmer als ein Wespenstich. Kallis Mutter, die wenig vertrug, sagte nur: Jetzt reicht es aber. Und sein Vater sagte: Jetzt ist das Faß voll – er meinte natürlich, das Maß. Ohne ein weiteres Wort schloß er das Fahrrad in den Schuppen ein. Dann warf er alte Säcke über das Fahrrad, als sollte es nie mehr ans Tageslicht kommen. Den Schlüssel zog er mit finsterem Gesicht ab und hängte ihn an seinen Autoschlüssel, da war er sicher.

Jeder weiß, daß ein Kunstradfahrer sein Training nicht unterbrechen darf, weil man zu schnell aus der Übung kommt und auch die Kommandos vergißt. Darum konnte Kalli es sich gar nicht leisten, mit dem Üben aufzuhören. Nur – woher sollte er ein Fahrrad bekommen? Marlies, die ziemlich dick war und auch in der Siedlung wohnte, die hatte ein Fahrrad. Aber sie ließ keinen darauf fahren, lieber stellte sie es auf den Balkon. Und das Fahrrad von Franz war nur für Anfänger, da liefen neben dem Hinterrad noch zwei kleine Räder mit, so als Stütze, damit man nicht runterfiel. Kalli machte sich auf die Suche und beobachtete heimlich herumstehende Fahrräder in der Siedlung. Ein alter klappriger Wocken stand den ganzen Tag vor dem Gemüsegeschäft; der gab nichts mehr her, der sah schon aus wie eine quietschende Nähmaschine.

Am schönsten war schon das Fahrrad der Gemeindeschwester. Jeden Nachmittag kam sie in die Siedlung, um den kranken Kapitän zu pflegen. Das dauerte mitunter zwei Stunden. Vor der Lenkstange hatte sie einen Korb hängen, den nahm sie ab und trug ihn ins Haus. Es war ein Damenfahrrad, sicher, aber es hatte gute, weißwandige Gummidecken und sah neu aus und schien leicht zu laufen.

Kalli glaubte, daß Gemeindeschwestern nicht allzuviel für Kunstradfahrer übrig haben, darum fragte er erst gar nicht. Er saß einfach auf und strampelte zur alten Fabrik. Dort fing er mit leichten Übungen an, schließlich muß auch ein Kunstradfahrer ein Fahrrad erst kennenlernen. Das Rad der Gemeindeschwester kam ihm lebendiger vor als das Rad seines Vaters. Es war bockiger und nervöser. Die Lenkstange schlug öfter um. Es war eben ein Damenfahrrad, um es mal so zu sagen. Mehrmals fiel er herunter, tsseng, wir wollen gar nicht zählen, wie oft er abspringen mußte. Aber er hielt sich in Übung und fuhr immer zeitig zurück, um das Fahrrad vor dem Haus des kranken Kapitäns abzustellen.

Pflaster? Pflaster mußte seine Mutter immer noch kaufen. Während sie es ihm aufklebte, hinten und vorn, wunderte sie sich über all die Schrammen und Abschürfungen. Das kommt wohl von den Ästen, sagte dann Kalli. Wir bauen uns nämlich eine Hütte hoch auf einem Baum. Fall mir da bloß nicht runter, sagte seine Mutter.

Die Gemeindeschwester kam immer pünktlich. Kalli war gleich zur Stelle und übernahm das Rad so selbstverständlich, als hätte sie es nur für ihn abgestellt. Manchmal dachte er: hoffentlich wird der alte Kapitän nicht zu schnell gesund, sonst muß ich mich nach einem neuen Fahrrad umsehen.

Mit der Zeit hatte er sich sogar an das Damenfahrrad gewöhnt. Jetzt benutzte er es schon zum zwölften Mal.

Er fuhr zügig den Trampelpfad hinab. In der Fabrik zog er seinen Pullover aus; nur in Turnhemd und Turnhose begann er mit den Übungen. Heute kam ihm alles leicht und möglich vor, das gibt es ja. Wie Kalli auf den wippenden Rohren sprang, wie er da wippte und jeden Sprung ausbalancierte: damit konnte er sich schon sehen lassen. Er hatte das Gefühl, daß ihm heute alles gelingen müßte. Die Runden im Kreisfeld hatte er noch nie so mühelos und abgezirkelt gefahren. Also jetzt oder nie, das große Kunststück, die Gesellenprüfung der Kunstradfahrer: der Stand auf dem Sattel mit ausgebreiteten Armen. Ein Fuß ist schon oben, noch halten die Hände die Lenkstange. Nun den anderen Fuß, behutsam, gleichmäßig, auch das ist geschafft. Das Rad gehorcht, wird langsamer. So, und jetzt aufrichten zum Stand, höher, noch höher, die Arme dürfen ruhig wackeln. Kalli steht oben, schwankend, aber er steht.

Da setzte der Beifall ein. Vom großen Tor her kam auf einmal heftiger Beifall, und dann hörte er Ausrufe der Bewunderung und fröhlichen Lärm. Er mußte einfach hinübersehen, wenn auch nur für einen winzigen Augenblick. Dort standen die beiden Kunstradfahrer, ziemlich verblüfft, wie man sich denken kann, vor allem aber begeistert. Sie waren es, die so wild Beifall klatschten.

Ja, er blickte nur für einen winzigen Augenblick zum Tor, aber das genügte. Die Lenkstange schlug um. Das Hinterrad rutschte einfach weg unter ihm. Er bekam Übergewicht und stürzte. Er stürzte so eigenartig, daß das Rad halb auf ihm lag, der Vorderreifen drehte sich noch.

Schmerzen hatte er keine, nur in seinem Kopf dröhnte es. Er sah Feuerräder und aufsteigende Luftballons, die auf einmal platzten. Aufstehen konnte Kalli nicht. Und dann war es dunkel, und er hörte nichts mehr, das kommt vor, vor allem bei Kunstradfahrern.

Aber das geht auch vorüber, besonders wenn man bei offenem Fenster liegt und die Sonne scheint und die alte Fabrik nicht weit ist. Kalli nämlich wachte im Bett auf. Was da so schwer auf seiner Stirn lag, das war ein Verband. Kalli dachte: Ach du liebe neune, dann betastete er den Verband. In seinem Kopf grummelte es noch ein bißchen, das war so, als säße er in einer großen Betonröhre im Bahndamm und über ihm donnerte ein Güterzug vorbei. Schöne Bescherung, dachte Kalli, da bleibt man lieber liegen, bis der Wind sich gelegt hat.

Als seine Mutter hereinkam, schloß er gleich die Augen, aber nicht ganz. Er blinzelte nur und konnte sehen, daß sie leise ging. Sie brachte ihm eine Tasse Kakao, das war schon mal ein gutes Zeichen. Er machte schnell, als ob er aufwachte. Sie sagte: Du siehst schon viel besser aus, Kalli. Er trank den Kakao in kleinen Schlucken. Und seine Mutter stand am Fenster und sah ihm zu. Da sagte er: Wirklich, Mami, ich hab's geschafft, ich stand auf dem Sattel, und nur weil die auf einmal klatschten, hab ich nicht aufgepaßt. Du mußt jetzt still sein, sagte die Mutter, und vor allem mußt du gesund werden. Nachdem sie gegangen war, dachte Kalli: So, das hätten wir.

Nur sein Vater, der ließ sich kaum sehen. Selten genug steckte er den Kopf herein. Er fragte höchstens: Na, du Kunstradfahrer? Mehr brachte er nicht fertig, und Kalli glaubte, daß ihm da eine große Abrechnung bevorstand. Um das alles hinter sich zu bringen, beeilte er sich ziemlich mit dem Gesundwerden, und an einem Freitag war er wieder ganz gesund.

Sein Vater wusch mal wieder das Auto. Kalli ging zu ihm und sagte: Wenn du willst, helfe ich dir ein bißchen. Er nahm auch gleich den Lederlappen und wischte die Scheiben blank. Ich helf dir jetzt immer, sagte Kalli. Das hoffe ich, sagte sein Vater, denn du stehst bei mir ganz schön in der Kreide. Die Kette war nämlich gerissen, du weißt schon, an welchem Rad. Ich habe die ganze Reparatur bezahlt.

Kalli wischte die Windschutzscheibe von innen blank. Und während er rieb, so immer von oben nach unten, sah er die beiden Kunstradfahrer aus dem Haus kommen. Paul schob das leichte, blitzende Rad. Sie kamen näher und grüßten Kallis Vater. Sie sprachen mit ihm, und Kalli duckte sich und machte sich ganz klein – warum, wußte er auch nicht. Und plötzlich sagte sein Vater: Deine Freunde sind hier, sie gehen zum Training. Willst du sie nicht begleiten und zugucken? Kalli kam ungläubig hinter dem Sitz hervor. Die Kunstradfahrer lachten. Beide gaben ihm die Hand, und Paul wischte ihm einmal übers Haar, sehr gutmütig. Er sagte: Ein Kunstradfahrer *muß* einmal Pech haben, sonst ist er kein richtiger Kunstradfahrer. Nur üben, das sollte er nicht allein. Kunstradfahrer üben nur gemeinsam. Merk dir das, sagte sein Vater.

Jetzt ging Wim noch einmal ins Haus zurück. Kalli blickte zur Fabrik hinunter. Die lag still und bereit da, als ob sie ihn erwartete. Ich werde nie mehr allein üben, sagte Kalli und versprach es seinem Vater in die Hand. Als Wim zurückkehrte, führte er ein zweites leichtes Rad neben sich, ein Spezialrad für Kunstradfahrer. Er führte es an Kalli heran, dann ließ er es fallen – aber so, daß Kalli es auffing. Das ist unser Reserverad, sagte Paul. Damit wurden wir schon Norddeutscher Meister. Darf ich es führen, fragte Kalli. Fahren, Junge, sagte Wim, fahren sollst du es. Weil es ein Meisterrad ist, darf es nur von einem Meister gefahren werden.

Na, sagte Kallis Vater, am Sonntag kommen wir alle mal rüber. Dann wollen wir uns mal ansehen, was die Meister zu bieten haben. He, rief Kalli, dann müssen wir uns aber beeilen. Schließlich muß ich den ganzen Rückstand im Training aufholen. Er stieß die beiden Kunstradfahrer aufmunternd an. Alle nickten sich zu. Kalli zog natürlich ungeduldig als erster los, hüpfte und schnaubte fröhlich. Und auch das Meisterrad schien ganz ungeduldig, Kalli mußte es am Sattel zurückhalten, so drängte es nach vorn.

Vom buckligen Trampelpfad winkte er seinem Vater zu. Und sein Vater winkte mit dem Ledertuch zurück.

Die Bergung

SIE: Mach ruhig das Licht an.

ER: Du bist noch nicht im Bett?

SIE: Ich hab gewartet.

ER: Es muß gegen drei sein.

SIE: Ich hab Übung.

ER: Die Kinder?

SIE: Hab ich dich richtig verstanden? Fragtest du nach den Kindern?

ER: Hör schon auf... Schau dir an, wie's draußen regnet... Ohne Mantel – ich wär bis auf die Haut naß geworden... Hat Oswald Ärger gemacht?

SIE: Die Gläser stehen immer noch da.

ER: Was?

SIE: Ich sagte, die Gläser sind auf der Anrichte. Du willst doch sicher noch etwas trinken.

ER: Ich hab dich nach Oswald gefragt.

SIE: Dein Onkel schläft, hoffentlich. Er wollte nicht mit uns essen... Er hat sich eingeschlossen.

ER: Warum?

SIE: Warum? Er hat sein Zimmer auf den Kopf gestellt... Dann erklärte er mir, daß er mit uns nichts mehr zu tun haben will... Mehr weiß ich nicht.

ER: Wir müssen nachsichtig mit ihm sein.

SIE: Willst du nichts trinken?

ER: Was ist los, Doris? Was ist los mit dir?

SIE: Ich stell mir vor, daß es zu so einer nächtlichen Heimkehr gehört... Der ermüdete Sieger kommt nach Hause... Bei einem letzten Schluck bilanziert er den Tag... Du kannst drei Tage bilanzieren.

ER: Du fragst mich nicht, wie alles gegangen ist?

SIE: Ich kenne deine Antworten.

ER: Und warum wartest du auf mich? Warum hockst du im Dunkeln und wartest auf mich?

SIE: Vielleicht – ich wollte sehen, wieviel noch übriggeblieben ist... Von dem Mann, den ich einmal kannte... Von seinem Gesicht.

ER: Werd nicht feinsinnig.

SIE: Nimm die Zeitung... Leg dir die Zeitung unter, wenn du dich setzt... Es tropft aus dir.

ER: Doris...

SIE: Ich weiß, was du sagen willst.

ER: Doris, ich muß dir etwas erklären.

SIE: Du kannst dir's sparen.

ER: Du hast keine Ahnung, was passiert ist.

SIE: Die Frühjahrsstürme, vermute ich... Einmal waren die Herbststürme schuld, jetzt werden es die Frühjahrsstürme sein... Oder vielleicht ist es der Mahlsand... Irgend etwas hat dir mal wieder einen Strich durch die Rechnung gemacht.

ER: Hör auf, so zu reden ... Was hast du, verdammt noch mal?

SIE: Ich seh dich an.

ER: Du scheinst nicht zu begreifen ...

SIE: Doch, o doch ...

ER: Nein ... Nichts.

SIE: Warum, glaubst du, hab ich auf dich gewartet? Warum, hm?

ER: Ich muß etwas trinken.

SIE: Siehst du ...

ER: Was soll denn das?

SIE: Jetzt entsprichst du dem Bild ... Der »Fuchs der Küste« kommt nachts nach Hause und gießt sich einen ein ... Auf die Beute ... Auf alles, was gerade hinter ihm liegt ... Sie nennen dich doch »Fuchs der Küste« ... Weil – weil sie dir eben alles zutrauen.

ER: Warum hast du auf mich gewartet?

SIE: Sag, daß es nicht stimmt, Harry ...

ER: Was?

SIE: Die Sparbücher der Kinder ... Beide Sparbücher, die sie zur Taufe bekommen haben ... Sag, daß du es nicht abgehoben hast, das Geld ...

ER: Doris ...

SIE: Keine Erklärungen ... o Gott ... Komm mir jetzt bloß nicht mit Erklärungen ... Du hast es also abgehoben ... Du hast es den Kindern weggenommen ... Hast du vergessen, was wir uns versprochen haben, damals, vor sieben, vor neun Jahren? Ihre Taufgeschenke ...

ER: Nun hör mir mal zu. Keiner hat den Kindern was fortgenommen. Geliehen, kapierst du? Ich hab mir das Geld meiner Kinder geliehen ... Der zweite Schlepper ... Ich brauchte einen zweiten Schlepper, Doris, um das abgesprengte Vorschiff aus der Rinne zu ziehen ... Wir hatten eine Rinne ausgekolkt ... Der zweite Schlepper – sie wollten das Geld im voraus ... Die Kinder werden es zurückbekommen.

SIE: Meine Schläfen ... Ich halt es nicht mehr aus.

ER: Soll ich Tabletten holen?

SIE: Nie ... das hätte ich dir nie zugetraut.

ER: Nun mal halblang ... Ich hab doch wohl das Recht, mir bei meinen Kindern Geld zu borgen. Oder? In einem Augenblick, wo alles auf dem Spiel stand.

SIE: Das ist widerlich, Harry ... Das ist so widerlich.

ER: Sag das nicht noch einmal.

SIE: Ich werde dir noch etwas ganz anderes sagen.

ER: Was willst du eigentlich? Du weißt doch, wozu ich das Geld brauche ... Woran ich seit einem Jahr arbeite ... Das weißt du doch ... Herrgottnochmal, ich hatte soviel in die verdammte »Regina« investiert. Ich konnte doch nicht alles aufgeben ... Hast du mir nicht selbst zugeraten, das Wrack zu kaufen ... Denk mal dran ... Als der Mann aus London hier war, als er mir das Angebot für die »Regina« machte ...

SIE: Kein anderes Bergungsunternehmen war interessiert.

ER: Weil die keine Einfälle haben.

SIE: Der »Fuchs der Küste« wollte es ihnen zeigen ...

ER: Ich muß dir etwas sagen, Doris.

SIE: Wie du die Kredite zurückzahlen willst? Und alles, was Mutter uns geborgt hat? Und die beliehene Lebensversicherung?

ER: Du hast die Photos gesehen ... Von der »Regina«, meine ich. Da auf dem Großen Sand ... Ich hab dir vorgerechnet ... Vielleicht hast du nicht zugehört ... Das Schiff tat dir leid ... das schöne Schiff, das auf den Großen Sand geraten war ... Die vierzigtausend, die ich den Londonern bezahlt hab, waren nicht zuviel.

SIE: Mir wird übel ... Ich spüre, daß mir ganz übel wird.

ER: Trink etwas. Soll ich dir ein Glas holen?

SIE: Mutter hat mich gewarnt.

ER: Wieder mal?

SIE: Immer.

ER: Früher hat dich auch dein Vater gewarnt ... Beide haben sie dich gewarnt ... zweistimmig.

SIE: Sie hatten recht.

ER: Tatsächlich? Soll ich dir wiederholen, was dein Vater mir sagte ... damals, als wir eine gute Zeit hatten? Als wir dieses Haus einweihten? ... Sei doch vernünftig, Doris ... Wir hatten sehr gute Jahre, das weißt du ... Als wir den Hafen von Riga geräumt hatten ... Die alten Linienschiffe im Skagerrak, denk mal dran ... Oder das havarierte U-Boot auf der Doggerbank ... Keiner traute sich ran. Ich hab das Boot gehoben ... Dein Vater hatte den Zeitungsbericht in der Hand ... Dort am Fenster standen wir ... Ganze Arbeit, sagte er, das war ganze Arbeit, mein Junge ... Das sagte der Mann, dem ein Lob nur alle Schaltjahre über die Lippen kam.

SIE: Onkel Oswald vermißt seine Pfandbriefe.

ER: Was willst du damit sagen?

SIE: Seine Pfandbriefe sind verschwunden.

ER: Sie verschwinden jede Woche einmal ... Die Pfandbriefe, die Sparbücher, die Brieftasche ... sie spielen Versteck mit ihm. Zum Wochenende sind sie wieder da.

SIE: Du hast dir auch von ihm Geld geliehen.

ER: Hab ich's dir nicht gesagt? ... Du weißt, wie unser erster Schleppversuch ausging ... Ich mußte neue Trossen kaufen. Schau, Doris, als ich das Wrack der »Regina« erwarb, da wußten wir's noch nicht ... Wir glaubten, daß sie nur im Mahlsand festsaß ... Mit ihren sechstausend Tonnen im Mahlsand ... Hans und ich, wir sind beide unter

Wasser gewesen. Wir haben alles untersucht... Das hat keiner von uns entdeckt: die »Regina« saß nicht nur im Sand fest, sie hatte sich auch noch auf ein altes Wrack gesetzt, das seit neunzig Jahren dort liegt, die »Emmy Fassdorff«. Deshalb hatten wir keinen Erfolg bei unserem ersten Schleppversuch. Die Trosse brach.

SIE: Harry, ich weiß alles... Ich hab doch alles miterlebt... Begreifst du denn nicht, um was es mir geht? Heute?

ER: Du bist müde. Müde und überspannt.

SIE: Mein Gott, nicht einmal das merkst du.

ER: Was? Was meinst du?

SIE: Daß ich nicht geweint habe... Ich war so entsetzt, daß ich nicht einmal weinen konnte... Weißt du nicht mehr, was wir uns versprochen hatten?

ER: Nimm die Luft raus, Doris.

SIE: ... bei der Taufe der Kinder...

ER: Sie werden zurückbekommen, was ihnen gehört... Verdammt noch mal, ich werde ihnen sogar etwas dazulegen. Zufrieden?

SIE: Auf einmal ist es weg, Harry... Die Sicherheit, dies Gefühl unbedingter Sicherheit... Es war das Schönste für mich, das Wichtigste... Sie konnten sagen über dich, was sie wollten... Mich konnten sie nicht erschüttern... Das war meine Festung: ich war deiner ganz sicher. Ich konnte es mir leisten, zu schweigen, wenn sie es auf dich abgesehen hatten ... auf den »Fuchs der Küste«.

Er: Sag bloß, ich hab nicht für euch getan, was ich tun konnte.

Sie: Das ist nicht wahr.

Er: Und mit wem habe ich alle Unternehmungen besprochen? Mit wem, hm?

Sie: Seit drei Tagen ist es nicht wahr.

Er: Ich versteh dich nicht ... Wirklich, Doris, ich komm einfach nicht mehr mit.

Sie: Wenn dein Bild in der Zeitung war ... Immer, wenn dein Bild in der Zeitung war nach einer gelungenen Bergung ... Mutter las kaum den Text ... Sie studierte immer nur dein Photo ... Und immer sagte sie: Hoffentlich mußt du es nicht erleben – Harry hält sich an keine Regel. Wenn etwas auf dem Spiel für ihn steht, setzt er sich über alles hinweg ... Ich wollte es ihr nicht glauben.

Er: Jetzt weißt du also Bescheid.

Sie: Im Grunde hast du alles für dich getan.

Er: Träumst du? Sag mal, träumst du? Hast du vergessen, daß hier am Tisch der Ägypter saß, der ägyptische Reeder? Wer hat den Vorschlag gemacht, ihn zum Abendessen einzuladen? ... Na, dämmert es bei dir? ... Weißt du nicht mehr, wie du mich unter dem Tisch angestoßen hast, als er uns sechshunderttausend bot für das Vorschiff der »Regina«? Du hast ihm die Bilder der »Regina«

gezeigt ... Er wollte das Vorschiff als Ponton verwenden ... Aber das ist ja gleichgültig ... Wir waren gerade Eigentümer des Wracks, da kam dieses Angebot, dies einmalige Angebot ... Unsere Feier hinterher, als wir allein waren ... Hast du unsere Feier vergessen? Soll ich wiederholen, was du mir gesagt hast? Wer hat nicht schlafen können vor Freude, vor Erregung, wer? ... Und du sagst, ich hätte alles nur für mich getan ... Glaub mir, Doris, seit dem Tod meines Bruders, seit ich sein Bergungsgeschäft übernommen habe, hat es für mich keinen Tag gegeben wie diesen: auf einmal spürte ich, was Zufriedenheit ist ... Und um sie zu erhalten, nahm ich mir vor, an der »Regina« ganze Arbeit zu leisten, wie's dein Vater nannte. Ganze Arbeit.

SIE: Darum geht es doch gar nicht, Harry.

ER: Worum denn?

SIE: Um deine Maßlosigkeit ... Du kennst keine Grenzen mehr ... Dein Ziel ... um dein Ziel zu erreichen, ist dir jedes Mittel recht ... Du kannst nicht aufgeben. Vielleicht ist es Stolz, vielleicht Besessenheit ... Vielleicht so ein Komplex ... Ich weiß nicht ... Du mußt einfach bis zum Letzten gehen, ohne Rücksicht.

ER: Mach dir doch nichts vor, Doris ... Was du da redest, diese Beschuldigungen – auf so was kommt man in der Nähstunde ... In meinem Beruf mußt du durchhalten, das weißt du ... Aufgeben ... Du mußt doch wohl zugeben, daß ich uns nur deshalb soweit gebracht habe, weil ich niemals aufgebe.

SIE: Hast du mal zusammengerechnet, wieviel du schon investiert hast? Seit einem Jahr zahlst du und zahlst du ... Noch hat sie sich nicht einen Zentimeter bewegt, deine »Regina«.

ER: Doris, ich muß dir etwas sagen, etwas Ernstes.

SIE: ... Zwölfhundert Tonnen Stahl, das ist alles, was du bisher rausgeholt hast. Dafür hast du einen Kran verloren ... Wenn du mich fragst: damals hättest du aufhören sollen.

ER: Meinst du?

SIE: Ja.

ER: Bisher hast du's noch nicht ein einziges Mal gesagt ... Bisher warst du doch einverstanden damit, daß ich dran blieb ... Und was den Kran angeht: wir hatten uns auf den Wetterbericht verlassen. Keiner hat mit diesem Sturm gerechnet. Der Kran war zu schwer für unser Bergungsschiff ... Ah, wie du reden kannst ... Aber du hättest mal draußen sein sollen damals ... Wie mit Vorschlaghämmern, so bekamen wir es ... Der »Regina« wurde die Brücke zerschlagen.

SIE: Ich halte es nicht mehr aus ... Meine Schläfen.

ER: Hier, trink aus meinem Glas.

SIE: Jetzt muß ich eine Tablette nehmen.

ER: Wasser?

SIE: Hab ich hier noch stehn... Ich komm und komm nicht auf den Namen...

ER: Auf welchen Namen?

SIE: Dieser Kapitän...

ER: Welchen meinst du?

SIE: Der Jäger, der große Waljäger... Er kennt nur ein Ziel. Er lebt nur dafür.

ER: Ein Kapitän?

SIE: Ein Opfer seiner Besessenheit... Ahab... Der Kapitän heißt Ahab.

ER: Nie gehört.

SIE: Manchmal... Du hast etwas von ihm... Ihr riskiert alles, euch zuliebe... Nichts kann euch zur Aufgabe bringen... Als ob ihr verfallen seid, ja... Eurem Ziel verfallen... Ich weiß, ich weiß, du hast deine eigene Ansicht...

ER: Du machst es dir leicht, Doris... Hoffentlich merkst du, wie leicht du es dir machst.

SIE: Widerstand, dich reizt der große Widerstand, hast du immer gesagt... Bewährung: ein Lieblingswort von dir... Es tut mir leid, Harry, aber es bedeutet mir nichts, gar nichts... Wer Bewährung sucht, so wie du, der handelt egoistisch.

ER: Du mußt schon genauer werden.

SIE: Ich war dabei, als du deine Leute zusammengeholt hast. Hier, in diesem Raum. Alle fünf waren da, außerdem die drei Männer vom gekenterten Schlepper... Die drei geretteten Männer... Es war im Sommer, an der »Regina« bewegte sich nichts ... Zehn Tage wart ihr draußen gewesen. Eines Nachts ist der Schlepper gekentert ...

ER: Es war ein Manövrierfehler ...

SIE: Laß mich ausreden ... Ihr konntet die Männer retten, ja. Alle waren hier und hörten dir zu ... Du hast wohl gespürt, in welcher Stimmung sie waren ... Du mußtest sie bei der Stange halten, Mut mußtest du ihnen machen ... Aber das war nicht alles ...

ER: Was noch?

SIE: Du hast ihnen deine Rechnung aufgemacht – so nennt man das wohl ... Du hast sie eingeweiht ... ich sehe sie noch um dich herumsitzen mit gesenkten Köpfen ... Vielleicht dachten sie an das, was du ihnen schuldig warst ... um das sie fürchten mußten auf einmal ... Und plötzlich der alte Schlepperführer ... Ich höre noch, wie er sagte: Aussichtslos, Harry, bei der »Regina« ist alles aussichtslos; das Schiff bleibt, wo es ist ... Überlaß sie der See, Harry, das sagte er ... Er riet dir, aufzugeben ... Und du, du wurdest nicht mal nachdenklich ... Du kamst ihm mit Bewährung ... Das Aussichtslose: eine Gelegenheit zur Bewährung ... So hast du sie überredet.

ER: Immerhin, sie blieben bei der Stange.

SIE: Du hast sie angesteckt.

ER: Angesteckt?

SIE: Mit deiner Besessenheit.

ER: Davon verstehst du nichts ... Wirklich, Doris, du verstehst einfach nicht, was einen Mann bewegt.

SIE: Mach dich nicht lächerlich... Was einen Mann bewegt, wenn ich so was höre, krieg ich die Platze... Der große Einzelgänger, hm? Der einsame Kämpfer, der Weltveränderer – komm bloß nicht damit... Süchtig seid ihr, süchtig nach Bestätigung...

ER: Denk an deinen Vater.

SIE: Wieso? Was hat er damit zu tun?

ER: Geht dir nichts auf? Sie nennen ihn »Katastrophen-Brüggmann«.

SIE: Vater?

ER: Hast du dich nie gefragt, was ihn bewegt, wenn er immer wieder kaputte Firmen kauft? – Firmen, die abgewirtschaftet haben, die vom Konkurs bedroht sind... Wo etwas zusammenbricht, erscheint der »Katastrophen-Brüggmann«, prompt... Erscheint und übernimmt die Reste zu Ramschpreisen... Längst könnte er sich zur Ruhe setzen, aber etwas bewegt ihn, weiterzumachen. Verstehst du, was ich meine?

SIE: Ich merke, merke genau, worauf du anspielst... Das ist gemein, Harry.

ER: Ich habe auf nichts angespielt... Erinnern, ich wollte dich nur daran erinnern, daß ein Mann seinen Weg geht – gehen muß.

SIE: Das erste Darlehen hast du von ihm bekommen.

ER: Unser Bergungsschiff trägt seinen Namen: »Walter Brüggmann«. Ich hab ihm ein Denkmal gesetzt ... Und das Geld – er wird es zurückerhalten.

SIE: Er war entsetzt.

ER: Wer?

SIE: Als du dieses Haus gekauft hast ... Ich hab es ihm erzählt.

ER: Was?

SIE: Wie du die Erbengemeinschaft ... Wie du die beiden Schwestern gegeneinander ausgespielt hast ... Ich hab es Vater erzählt. Er war entsetzt.

ER: Tatsächlich? Hätt' ich ihm nicht zugetraut, dem alten Spezialisten. Er war also entsetzt ... Na, dafür wirkt *er* ja zum Wohle des Volkes.

SIE: Das ist niederträchtig.

ER: Es ist nur wahr ... Wo etwas leckschlägt, da erscheint der Retter und kauft zum Ramschpreis ... Läßt sich Staatsbürgschaften auszahlen, um bedrohte Arbeitsplätze zu sichern ... und saniert und saniert, bis Ruhe einkehrt, Friedhofsruhe. Von ihm können wir lernen, wieviel Havarien wert sind ... Mach dir nichts vor.

SIE: Ich mache mir nichts vor ... Ich weiß nur: er hätte das nie getan.

ER: Doris, versuch mal, ganz ruhig zu sein ... Trink etwas und hör mir zu ...

SIE: Den Kindern wegzunehmen ...

ER: Herrgott, nun halt doch mal die Luft an ...

Entschuldige ... Du weißt nicht, wofür ich mir das Geld geliehen habe.

SIE: Das interessiert mich nicht.

ER: Wie soll es auch ... Dich interessiert nur, was dich selbst betrifft.

SIE: Es gibt Dinge, die sind unantastbar.

ER: Doris, wir hatten einen Unfall, draußen auf dem Großen Sand ... Ich hab's dir nicht erzählt ... einen schweren Unfall ... Es lag an dieser Schlagseite ... Du hast es selbst gesehen, auf den Photos: die »Regina« hatte mehr als fünfzig Prozent Schlagseite ... Da zu arbeiten: für die Männer war es ein einziger Balanceakt ... Ich weiß nicht, Alfred hat nicht aufgepaßt ... Vielleicht war er auch zu erschöpft ... Er rutschte über die ganze Bordwand ab, da, wo das Bergungsschiff vertäut war ... Die Dünung, als die Dünung das Bergungsschiff hochtrug ... Alfred wurde eingeklemmt, zwischen den Bordwänden.

SIE: Alfred?

ER: Ja.

SIE: Ist er tot?

ER: Er wird wohl ein Bein verlieren.

SIE: O Gott ... Er hat doch gerade erst geheiratet.

ER: Er ist nicht versichert ... Die beiden haben keine Versicherung abgeschlossen ... Sie hängen einfach in der Luft.

SIE: Warum hast du mir nichts gesagt?

ER: Wann denn? Ich hatte keine Zeit... Alfreds Frau: ich brachte ihr das Geld, fürs erste... Dann bin ich rausgefahren. Sie warteten draußen auf mich. Wir wollten das Vorschiff der »Regina« absprengen. Es war meine Sache, die Sprengladungen anzubringen unter Wasser... Du weißt, das war immer meine Sache.

SIE: Aber du bist doch bei Alfred gewesen?

ER: Morgen... morgen werde ich zu ihm gehen... Der ägyptische Reeder drängte... Nach all der Zeit, was sollte ich tun nach all der Zeit? Wir mußten mit der »Regina« fertig werden.

SIE: Ist das wahr, Harry? Ist das wirklich wahr?

ER: Wir hingen doch alle von ihm ab, von dem Wrack... Zuletzt...

SIE: Ich schaff es nicht, Harry. So kann es nicht bleiben.

ER: Es ist nicht immer so.

SIE: So kann es nicht weitergehn... Du spielst dein Spiel, und wir, wir alle tragen dein Risiko... Sieh mal...

ER: Was?

SIE: Meine Hand... Wie sie zittert... Seit Wochen dies Zittern... Warum hast du nicht aufgegeben?... Wann, wann wirst du einsehen, daß du dich übernommen hast... daß du dich immer übernimmst?

ER: Immer? Denk an den Fischkutter... Wer hat geklatscht vor Begeisterung?... Du warst doch dabei, als ich ihn gehoben hab, als er gehorsam aufschwamm mit all der Luft in den abgedichteten Hohlräumen... Es war meine Idee... Wer hat da geklatscht vor Begeisterung?... Siehst du!... Und für die »Regina«... Ich wußte von Anfang an, daß ich das Schiff vom Mahlsand wegbekomme... Für die »Regina« hatte ich auch meinen Plan; für ihr Vorschiff.

SIE: Harry, begreif doch. Es geht um etwas anderes... Ich halte das nicht mehr aus.

ER: Aber zuerst... als wir anfingen, da ging es doch.

SIE: Der Einsatz – er war nicht so hoch. Du hast den Einsatz ständig erhöht, immer mehr. Ich kann ihn nicht mehr mittragen.

ER: Und? Was heißt das?

SIE: Wenn es so weitergeht... Wir werden uns trennen müssen, wenn es so weitergeht.

ER: Kommt man darauf, wenn man allein sitzt im Dunkeln?

SIE: Ich meine es ernst.

ER: Ach, Doris.

SIE: Etwas muß sich ändern, Harry.

ER: Halt mal das Glas. Ich muß den Kragen aufmachen.

SIE: Ist dir nicht gut?

ER: Heiß, mir ist nur heiß.

SIE: Wir müssen uns entscheiden, Harry...

ER: Wie sich das anhört: Wir müssen uns entscheiden... Als ob wir die Wahl hätten... eine beliebige Wahl...

SIE: Du willst doch auch nicht, daß wir nebeneinander herleben.

ER: Doris, es gibt keine »Regina« mehr.

SIE: Was? Was hast du gesagt?

ER: Erledigt... Das Kapitel »Regina« ist abgehakt, endgültig, buchstäblich.

SIE: Was soll das heißen?

ER: Das Wrack – es existiert nicht mehr... Verloren, unerreichbar, weg.

SIE: Du willst mir einen Schreck einjagen.

ER: Ich will dir keinen Schreck einjagen.

SIE: Das stimmt nicht, Harry... Das kann nicht stimmen.

ER: Verloren und versunken mit allem... Es ist wahr.

SIE: Aber – aber du warst doch... Als du gingst, warst du doch zuversichtlich... Alles stand gut... Ich hab noch mit Ewald gesprochen... Morgen bewegt sie sich, sagte er.

ER: Sie hat sich bewegt, die »Regina« hat sich bewegt.

SIE: Was ist denn passiert? Red doch schon, um Himmels willen!

ER: Ein Jahr, Doris, und dann hatte ich sie soweit... Keiner hat mir's geglaubt... Das Angebot, das der Ägypter mir gemacht hat – er hat's auch anderen gemacht, vorher... Alle haben abgewinkt... Mit der »Regina« wollte sich keiner einlassen. Ich hab's mir zugetraut.

SIE: Ich glaub es einfach nicht.

ER: Das Vorschiff – wir haben es abgesprengt nach Plan... Wir haben es abgedichtet und vollgepumpt mit Luft... Zum zweiten Mal haben wir eine Fahrrinne ausgekolkt... Das werde ich nicht vergessen, Doris... als die Schlepper endlich anzogen. Alle sahen nur zu ihr hin... die Trossen strafften sich, immer mehr Zug, und dann rührte sich die »Regina«, glitt langsam aus dem Mahlsand... Wie sie aufschwamm und torkelte, als ob sie noch benommen wäre vom langen Liegen... Geklatscht, die Männer haben geklatscht und kamen zu mir gerannt... Nie werd ich das vergessen.

SIE: Also doch, Harry... Dann ist es doch gut gegangen.

ER: Wir nahmen sie in Schlepp, behutsam... Über Grund machten wir nicht mehr als zweieinhalb Meilen... bestimmt nicht mehr.

SIE: Es war ruhiges Wetter, das weiß ich.

ER: Die See war kaum bewegt... Ich hatte mir vorgenommen, dich anzurufen aus dem Hafen, gleich... Ich bin fertig, Doris.

SIE: Aber was ist denn geschehen?

ER: Damit hat keiner gerechnet... Es trübte sich ein... Allmählich trübte es sich ein, und wir kamen in Nebel – flache Bänke...

SIE: Ist sie gesunken... Sag doch!

Er: Sie schwamm besser, als wir gedacht hatten ... Zwanzig Meilen ... Nur knapp zwanzig Meilen vom Feuerschiff ... Auf dem Tanker haben sie unser Nebelhorn nicht gehört ...

Sie: Gerammt?

Er: Zweihunderttausend Tonnen ... Er hat das Vorschiff der »Regina« unter Wasser gedrückt ... Gerammt und unter Wasser gedrückt ... Auf dem Schlepper konnten sie gerade noch die Leinen slippen.

Sie: Harry ... Harry, ich kann es nicht fassen.

Er: Es ist so.

Sie: Weißt du, was es heißt für uns?

Er: Ich weiß es.

Sie: Warum hast du es nicht gleich gesagt, als du hereinkamst? Wie konntest du das für dich behalten? ... Gib mir was zu trinken.

Er: Ich hab's versucht; ich wollte es dir ja gleich sagen ... Aber du hattest deine Anklage vorbereitet ...

Sie: Du wirst sie heben. Du wirst die »Regina« bestimmt heben. Oh, Harry.

Er: Keiner wird sie heben. Sie liegt jetzt mehr als vierzig Meter tief; das Vorschiff, meine ich ... Da geht keiner mehr ran ... Du hättest die Leute hören müssen, unsere Leute, Doris ... Das war ein einziger Schrei ... Wir stoppten sofort ... Es war kaum was zu sehen ...

Sie: ... danke ... Trinkst du nichts mehr?

ER: Dieses Brausen, als die »Regina« auf Tiefe ging.

SIE: Es ist furchtbar, Harry ... Und jetzt?

ER: Sie liegt genau auf achtundvierzig Meter Tiefe.

SIE: Alles umsonst. Es kann doch nicht sein, daß alles umsonst war ... Immer ... Du hast doch immer Rat gewußt.

ER: Vorbei, Doris.

SIE: Aber wir können es doch nicht verloren geben ... Dir wird etwas einfallen ... Du hast nie etwas verloren gegeben.

ER: Diesmal gibt's keine Chance.

SIE: Harry, denk daran, was wir reingesteckt haben ... wieviel für uns davon abhängt ... Die »Regina« gehört dir.

ER: Es hilft nichts mehr, kein Plan, keine Ausdauer.

SIE: Was soll denn werden?

ER: Ich weiß nicht ... Ich bin fertig, Doris.

SIE: Setz dich zu mir. Komm ... Setz dich hierher.

ER: Du weißt nicht, wie hoch ich eingestiegen bin.

SIE: Wir schaffen es schon, Harry ... Du wirst sehen, wir schaffen es.

ER: Ich komm da nie wieder raus.

SIE: Zuerst ... Du mußt dich jetzt ausruhn.

ER: Ich hätte es dir erzählen sollen.

SIE: Was?

ER: Vor drei Tagen, als wir rausgingen... Ich hätte dir erzählen sollen, daß alle Vorbereitungen abgeschlossen waren... Daß wir die »Regina« soweit hatten... Ich wußte, daß ich sie vom Mahlsand runter bekommen würde... Ah, Doris: ich wollte mit der guten Nachricht nach Hause kommen.

SIE: Ich glaube, du solltest dich jetzt hinlegen, Harry... Ich mach das hier in Ordnung.

ER: Ich hatte mir schon alles zurechtgelegt... Begreifst du das? Um ein Haar, und es wäre uns gelungen.

SIE: Es ist dir gelungen... Das, worauf es ankam, ist dir gelungen.

ER: Was soll jetzt werden?

SIE: Komm, Harry... Ich sag's dir morgen... Bitte, komm.

Das serbische Mädchen

Alle, alle werden sie am Bahnhof sein, wenn ich nach Hause komme; sie werden mich umarmen und in meinem Gesicht forschen; ihre Fassungslosigkeit wird sich ebenso zeigen wie ihre Bekümmerung, und flüsternd werden sie fragen: Stimmt es? Stimmt es wirklich mit Dobrica? War sie tatsächlich dort oben in Hamburg? Und trifft es zu, daß sie jetzt bei uns im Gefängnis ist?

Und dann werde ich ihnen erzählen, nicht gleich zwar, nicht auf dem Bahnhof; ich werde ihnen Geduld abverlangen, bis wir alle an dem langen Tisch unter den Nußbäumen sitzen werden, und dann sollen sie hören, was ich erfahren habe, von ihr selbst, in der großzügig bemessenen Besuchszeit. Oh, Dobrica, kleine Schwester, du mit deiner Magerkeit und den großen dunklen Augen!

Zuerst werde ich ihnen bestätigen, was sie bereits wissen oder seit langem vermutet haben: Dobrica hatte ihren heimlichen Aufbruch sorgfältig vorbereitet. Als sie merkte, was geschehen war, und ihren Entschluß gefaßt hatte, ging sie zu Lalić und versetzte die goldene Kette, die sie zum Abitur bekommen hatte, und weil die Summe nicht ausreichte, suchte sie ihre ehemaligen Mitschüler auf und lieh sich einen Betrag zusammen, der zumindest für die Hälfte ihres Vorhabens auszureichen schien. Und so, daß keiner im Hause etwas merkte, sammelte sie in Großvaters altem Schilfkoffer alles, was sie für unentbehrlich hielt: zwei dünne Kleidchen, den marineblauen Pullover, etwas Unterwäsche und ihre weißen Söckchen, und obenauf, damit sie es immer gleich zur Hand hätte, legte sie das serbokroatisch-deutsche Wörterbuch, in dem zwei Photos und ein Brief von Achim steckten. Keiner von uns, Dobrica, weiß, warum du sie nie rahmen ließest und bei dir aufstelltest, diese beiden Photos, die Achims hochgewachsene Gestalt einmal in Badehose zeigten, ausgerüstet mit Taucherbrille und Harpune, und ein andermal als fröhlichen Reisenden, der dem Betrachter aus einem Zugabteil eine Bierflasche entgegenhält.

Und sie sollen erfahren, daß Dobrica im ersten Morgengrauen zum Bahnhof ging und sich, da noch alles still und verschlossen war, auf eine Bank setzte und bei zunehmendem Licht in ihrem Wörterbuch las, sich immerfort Namen und Begriffe einfallen ließ und sie nachschlug und für sich wiederholte. Von dem Brot, das sie sich mitgenommen hatte, gab sie den dreckigen Bahnhofsspatzen ab, die sie fordernd umhüpften. Ihr Geld trug sie in einem kleinen, leinenen Brustbeutel, den sie selbst angefertigt hatte. An diesem Morgen war sie die erste, die sich eine Fahrkarte kaufte; sie löste sie nur bis zur Grenzstation und wartete fernab von den andern Reisenden auf das Einlaufen des Zuges. Sie hatte vorausgesehen, daß dies der schwerste Augenblick sein würde – das Warten auf den Zug, der schon sichtbar um die leuchtende Bucht herumkroch –, und es hätte auch nicht viel gefehlt, und sie wäre heimgekehrt mit ihrer Bürde und hätte sich uns anvertraut. Sie trug ihr Kleid mit den aufgedruckten Mohnblüten, und wer sie darin sah, dünngliedrig, mit kurzgeschnittenem Haar, hat sie gewiß für eine Schülerin gehalten. Die Reisenden in ihrem Abteil, Landleute und Arbeiter, boten Dobrica von ihrem Frühstück an, einen Becher Limonade, Brot und kaltes Fleisch.

Wie oft, kleine Schwester, haben wir uns über deinen Appetit gewundert; du, die Zarteste von uns allen, konntest essen wie die Lastenträger unten am Hafen. Ich werde ihnen zu Hause erzählen, wie Dobrica, die wir von klein auf Streichhölzchen nannten, die wir für scheu, für versponnen und unselbständig hielten, allein bis zur Grenzstation fuhr und von dort aus – noch bevor sie zum Parkplatz der Transit-Laster ging – jenen Brief schrieb, den wir ungläubig lasen und wieder lasen, einfach, weil keiner von uns ihr zugetraut hatte, solch eine Entscheidung zu treffen. Sie gab uns mehr als ein Rätsel auf; am wenigsten konnten wir uns die Bemerkung erklären, sie müßte nach Hamburg, um das passende Stück zu einem zerbrochenen Löffel zu finden; wir nahmen es als ein Beispiel ihrer kindlichen Rätselsprache, in der sie sich oft genug geäußert hatte. Immerhin bat sie uns in ihrem Brief, nicht enttäuscht zu sein, und versprach, nach Hause zu kommen, sobald alles sein gutes Ende gefunden hätte.

Ohne Paß, ohne ein einziges Dokument wäre wohl keiner von uns über die Grenze nach Österreich gekommen, doch sie – lebensfremd, wie wir glaubten, träumerisch und hilflos vor den Forderungen der Praxis –, sie suchte und fand einen Laster, der Schaffelle geladen hatte, und nicht nur dies: es gelang ihr, den gutmütigen Fahrer so sehr von der Dringlichkeit ihrer Reise zu überzeugen, daß er, zu jedem Risiko bereit, Dobrica und ihren Schilfkoffer zwischen Fellen versteckte, ohne das Geringste von ihr zu erwarten.

Auf der Fahrt durch Österreich durfte sie neben ihm im Führerhaus sitzen, er steckte voller Geschichten und brauchte jemanden, der ihm zuhörte, und staunender und geduldiger als Dobrica kann keiner zuhören, sie mit ihren großen Augen. Kein Wunder, daß er sie in der Stadt, in der seine Fahrt endete, auch noch zum Bahnhof brachte und ihr eine Melone schenkte zum Abschied.

Daß sie an der Grenze nach Deutschland aufgegriffen wurde, lag nur an ihrer Arglosigkeit – ah,

Dobrica, wie konntest du annehmen, daß man in einer Zugtoilette leicht über die Grenze kommt –, denn sie glaubte tatsächlich, daß mit Ausdauer alles gewonnen sei, aber als sie den kleinen Besetzt-Riegel umlegte und auf den Gang trat, zeigte es sich, daß ein Uniformierter zumindest ebensoviel Ausdauer besaß. Im Dienstabteil wurde sie verhört; sie antwortete, indem sie ihr Wörterbuch zu Rate zog, gewissenhaft nachschlug und dem Uniformierten mitunter mehrere Bedeutungen eines Wortes zur Auswahl anbot – was den Beamten nicht nur verlegen, sondern auch ungeduldig machte. Bei einem unerwarteten Halt auf freier Strecke unterbrach der Mann das Verhör und verließ das Abteil, um sich nach der Ursache zu erkundigen, fest davon überzeugt, daß das sanftmütige und ergebene Geschöpf, das zwar mühsam, doch bereitwillig ein Geständnis ablegte, auf seine Rückkehr warten würde. Dobrica wartete nicht. Sie sah das Maisfeld draußen, griff ihren Koffer, öffnete gegen jede Vorschrift die Zugtür, rutschte die Böschung hinab und erreichte mit wenigen Schritten ein grünes Versteck. Dort duckte sie sich – besorgt, daß die aufgedruckten Mohnblüten auf ihrem Kleid sie verraten könnten – und hielt aus, bis der Zug davongefahren war.

Und zu Hause sollen sie erfahren, wie Dobrica auf dem schmalen Pfad neben den Geleisen bis zur nächsten kleinen Station lief, in einer Bank auf dem Bahnhofsplatz Geld wechselte, eine Fahrkarte für den Vorortszug und später eine für den Intercity nach Hamburg kaufte, nun angstlos und unbehelligt. Junge Soldaten, die das Ende ihrer Dienstzeit feierten, drängten in ihr Abteil; sie trugen Wanderstöcke, und an ihren Strohhüten flatterten bunte Bänder. Ein Berg von Bierdosen wurde unter dem Fenster gestapelt. Mehrere Transistoren, auf verschiedene Sender eingestellt, lärmten um die Wette. Weil sie fürchtete, daß die Soldaten sich beleidigt fühlen könnten, wagte Dobrica nicht, das Abteil zu verlassen – sie nahm eine Scheibe Wurst, die man ihr anbot, trank auch ein wenig Bier. Auf alle Fragen schüttelte sie den Kopf und zeigte nur auf ihr Wörterbuch. Nach und nach stiegen ihre Mitreisenden aus, laut und schwankend verabschiedet, und die beiden, die übrigblieben, begannen zu singen, leise und mit schleppender Stimme, und als Dobrica merkte, daß die Soldaten für sie sangen, dankte sie ihnen mit einem eigenen Lied. Ah, Dobrica, immer hattest du deine eigene Art von Höflichkeit, die auch ohne Worte auskam.

Jeder von uns hätte nach der abendlichen Ankunft in der fremden Stadt zunächst eine Bleibe gesucht, hätte sich ausgeschlafen und wäre am folgenden Tag zu seinem Ziel aufgebrochen – doch nicht Dobrica. In der Trübnis der Bahnhofshalle, den Brief in der Hand, befragte sie so lange Passanten, bis einer sich die Zeit nahm und sie zu dem Bahnsteig brachte, von dem die S-Bahn nach Bahrenfeld ging. Es war wohl zehn Uhr, als sie dort ankam, nur wenige Reisende stiegen aus, Wind ging, und es regnete leicht, und gleich die erste Frau, der sie den Absender auf dem Brief zeigte, war vertraut mit dem Straßennamen und forderte sie auf, mit ihr zu gehen. Sie brachte sie vor das doppelstöckige Haus, in dem noch Licht brannte, stieß das schmiedeeiserne Gartentor auf, ließ Dobrica eintreten und ging weiter. Erst nach mehrmaligem Klingeln regte sich etwas im Haus, Dobrica hörte gereizte Stimmen, dann schlurfende Schritte, und als die Haustür endlich geöffnet wurde, stand Achims Vater vor ihr, ein fülliger Mann mit knotiger Stirn, angetan mit einer schlappen Hausjacke. Mißtrauisch blickte er sie an, nahm den Brief, den Dobrica ihm zur Legitimation hinhielt, nicht zur Kenntnis. Über sie hinweg spähte er in den Vorgarten hinaus, gerade als vermute er, das Mädchen sei nur von einem anderen vorgeschickt worden, der im Dunkeln lauerte. Sie nannte ihren und Achims Namen, stoppelte sich etwas zurecht, das dem Mann begreiflich machen sollte, woher sie kam und wie dringlich sie Achim sprechen mußte; er hörte sie nur unwillig an und war nahe daran, die Tür zu schließen. Aber dann tauchte die grauhaarige Frau auf, wortlos schob sie den Mann zur Seite, einige prüfende Blicke auf Dobrica, den

Brief, den Schilfkoffer genügten, und der späte Besuch durfte eintreten.

Ein ganzer Packen nicht zu Ende geratener Kreuzworträtsel wurde vom Tisch geräumt. Es gab gesüßten Tee mit Rum. Während der Mann sich bald nur noch für das Material des Koffers interessierte und für das befranste Handtäschchen aus Ziegenleder, ergründete die Frau mit gleichbleibender Freundlichkeit Dobricas Herkunft und ihre Verbindung zu Achim.

Glaub mir, kleine Schwester, ich kenne den Schmerz, der unweigerlich entsteht, wenn du keine Worte hast für das, was du denkst und fühlst und sagen möchtest. Das Wörterbuch half ihnen mehr als erwartet, das Nötigste zu erfahren. Achims Mutter hörte zum ersten Mal die Geschichte des letzten Sommers: also von der Panne und der Hilfe und der Wiederbegegnung am Strand und von den wilden Bienen und ihren Stichen und von der Salbe, die Achim half. Auch von einem Fest erfuhr sie und von einem Inselausflug und einem Versprechen – was allerdings die abgebrochene Löffelschale besagte, die das Versprechen besiegelt haben sollte, das verstand die Frau nicht.

Und Dobrica erfuhr, daß Achim ausgezogen war, weil ihm Unabhängigkeit viel bedeutete, und daß er für sich lebte in einem Hochhaus und nicht mehr zur Abendschule ging, weil er sehr früh auf dem Blumenmarkt sein mußte, wo er einen Lieferwagen übernahm. So schmal die Wortbrücken auch waren, Dobrica verstand, daß die Frau sich Sorgen machte um Achim. Der Mann war längst zu Bett gegangen, und sie saßen immer noch und befragten einander. Die Nacht verbrachte Dobrica auf der Couch in Achims Zimmer.

Als sie dann – zur Mittagszeit – vor ihm stand, war es ihr, als ob er sie einen Augenblick verblüfft musterte, rätselnd, woher er sie kannte; es entging ihr jedenfalls nicht, daß er eine Sekunde Mühe hatte, sich zu erinnern, und weil sie das verzögerte Wiedererkennen schmerzte, nannte sie ihren Namen, worauf er sie lachend hochhob und in seine Wohnung trug. Sie vergab ihm, als sie sah, daß er geschlafen hatte. Er lud sie ein, die Wohnung zu besichtigen, die er »mein kleines Reich« nannte; seltsamerweise liebte der kräftige Mann grazile Möbel, an den Wänden hingen ausschließlich Blumenporträts, und aus dem hochgelegenen Fenster des achten Stocks lenkte er ihren Blick über die Dächer von Hamburg. Ihr Wiedersehen feierten sie mit Nußtorte und Rotwein, sie trug ihr Kleid mit den aufgedruckten Mohnblüten, er weißgraue Turnschuhe und ein schwarzes T-Shirt. Mehrmals mußte sie ihm von den Erlebnissen auf ihrer Reise erzählen; sie konnte es, ohne das Wörterbuch zur Hand nehmen zu müssen. Weil sie glaubte, daß es ihr nicht zukam, fragte sie nicht nach seinem Studium und nach seiner Arbeit.

Als sie den Augenblick für gekommen hielt, fischte sie aus ihrem Ledertäschchen die abgebrochene Löffelschale heraus, legte sie lautlos auf den Tisch und beschwor durch diese Geste sogleich jenen Abend am Strand, an dem Achim, nachdem er das Geschirr im Meer abgewaschen hatte, plötzlich einen Aluminiumlöffel zerbrach, ihr die Schale gab und selbst den Stiel behielt und dazu etwas sagte, das sie nicht verstand, nicht zu verstehen brauchte, da sie längst begriffen hatte, was gemeint war und für immer gelten sollte. Er starrte auf die Löffelschale, es gelang ihm, sich zu erinnern, und er stand auf und kramte in zwei Schubladen, kippte eine Holzschale aus, in der Mitbringsel und bedeutungsvolle Nutzlosigkeiten gesammelt waren, er fluchte, überlegte, forschte sogar im Besteckkasten in der Küche – der passende Löffelstiel fand sich nicht. Dobrica hielt ihn davon ab, einen anderen Löffel zu zerbrechen. Sie ließ ihn bei seinen Selbstanklagen, bei seiner Bekümmerung, und hatte nichts zu sagen, als er den Verdacht äußerte, daß der Löffelstiel beim Umzug verlorengegangen sein müßte. Ein Gefühl, das sie nie zuvor gekannt hatte, beherrschte sie auf einmal; sie glaubte, daß ihre Glieder versteiften und sie sich nicht mehr kontrolliert würde bewegen können.

Den Kuß, mit dem er sie um Entschuldigung bat, will sie nicht gespürt haben.

Um ihr zu zeigen, wie sehr er sich über ihre Anwesenheit freute, machte er sie mit seinen Plänen vertraut; er erzählte ihr, daß er sein Abendstudium demnächst wieder aufnehmen werde, und so, daß Dobrica sich einbezogen fühlen sollte, entwarf er Möglichkeiten für die Zeit nach dem Examen. Vermutlich weil ihr Schweigen ihn ratlos machte, schlug er ihr plötzlich vor, seine engsten Freunde aufzusuchen; sie kauften Schaschlik und Bratwürste in Warmhaltepackungen, kauften auch Rotwein und fuhren mit dem Bus zu Susi und Piet, die in ihrer Wohnung Hamster und Zwergkaninchen und Landschildkröten hielten. Beim Essen bat er Dobrica, von den Erlebnissen auf ihrer Reise zu erzählen; sie tat es, und an den Blikken, die die anderen tauschten, merkte sie, wie sich alle über ihr Deutsch amüsierten. Achim zeigte dabei sogar einen sonderbaren Stolz. In der Küche bot Susi ihr die Freundschaft an, nahm sie in den Arm und küßte sie auf die Wange. Wie Achim vorausgesagt hatte, war Susi bald bei ihrem Lieblingsthema: Katastrophen, Unfälle, kosmische Bedrohungen. Piet – er war Trickzeichner bei einer Werbeagentur – illustrierte gutgelaunt Susis düstere Prophetien auf losen Blättern.

Immer wieder mahnte Dobrica mit versteckten Zeichen zum Aufbruch, doch Achim schien sie nicht zu bemerken; als ob er sich davor fürchtete, mit ihr allein zu sein, harrte und harrte er aus und wollte immer nur noch das letzte Glas austrinken. Und als sie endlich auf dem Heimweg waren, bat er sie, ihn in ein Non-Stop-Kino zu begleiten; sie sahen Bergmans ›Wilde Erdbeeren‹, und im Dunkeln schmiegte Achim sich an sie und nahm ihre Hand; da empfand sie einen leichten, ganz unbekannten Schmerz, der auch später immer wieder auftrat, wenn er sie berührte.

Ach, Dobrica, auch jetzt, als du dich an all das erinnertest, konntest du dir nicht erklären, was mit dir geschehen war.

In seiner Wohnung begeisterte Achim sich an den rasch entworfenen Plänen: den Hafen wollte er Dobrica zeigen, den Tierpark und das Alte Land; er schlug ihr vor, neben ihm in seinem Lieferwagen zu sitzen, wenn er Blumen zu den Geschäften fuhr, und stellte ihr eine gemeinsame Dampferfahrt nach Helgoland in Aussicht. Er plante und erwog und legte schon fest, ohne sie ein einziges Mal zu fragen, wie lange sie bleiben wollte, und sie saß nur da und sah ihn stumm an. Längst hatte sie bemerkt, daß ihm etwas zusetzte und daß er reden mußte, weil er nicht auskam mit sich selbst, und Dobrica, die wir alle für arglos und unerfahren hielten, wußte sogleich, was es bedeutete, als er plötzlich noch einmal, forsch, wütend, nach dem Löffelstiel zu suchen begann. Er hatte bereits so viel getrunken, daß er leicht schwankte. Sein brummelndes, erbittertes Selbstgespräch konnte sie nicht ganz verstehen, sie verstand nur einige Worte. Er empfand es als lächerlich, daß sie den verschwundenen Löffelstiel so wichtig nahm; dennoch trank er aus Enttäuschung über sich selbst noch einige Gläser Wein, und als sie schließlich schlafen gingen, mußte Dobrica ihm beim Ausziehen helfen.

Und zu Hause sollen sie wissen, daß Dobrica wach lag bis zum Morgengrauen und dann behutsam aufstand. Achim, der vergessen hatte, den Wecker zu stellen, schlief fest. Huschend holte sie ihre Sachen zusammen, wusch sich, legte das abgebrochene Stück des Löffels auf den Tisch und verließ die Wohnung – ohne zu essen, ohne eine einzige Zeile zu schreiben. Fort, fort aus der Nähe des Hochhauses: das war alles, was sie zunächst wollte; darum fragte sie auch an der Haltestelle nicht, wohin der Bus fuhr, sie löste eine Karte zum Hauptbahnhof und achtete nicht darauf – und verstand wohl auch nicht –, was der Busfahrer meinte, als er ihr Umsteige-Stationen empfahl. Leer und willenlos vor Enttäuschung: so kam sie sich vor. Sie blieb einfach sitzen im Bus, fuhr und fuhr, an Kasernen vorbei und durch eine Gartenstadt, und als vor der Endstation ein Kontrolleur zustieg, der unzufrieden war mit ihrem Fahrschein, nahm sie nicht das Wörterbuch zu Hilfe, um sich zu verteidigen. Offenbar hatte der Kontrolleur seine eigenen Erfahrungen mit Ausländern, er bestand unnachsichtig auf der Bezahlung eines Zuschlags, vom fälligen Bußgeld allerdings erließ er Dobrica die Hälfte – vermutlich weil er sah, daß sie nur noch einen einzigen Zwanzigmarkschein in ihrem Brustbeutel hatte.

Nachdem sie an einem Kiosk eine Flasche Fruchtsaft getrunken und ein Käsebrötchen gegessen hatte, machte sie sich auf den Fußweg zum Hauptbahnhof, sie ging an Fabrikmauern entlang, an erdrückenden Wohnsilos vorbei, unsicher, ob sie sich auch auf dem rechten Weg befand, denn die Mehrzahl der Passanten, die sie befragte, wußten zu ihrem Erstaunen nicht, wie man zu Fuß zum Hauptbahnhof kam. Mehr als zwei Stunden ging sie mit ihrem Schilfkoffer durch die Straßen, bis sie auf einmal das weiße Richtungsschild entdeckte, das sie zu ihrem Ziel wies.

Um sich auszuruhen, betrat sie zuerst den Wartesaal, fand einen Tisch für sich allein, bestellte eine Tasse Kaffee und wurde gleich von einem alten, schmutzigen Mann angebettelt, der nur Geld für ein Bier wollte. Dobrica war schon bereit, ihm etwas zu geben, als der Kellner erschien und den Alten vertrieb. Sie entschloß sich, ohne Fahrkarte in einen der Fernzüge Richtung München zu steigen. Wenn sie ständig im Zug auf und ab patrouillierte – so glaubte sie –, wenn sie den Kontrolleuren selbstbewußt begegnete oder sich in der Küche des Speisewagens zur Hilfsarbeit anbot, müßte es ihr gelingen, die größte Strecke auf dem Weg nach Hause hinter sich zu bringen. Plötzlich aber war ihr Koffer weg, Großvaters alter Schilfkoffer; obwohl sie sich nicht vom Tisch entfernt hatte, war er verschwunden, schnell und heimlich aufgenommen von einem der vielen Reisenden oder streunenden Nichtstuer, die ständig an ihr vorbeigegangen waren. Sie erschrak und lief in die Halle hinaus, durchquerte sie auf hastiger Suche, achtete nicht auf Zurufe und Flüche und Verwünschungen und stürzte zum Bahnsteig hinunter, lief hin und her, ohne den Koffer wiederzufinden. Ein Bahnpolizist nahm sich ihrer an und beschwichtigte sie, und nachdem sie eine Weile gemeinsam gesucht hatten, brachte er sie in sein Büro, um eine Verlustmeldung aufzunehmen.

Wer weiß, wie uns, ihren Leuten, zumute gewesen wäre, wenn wir dort ohne Papiere, ohne Geld, ohne Fahrausweis vor einem Schreibtisch der Bahnpolizei gesessen hätten, doch Dobrica – furchtsam, wie wir immer glaubten, und alles andere als geistesgegenwärtig – behauptete, daß alles, wonach man sie fragte, im Koffer lag, übrigens auch ihr Wörterbuch, dessen Verlust sie jetzt besonders schmerzte. Als Zweck ihres Hamburg-Besuchs gab sie die Suche nach einem entfernten Familienmitglied an, eine erfolglose Suche. Sie bedankte sich, als der Bahnpolizist ihr die Adresse unseres Generalkonsulats gab, und unterschrieb mit ihrem richtigen Namen eine Quittung für einen amtlichen Fahrausweis, der es ihr erlaubte, jedes öffentliche Verkehrsmittel einmalig zu benutzen. Mit unserem Generalkonsulat hatte sie nichts im Sinn; vor dem Bahnhof aber, dort, wo Expreßgut angeliefert wurde, wandte sie sich auf ihre eigene Art an einen Lastwagenfahrer und fragte ihn: Nach München – vielleicht? Doch der Mann bedauerte, daß er nicht dorthin fuhr; er bot sich indes an, sie zu einem Rastplatz an der Autobahn hinauszubringen, zu einem Restaurant, in dem Fernfahrer sich ausruhten und stärkten.

Wie du es nur fertigbrachtest, Dobrica, von Tisch zu Tisch zu gehen, zu fragen, dich umzuhören, die Anzüglichkeiten zu ertragen in dieser von Qualm und Essensdunst erfüllten Gaststätte.

Und sie fand zwei Männer, Vater und Sohn, die mit zweiundzwanzig Tonnen Rohkaffee nach München unterwegs waren und sich bereit zeigten, sie mitzunehmen, falls sie erriete, wieviel Bohnen annähernd auf den Sack gingen. Diese Bedingung wurde zwinkernd gestellt, und nach einigem Nachdenken sagte Dobrica: Eine Million dreihunderttausend; da gratulierte ihr der ältere Mann mit gespielter Verwunderung, ließ eine Flasche Coca für sie kommen und lud sie ein, mitzufahren. Sie durfte zwischen den Männern im Führerhaus sitzen und mußte erzählen, woher sie kam und warum sie nach Hamburg gereist war – auch ihnen tischte sie die Geschichte mit dem entfernten Familienmitglied auf –, und der ältere Mann erzählte, wie sie einmal einen blinden Passagier auf dem Anhänger hatten, der ihnen fast erfroren sei. Dann hörten sie Radiomusik. Dann aßen sie. Dann hörten sie wieder Radiomusik, und als sie einen langen, langen Berg hinaufkrochen, schickten die Männer Dobrica in die Koje. Es war eine harte, ungepolsterte Pritsche, auf der sie sich ausstreckte und unter schweren, wärmenden Decken bald einschlief.

Sie schlief nicht lange. Auf einmal spürte sie die Nähe eines Körpers neben sich, eine Hand legte sich auf ihre Hüfte, ein warmer Atem ging über ihr Haar. Starr vor Furcht, wagte sie nicht, sich zu bewegen. Der fremde Körper suchte seine günstigste Schlafstellung, und als nach einer Weile der ältere Mann dicht an ihrem Ohr sagte: Schlaf man ruhig weiter, löste sich die Spannung, und unter dem Sirren der Räder schlief Dobrica wieder ein.

Mit dem Knall, der sie weckte, begann auch schon das Rütteln, das Schleudern; sie griff nach einer Lederschlaufe über dem Lager und fühlte sich hin- und hergeworfen, und im Schein des schwachen Notlichts sah sie, wie der Mann, der neben ihr gelegen hatte, abkippte und gegen die Außenwand rutschte. Dobrica hörte ein paar harte

Schläge, Metall traf auf Metall; dann spürte sie, wie sich alles hob und verkantete, und auf einmal war das Lager über ihr. Einen sengenden Schmerz auf Stirn und Wange: mehr empfand sie nicht.

Das Zischen der Schneidbrenner im Ohr, das sie noch lange nicht loswerden würde, ließ sie sich aus dem engen Gefängnis helfen, wankte, gestützt auf einen Helfer, über Schichten aus Rohkaffee, stieg in den Kleinbus des Notarztes und sah über die geteilte Milchglasscheibe hinweg den Laster in einem nicht sehr tiefen Graben liegen. Von zwei Reifen waren nur schwarze Lappen übriggeblieben, wie nach einer Explosion. Zuckendes Blaulicht begleitete sie auf ihrer Fahrt. Dobricas Schürfwunden wurden erst behandelt, nachdem die beiden Fernfahrer – der ältere blieb bewußtlos – Kopfverbände erhalten hatten. Auf dem ganzen Weg zum Krankenhaus saß sie zwischen ihnen auf einem Klappsitz.

Und zu Hause sollen sie wissen, daß Dobrica, als eine freundliche Krankenschwester nach ihren Daten fragte, so tat, als litte sie unter Gedächtnisstörungen; sie konnte sich selbst nicht erklären, warum sie einen Menschen mit gekappter Erinnerung spielte. Nur ihren Namen, den gab sie bekannt. Eine einzige Mahlzeit aß sie im Krankenhaus, das in einem Ort lag, dessen Namen sie nie zuvor gehört hatte. In einer Nische des Krankenhausflurs, auf einem Tisch dort, entdeckte sie ein halbes Dutzend Sträuße in Vasen, die wohl einem Patienten gehörten, der gerade entlassen worden war. Dobrica nahm den schönsten Strauß, ließ ihn abtropfen und machte sich auf die Suche nach dem Zimmer der Fernfahrer. Beiden ging es besser, beide freuten sich, sie wiederzusehen, und der jüngere forderte sie auf, ein wenig zu warten, bis zum Eintreffen eines Bruders zu warten, der bereits aus München unterwegs war und der sie auf der Heimfahrt würde mitnehmen können.

Einem schweigsameren Mann als diesem Bruder war Dobrica nie begegnet; im Krankenzimmer saß er nur still auf einem Stuhl und ließ sich den Unfall schildern, ohne nachzufragen. Er sagte auch kein Wort, als eine Schwester ihm das Rauchen verbot; er drückte nur gleichmütig seine Zigarette aus. Alles, was die Verletzten ihm auftrugen, nahm er nickend zur Kenntnis, und später dann, beim Kiosk, als er Zigaretten und Kaugummi gekauft und das Gefühl hatte, auf seinen Zwanziger nicht genug Geld herausbekommen zu haben, streckte er der Verkäuferin nur fordernd und wortlos seine Hand hin und ließ diese Geste so lange dauern, bis er bekam, was er wollte. Auf der gemeinsamen Fahrt nach München erzählte Dobrica ihm von den Festen, die bei uns zu Hause gefeiert werden; seine einzige Reaktion bestand darin, sie gelegentlich erstaunt anzublicken. Als sie sich dem Hauptbahnhof näherten, da allerdings fing er an zu reden; er schlug ihr vor, mit ihm zu kommen, in seine Wohnung, wo er ihr mehrere Aquarien mit seltenen Fischen zeigen wollte. Um dieser Einladung zu entgehen, fiel ihr nichts anderes ein als eine Notlüge: sie behauptete, auf dem Bahnhof verabredet zu sein.

Anscheinend glaubte er ihr nicht, denn er bestand darauf, sie zu begleiten, und Dobrica wurde es heiß und immer heißer, denn sie wußte nicht, wie sie ihn loswerden sollte. Sie streiften durch den Bahnhof. Er erneuerte sein Angebot. Sie aßen geschmorte Rippchen, die er bezahlte, und zwängten sich abermals suchend durch den Strom der Reisenden. Plötzlich hörte Dobrica heimatlichen Laut, zwei Landsleute sprachen an einem Stehtisch beim Bier miteinander; wie überrascht und mit gespielter Freude trat sie an sie heran, gab ihnen die Hand und redete so demonstrativ auf sie ein, daß ihr Begleiter den Eindruck haben mußte, sie hätte ihre Leute gefunden; da blieb ihm nichts anderes übrig, als sich zu verabschieden.

Dobrica wollte von ihren Landsleuten lediglich wissen, wann und von welchem Bahnsteig Züge nach Österreich gingen und wie teuer die Fahrkarte sei. Die Männer wußten nicht nur dies. Nachdem sie von Dobrica erfahren hatten, daß ihr in Hamburg das Gepäck abhanden gekommen war und daß sie weder Geld noch Ausweis besaß, boten sie ihr an, mit ihnen zusammen die Grenze zu überqueren in einem gewöhnlichen Auto. Zunächst aber gingen sie in ein stilles, mit Photos und Teppichen geschmücktes Lokal, in dem sie noch zwei weitere Landsleute trafen; bei den Verhandlungen, die sie führten, mußte Dobrica an einem Nebentisch sitzen. Dann tranken sie ein wenig Wein. Bevor sie aufbrachen, ließen sie sich starken Kaffee bringen. Zu fünft fuhren sie los, vergnügt und zuversichtlich.

Die Zuversicht verließ Dobrica auch nicht, als sie auf einem Parkplatz aufgefordert wurde, sich in den Kofferraum zu legen, den die Männer mit Matten polsterten. Sie versprachen ihr, daß sie nicht länger als eine halbe Stunde in dem Versteck würde zubringen müssen, und dann tätschelten sie ihre Schulter und ließen den Deckel zufallen. Dobrica wartete auf ein Halt, auf Schritte, auf Stimmen der Grenzbeamten, doch die Fahrt dauerte und dauerte, ohne daß Zeichen dafür sprachen, daß sie eine Kontrollstation passierten. Schwindel und Übelkeit setzten ihr zu; mitunter hatte sie das Gefühl, von einem riesigen schwarzen Schlund angesaugt zu werden. Als das Auto endlich hielt, konnte sie sich kaum rühren. Zwei Männer hoben sie heraus und führten sie zu einer Bank, und nachdem sie sich erholt hatte, beglückwünschten ihre Begleiter sie zu ihrer Nervenstärke und Konzentration, die sie beim Grenzübertritt angeblich gezeigt hatte. Ein Ortsschild sagte ihr, daß sie in Österreich war.

Ach, Dobrica, kleine Schwester, wie selbstverständlich du dich auf alles einließest, gerade als hätte es für dich keine Wahl gegeben.

Mit den Landsleuten durchquerte sie Österreich; bis auf einen, Ranko, der das Sagen hatte und in sich gekehrt dasaß, waren es fröhliche Männer, die unterwegs sangen und Ratespiele spielten und sich zu überbieten versuchten in Entwürfen für die Feste ihrer Heimkehr. In einem Bergwald verließen sie den Hauptweg und fuhren auf eine Lichtung. Die Männer stiegen aus und legten sich ohne Verabredung hin, und Dobrica staunte, wie rasch sie einschlafen konnten – zumindest drei von ihnen, denn Ranko beobachtete liegend das graue Band des Hauptwegs und von Zeit zu Zeit durch ein Fernglas den nur schwach bewachsenen Berg, auf dessen halber Höhe unsere Grenze lief.

Und ich werde unseren Leuten zu Hause berichten, daß in der hellen Nacht ein seltsames Auto auf die Lichtung gefahren kam, es war schwarz, und auf Türen und Fenstern waren Palmzweige und Kreuze aufgemalt. Nur ein einziger Mann stieg aus, er wurde respektvoll begrüßt, wurde zur Seite geführt und über Dobricas Anwesenheit aufgeklärt; sie selbst glaubte, daß er beschwichtigt werden mußte. Lange beobachtete er den Bergzug, über dem sich ein verwaschenes Licht hielt. Auf seine Empfehlung wurde gegessen, und auf seinen Anruf trat ein Mann nach dem andern an die geöffnete Hintertür des Autos und nahm einen fertig gepackten Rucksack in Empfang. Ranko, der keinen Rucksack erhielt, half den Männern beim Aufnehmen und Festmachen der Karabinerhaken. Nachdem Ranko und der Fremde sich leise besprochen hatten, wurde Dobrica herangewinkt, auch für sie fand sich ein Rucksack, allerdings mußte der erst gepackt werden – nicht so prall wie die der Männer und nicht so gewichtig. Sie konnte nicht erkennen, was ihr Rucksack barg, sie wunderte sich nur über die leichte Ware, die sie in einer Bahnhofswirtschaft abliefern sollte, drüben, hinter dem Berg, fast schon zu Hause. Mit einem Klaps auf den Rucksack wurden sie verabschiedet, Dobrica und die drei Männer, und hintereinander zogen sie los in Richtung zur Grenze.

An einem kleinen Wasserfall trennten sie sich; wie man es ihr eingeschärft hatte, folgte Dobrica einem huckeligen Trampelpfad, der neben dem Bach herlief und auf eine nur dünn bewaldete Höhe führte, während die drei Männer in einem dichten Tannenquartier verschwanden. Zum Abschied hatte ihr einer zugeflüstert: Du wirst sie gar nicht merken, die Grenze. Obwohl der Pfad steiler und steiniger wurde, ruhte sie sich nur selten aus, sie hatte das Gefühl, in die frühe Morgendämmerung hineinzusteigen. Bald verlor sie ihr Mißtrauen vor einzeln stehenden Krüppelkiefern. Bescheidene Lichtsignale, die weit entfernt aufzuckten und von einem Plateau beantwortet wurden, weckten nicht ihren Argwohn. Sie wußte nicht, was ein aus der Höhe herabpolternder Stein bedeutete, der klikkend und in immer weiteren Sprüngen auf sie zukam und dann über sie hinweghüpfte; sie stieg und stieg, und auf einmal standen zwei unserer Grenzposten neben ihr, und gegen das schweflige Licht erkannte sie die Silhouetten von zwei anderen Posten. Sogleich wollte sie den Beamten den Rucksack aushändigen, doch die winkten ab und ließen sie ihn selbst tragen bis zur Station, wo sie aufgefordert wurde, den Inhalt auszupacken: Medizinschachteln und ein paar Stangen amerikanischer Zigaretten. Dobrica hatte damit gerechnet, auf der Station die drei Männer wiederzutreffen, mit denen sie aufgebrochen war, doch offenbar waren sie durchgekommen. Daß sie selbst nur benutzt worden war, um die Grenzposten auf sich zu ziehen, weigerte sie sich zu glauben.

Ach, Dobrica, was der Wärter in dem kleinen Gefängnis von dir hielt, zeigte er, indem er es mit der Besuchszeit nicht genau nahm.

Jedenfalls war er es, der uns auf Dobricas Bitte als erster über ihren Aufenthalt unterrichtete. Immer fand sich einer, der bereit war, ihretwegen etwas zu riskieren. Wie gelasscn sie mir entgegenkam, und wie unerregt sie erzählte! Manchmal hörte es sich so an, als schilderte sie nicht ihre eigenen, sondern die Erlebnisse einer anderen. Gefaßter als sie kann keiner auf seinen Prozeß warten. Kummer empfand sie nur darüber, daß sie uns so viele Sorgen bereitet hatte. Schicken sollen wir ihr nichts. Über einen Brief würde sie sich nur dann freuen, wenn er von uns allen unterschrieben ist. Als sie weggeführt wurde, lächelte sie, und als sie in der Mitte des trüben Ganges noch einmal stehenblieb und sich zu mir umwandte, um mir knapp zuzuwinken, wußte ich, daß sie das dünne Kleid mit den aufgedruckten Mohnblüten nicht mehr lange würde tragen können.

Eine Art von Notwehr

Er kam und kam nicht von dem aufgebockten Motorboot los. Da mußt du rauf, sagte das Mädchen, ohne ihn anzusehen, zuerst auf das Boot, dann auf das Teerpappdach von der Veranda, und wenn du an der Hauswand bist, brauchst du sein Fenster nur aufzustoßen, es ist immer nur angelehnt. Der Junge blickte an ihr vorbei in den sanften Schneefall, auf den gedrungen wirkenden Rumpf des Bootes, das unter verwaschener Persenning fast den ganzen schäbigen Hintergarten einnahm und so dicht an das Haus heranbugsiert war, daß die drinnen in seinem Schatten leben mußten. Das schaffst du doch? fragte das Mädchen. Klar, Vera, sagte der Junge und hörte nicht auf, das alte Boot zu taxieren, das auf starr eingesackten Böcken ruhte, ein Veteran des Stroms, der entschlossen schien, niemals mehr auf das Wasser zurückzukehren. Ist es sein Boot, fragte der Junge. Nein, sagte das Mädchen, das Boot gehört seinem Hauswirt; mein Alter traut sich nicht aufs Wasser.

Sie bestellten eine zweite Jolly und schwiegen, bis der mürrische Kellner sie ihnen gebracht hatte; als er abdrehte, zwinkerten sie sich belustigt zu und sahen dann gleich wieder hinaus in die Dämmerung, wo jetzt alles verkürzt und zurückgenommen schien, auch der ruhige Schneefall, der anscheinend nur so weit reichte wie die herausfallenden Lichter.

Vergiß nicht, Manni, sagte das Mädchen gegen die Scheibe, es ist bestimmt in den Wörterbüchern, er verwahrt sein Geld immer in den Wörterbüchern. Hat er eine große Bibliothek? fragte der Junge. Zweihundert, sagte Vera und suchte sein Gesicht im Spiegelbild des Fensters, er hat immer darauf geachtet, nicht mehr als zweihundert Bücher zu besitzen; frag mich nicht, warum. Vielleicht braucht er nicht mehr, sagte der Junge. Vielleicht, sagte das Mädchen und zerrte an ihrem sackgleichen Pullover.

Als Manni sich eine Zigarette ansteckte, blitzte seine dünne Halskette auf und die vergoldete miniaturhafte Rasierklinge, die er als Anhänger trug. Er knöpfte den Hemdkragen zu. Er legte die Zigarette auf den Rand des Aschenbechers und ging zum Musikautomaten hinüber, wo er einen Augenblick unentschieden und fast verwirrt dastand, als hätte er vergessen, was ihn dorthin geführt hatte; dann richtete er sich auf und sah verlegen zu Vera hinüber mit leicht angehobenen Händen; bevor er an den Tisch zurückkehrte, steckte er zwei Münzen in einen Spielautomaten, achtlos, ohne einen einzigen Blick auf die Lampen und rotierenden Scheiben zu werfen.

Das Mädchen beachtete ihn nicht, es nickte zum Haus hinüber: Siehst du, daß es dunkel bleibt bei ihm? Am Dienstag ist er nie zu Hause, an jedem Dienstag trifft er sich mit ihr in der Stadt, garantiert. Mit wem, fragte Manni. Mit Mutter, sagte sie; seit ihrer Scheidung treffen sie sich an jedem Dienstag, sie kommen gut miteinander aus. Mußte das sein? fragte der Junge. Seine Arbeit, sagte das Mädchen und zuckte die Achseln, er kam nicht mehr zurecht mit seiner Arbeit, darum haben sie sich getrennt. Er schreibt doch nur, sagte der Junge, und Vera darauf: Eben. Nach einer Weile setzte sie hinzu: Geschichten, er schreibt immer nur Geschichten, ich weiß nicht einmal, wie viele Bände er schon geschrieben hat. Kennst du sie nicht? fragte Manni, und es lag ein schwaches Erstaunen in seiner Frage. Früher, sagte Vera, da hab ich sie gelesen, früher waren seine Geschichten auch besser, aber jetzt... Er wiederholt sich so oft, weißt du.

Der Junge wandte ihr sein Gesicht zu, ein weiches, breites Gesicht, auf dem ein beständiger Ausdruck von Unbehagen lag; er sah sie lange an, ehe er fragte: Aber er hat doch einen Namen? Wie man's nimmt, sagte Vera, vielleicht bei denen, die ihm ähnlich sind. Für ihn zählt immer nur die schlimmste Möglichkeit, das hat er selbst mal gesagt: Geschichten haben nur einen Sinn, wenn sie die schlimmste Möglichkeit von etwas zeigen; die allein möchte er erfinden. Vera glaubte, daß er darüber nachdachte, doch plötzlich fragte Manni: Er ist ziemlich schwer, dein Alter, nicht? Ziemlich, sagte das Mädchen, schwer und fast kahl, aber immer noch beweglich. Ich hab mal ein Photo von ihm gesehen, sagte der Junge. Wenn du ihn so siehst, sagte das Mädchen, du könntest denken, er geht in Trauer; dazu immer schlecht rasiert.

Ein alter Mann kam herein, grußlos; er stäubte sich den Schnee von der Wolljacke, schlurfte an der Theke vorbei und setzte sich an einen Tisch neben dem Eingang zur Küche. Mit gesenktem Gesicht wartete er, Unruhe war ihm anzumerken. Er zog eine Blechschachtel aus der Tasche, öffnete sie, starrte auf einige Zigarettenstummel, ohne sie zu berühren. Der Kellner ging in die Küche und kehrte nach einer Weile mit einem Teller Bohnensuppe zurück, die setzte er ausdruckslos vor den Mann hin, der sich nicht bedankte, der nicht einmal zu ihm aufblickte, sondern sogleich hastig zu essen begann.

Ich könnte auch etwas essen, sagte Vera. Jetzt? fragte Manni verwundert, und nach einer Pause fügte er hinzu: Wir werden essen, wenn ich's hinter mir habe, wenn ich zurück bin. Er sah sie bittend an und ein wenig enttäuscht, er schob ihr seine Hand entgegen, doch sie hatte sich bereits abgewandt und blickte hinaus und sagte leise: Es ist dunkel genug, oder? Der Junge zog ruckweise den Reißverschluß seiner Parka hoch, fischte einige Münzen hervor und reichte sie Vera. Also gut, sagte er und schien nach einem Vorwand zu suchen, um seinen Aufbruch noch ein wenig hinauszuschieben, also gut. Ich warte hier auf dich, sagte das Mädchen. Er stand auf, schob eine Hand in die Tasche, umfaßte die Taschenlampe und bewegte den kleinen Schalthebel hin und her. Drück den Daumen, sagte er und wandte sich unvermittelt ab und ging mit sicheren Schritten zur Tür.

Draußen schlug er den Kragen hoch, drückte sich an die Wand und linste die Straße hinab; weit unten kroch ein Auto durch den Schneefall, sachte, gedämpft, das Licht der Scheinwerfer vereinigte sich nicht, ragte nur kurz und einem leuchtenden Pfahl gleich in das dichte Treiben der Flocken. Er empfand die Kühle als Wohltat. Auf der anderen Straßenseite trat ein Paar aus einem Hauseingang, wortlos schmiegten sich die beiden aneinander und trotteten davon mit hängenden Schultern. Als er sicher war, den langen Torweg ungesehen zu erreichen, machte er sich auf den Weg, nicht überhastet oder nervös, sondern eher schleppend und um Sicherheit für jeden Schritt bemüht. Im Torweg blieb er stehen, lehnte sich an die feuchte Mauer und fühlte sich als ein Teil der Dunkelheit, die hier herrschte. Vergeblich versuchte er, sich gegen das Bild des Mannes zu wehren, in dessen Wohnung er gleich eindringen würde. Zäh behauptete es sich in seiner Vorstellung, das traurige Gesicht mit dem schlaffen Fleisch. So wie er jetzt dastand, würde niemand ein Interesse daran haben, ihn anzusprechen, er spürte es, und er ließ sich Zeit, lauschte kaum, vergewisserte sich nur automatisch: ein langes Atemholen, bevor er aus dem Torweg hinaustrat und auf den nur hüfthohen Maschendrahtzaun zuging, hinter dem das aufgebockte Holzboot lag.

Er wußte, daß sie ihn sah und dann blickweise begleitete, als er über den Zaun stieg, zum Heck des Bootes schlich und sich emporzog und weiter, nach gespanntem Sichern, geduckt zum Bug hinturnte, von dem aus er aufs Dach der Veranda kletterte. Er sah sich selbst einen Augenblick so, wie Vera ihn sehen mußte: als behenden Schatten auf dem Bootskörper und später aufgerichtet und wie erstarrt auf dem Teerpappdach zwischen den beiden dunklen Fenstern. Langsam ging er in die Hocke, arbeitete sich ans Fenster heran und ruckte, zog und ruckte, bis ein Flügel des Fensters sich geöffnet hatte; er brauchte das Messer nicht zu Hilfe zu nehmen, um den Rahmen aus der Verklemmung zu lösen.

Manni streckte die Hand aus, er berührte ein herabgezogenes Rollo, das unter seinen tastenden Bewegungen zu knistern, leise zu knacken begann; behutsam drückte er das steife schwarze Papier von sich weg und spähte in einen dunklen

Raum. Er holte die Taschenlampe hervor, doch er schaltete sie nicht ein, er hockte abwartend da und spürte einen Strom von Wärme in seinem Gesicht. Es roch nach kalter Zigarrenasche. Keine Atemzüge, kein Geräusch, solange er auch horchte; bevor er, die Füße voran, in das fremde Zimmer hineinglitt, erwog er einen Augenblick, Vera am Fenster des Lokals ein Zeichen zu geben, vielleicht nahm sie es trotz des Schneefalls wahr; seine Furcht, entdeckt zu werden, riet ihm davon ab.

Kaum hatte er den Boden erreicht, zog er das Fenster zu, schob das Rollo zur Seite und ließ es zurückfallen. Jetzt, regungslos in einer Fensternische, hatte er das sichere Gefühl, nicht allein zu sein in dem unbekannten Raum; deshalb zögerte er, die Taschenlampe einzuschalten. Fest umschloß seine Hand das stabförmige metallene Gehäuse, und er hob es in Bereitschaft, als er einen Seufzer hörte und dann einige unwillige Laute, die wie Selbstvorwurf klangen. Papier raschelte, Finger tasteten sich im Dunkel zu einem Ziel, nach einer hingegrummelten Verwünschung flammte Licht auf, das warme Licht einer altmodischen Schreibtischlampe mit mehrfarbigem Schirm. Vor selbstgefertigten Regalen, gleich neben dem Schreibtisch, lag auf rissiger, lederbezogener Couch ein schwerer Mann mit gedunsenem Gesicht, er trug einen Nadelstreifenanzug, Jacke zugeknöpft; da er im Lichtkreis der Lampe lag, hielt er eine Manuskriptseite schirmend über die Augen. Manni erkannte ihn sofort wieder.

Wie geräuschvoll der Mann auf einmal atmete, nicht beschleunigt, sondern nur geräuschvoll, während er, ein wenig aufgestützt, den Jungen anblinzelte, der immer noch reglos stand und sowohl den Mann taxierte als auch all das, was ihn in Reichweite umgab: den überladenen Schreibtisch, auf dem mehrere unabgewaschene Becher zur Beschwerung auf Manuskriptseiten standen; die Regale, die außer Büchern auch Aschenbecher, mutwillig gewachsenes Wurzelholz und Photographien aufnahmen; die Wolldecke, den Ölofen, das fleckige Kissen, die bronzene Statuette, die wohl eine Gänsetreiberin vorstellte.

Was wollen Sie von mir, fragte der Mann, was haben Sie vor? Manni schwieg und rührte sich nicht. Nur mißmutig – keineswegs außer sich oder empört – richtete sich der Mann auf, wischte sich beidhändig, gerade als ob er sich trocken wüsche, übers Gesicht, schüttelte sich leicht, faßte seinen Besucher ruhig ins Auge und ertrug mühelos den Blick. Manni wollte und wollte es nicht gelingen, das Rollo zur Seite zu schlagen, aufs Fensterbrett zu springen, vom Verandadach aufs Boot und dann durch den Torweg zu fliehen und im dicht fallenden Schnee zu verschwinden; er dachte daran, er beschloß und vollzog es in Gedanken – die Flucht gelang ihm einfach nicht. Er hätte nicht sagen können, was es war, das ihn festhielt gegen seine Absicht, das ihn versteift, doch mit äußerster Aufmerksamkeit dastehen ließ; er hatte nur das Empfinden, auf einmal nicht mehr so handeln zu können, wie er es vorhatte.

Ich will Sie nicht drängen, sagte der Mann, aber vielleicht verraten Sie mir erst einmal den Grund Ihres Besuchs; offenbar haben Sie doch bestimmte Absichten. Da der Junge nicht antworten wollte oder konnte, wandte er sich von ihm ab, entnahm einer Holzkiste eine überlange Zigarre, kerbte sie sorgfältig mit einem Messerchen und steckte sie an. Mit bedauernder Geste erklärte er: Sie werden verstehen, wenn ich Ihnen keine anbiete. Er hob das Gesicht, sah wieder zum Jungen hinüber, vermutlich, um die Wirkung des Gesagten festzustellen; plötzlich zuckte er zusammen und sackte aus angespannter Haltung nach vorn, fing sich jedoch gleich wieder und stemmte die Arme gegen die Schreibtischplatte. Mit säuerlichem Lächeln, mit dem Lächeln der Verlegenheit saß er leicht schwankend da, seine Augäpfel traten hervor, Schweiß glänzte an den Schläfen.

Da ist kalter Tee, sagte er, in der Kanne, auf dem Bord: bringen Sie mir einen Schluck. Manni regte sich nicht. Ich kann die Tablette nicht ohne Flüssigkeit nehmen, sagte der Mann und kippte den Inhalt einer emaillierten Pillendose auf den Tisch; fällt es Ihnen so schwer? Jetzt löste Manni sich aus seiner Starre, schnell bewegte er sich zum Bord, holte, ohne den Mann aus den Augen zu lassen, die Kanne herunter, trug sie zum Schreibtisch und goß Tee in einen Becher. Während der Mann die Tablette nahm und mit geschlossenen Augen trank, erkannte Manni auf dem untersten Regal mehrere Wörterbücher.

Danke, sagte Veras Vater und griff nach seiner Zigarre und blickte den Jungen, der die schwere Taschenlampe immer noch in der Hand hielt, erwartungsvoll an. In der nahen Küche sprang der Kühlschrank an; es war so still, daß sie das Klirren von Flaschen hörten. Also, fragte der Mann, was wollen Sie? Hier ist nichts zu holen, und auf mich haben Sie es wohl nicht abgesehen. Ich vermute, daß Sie sich in der Hausnummer geirrt haben; der Uhrmacher wohnt nebenan. Ihm entging nicht das Unbehagen, mit dem der Junge ihn betrachtete, eine aufkommende Scheu, die ihn allerdings nicht in Versuchung führte, seine Überlegenheit auszuspielen. Einstweilen, gestand er sich ein, gab es keine Gewißheiten für ihn, noch mußte er mit allem rechnen. Hier, sagte er, und deutete auf die handgeschriebenen Seiten, hier liegt alles, was bei mir zu holen ist: beschriebenes Papier. Ich bin Schriftsteller, falls es Sie interessiert, seit mehr als dreißig Jahren.

Ich weiß, sagte Manni auf einmal, und es schien, als hätte er es gegen seine Absicht gesagt. Der

Mann musterte ihn jetzt freimütig, er hätte es gern gehabt, wenn der Junge in den Lichtkreis getreten wäre, doch er wagte es nicht, ihn dazu aufzufordern; mit einer Stimme, die behutsamen Vorwurf enthielt, sagte der Mann nach einer Weile: Fast, fast wäre es mir gelungen, einen Schluß zu finden, doch da kamen Sie; vielleicht werden Sie es nicht verstehen, aber Sie haben mich nicht nur gestört, Sie haben mich auch um eine Erfahrung gebracht. Wieso, fragte der Junge. Die Erfahrungen, die ich brauche, sagte der Mann, mache ich beim Schreiben, und ich war nahe dran.

Bleiben Sie da sitzen, sagte der Junge warnend, bleiben Sie da ganz ruhig sitzen. Der Mann, der versucht hatte, aufzustehen und sich auf den Schreibtischsessel zu setzen, ließ sich zurückfallen und taxierte ohne Überraschung sein Gegenüber und nickte langsam – was wohl bedeutete, daß er ein für alle Mal verstanden hatte, woran er war. Er öffnete den Kragen, lockerte seinen Schlipsknoten, danach sammelte er die Manuskriptseiten ein, schichtete und beklopfte sie. Wenn Sie wollen, sagte er, können Sie sie mitnehmen, diese unvollendete Geschichte, falls Sie darauf aus sind – bitte. Die Erfahrung, um die es geht, muß sowieso deutlicher werden; noch läßt sich nichts ahnen. Wie meinen Sie das? fragte der Junge, und der Mann darauf, mit verstecktem Lächeln: Die Empfindlichkeit, die Empfindlichkeit für gewisse Augenblicke wird noch nicht geweckt, doch darauf kommt fast alles an: daß wir nach der Lektüre empfindlicher wahrnehmen, was uns selbst betrifft oder umgibt. Er sah, wie ein Ausdruck des Mißtrauens auf dem Gesicht des Jungen entstand, und er begriff sogleich, wie weit er gehen durfte, und sagte: Kann sein, es interessiert Sie sogar, was mir da eingefallen ist, vielleicht verstehen Sie das sogar besser als mancher andere. Der junge Mann in der Geschichte ist in Ihrem Alter, auch er hat noch keinen Beruf; Sie sind doch berufslos, oder?

Manni schwieg und stand nur wachsam da, und als ob er ihn in ein Geheimnis einweihte, begann der Mann weiterzusprechen, angestrengt, flüsternd mitunter und besorgt, sein Zuhörer könnte ihm die Aufmerksamkeit entziehen.

Sehen Sie, sagte er, auch der Held in meiner Geschichte, Ihr Altersgenosse, hatte sich etwas Besonderes vorgenommen, dort im Norden, in der heruntergekommenen Hafenstadt, die ihre großen Tage zur Zeit der Walfänger gehabt hatte und nun vor allem von ramponierten Fischkuttern und alten Küstenmotorschiffen aufgesucht wurde, die ins Dock gehen mußten. Ich habe ihn Detlev genannt. Detlev – ein junger Mann wie Sie, hochgewachsen, einzelgängerisch; im Sommer verbrachte er manche Nacht allein in den Sanddünen. Sein Vater, der als Wächter in einem Auktionshaus angestellt war, hatte es längst aufgegeben, ihn zu geregeltem Familienleben zu bekehren, und lebte neben ihm her in wortarmer Erbitterung.

Warum erzählen Sie mir das, fragte der Junge unruhig, warum? Sie sollten sich hinsetzen, sagte der Mann, sitzend hört es sich besser zu, also nehmen Sie schon den Stuhl. Ohne abzuwarten, wie der Junge sich entschied, eifrig und dennoch beherrscht fuhr er in seiner Erzählung fort: An einem Abend im August beobachtete Detlev, wie der Hausmeister des schäbigen Seemannsheims seinem Vater einen prallen, aus imprägniertem Segeltuch gefertigten Seesack aushändigte und ihm dabei half, die Last auf den Rücken zu heben. Der Hausmeister blieb vor der Tür stehen und blickte dem Träger hinterher, der sich zuerst zittrig, schwankend, doch dann, als ob er einen dem Gewicht angemessenen Schritt gefunden hätte, stolpernd und schlurfend entfernte, immer sicherer, wenn auch mühselig und mit nur bescheidenem Raumgewinn.

Detlev trat von hinten an den Hausmeister heran, stand eine Weile still neben ihm und erkundigte sich dann nach der Herkunft des Seesacks. Bereitwillig gab ihm der Hausmeister Auskunft. Der Seesack enthielt das gesamte Eigentum eines alten Steuermanns, der im Seemannsheim gestorben war; da er keine Angehörigen hatte, sollte sein Besitz nun versteigert werden, verschlossen und in einem Stück. Als Detlev darauf hinwies, daß man ja nicht bieten könne, wenn man nicht wisse, was ein Seesack enthält, sagte der Hausmeister nur knapp: Das ist Gesetz bei uns, Tradition und Gesetz. Der Nachlaß eines Seemanns wird verschlossen und als ein einziger Posten verauktioniert. Das endet wohl immer mit Enttäuschung, sagte Detlev. Sicher, sagte der Hausmeister, doch oft auch mit angenehmer. Zögernd gestand er eine gewisse Erleichterung ein: der Steuermann sei ein schwieriger Insasse gewesen, zänkisch, rachsüchtig, mit allen überquer, kein Tag sei vergangen, an dem er nicht Mitbewohner verdächtigte, ihn bestohlen zu haben. Diese Sorge bin ich los, sagte der Hausmeister.

Nicht schon hier, doch bald darauf, im Hafen, beim Anblick zweier Matrosen, die ihre zur Hälfte gefüllten Seesäcke an Bord eines Spezialschiffes schleppten, das nach Kanada auslaufen sollte, hatte er einen Einfall, der ihn sogleich handeln ließ. Er wußte, daß die nächste Auktion für den folgenden Tag angesetzt war, und er verließ seinen Lieblingsplatz am Hafen – die morschen, hölzernen Aufbauten eines Fischkutters, die man einfach auf die Pier gesetzt hatte – und schlenderte in die Stadt zurück.

Gerade hatte der Junge sich gesetzt, mit klammen Bewegungen, als befände er sich in einem Bannkreis; er hielt die schwere Taschenlampe in den Händen und blickte aus schmalen Augen auf den Mann, der sich jetzt nicht allein an ihn zu wenden schien, sondern, während er sprach, an ihm vorbeisah mit fragendem Ausdruck, wie auf Bestätigung hoffend.

Daß der Junge sich setzte, übersah er oder nahm es nur beiläufig zur Kenntnis; die größere Beachtung schenkte er nun dem anderen, Detlev, der ihm offenbar mehr abverlangte an begleitender Aufmerksamkeit.

Sehen Sie, so begann er wieder, und dann lieh Detlev sich in der Schlosserei, in der er selbst vorübergehend gearbeitet hatte, Rohrzange und Patentschlüssel; das Werkzeug erhielt er vom Sohn des Eigentümers, dem er eine ausgefallene Leihgebühr versprach, einen Sextanten. In der Eisdiele, die er danach aufsuchte, hatte er für einige Bekannte nur abweisende Freundlichkeit übrig; er setzte sich allein in eine Ecke, dorthin, wo das Licht der bunt bemalten Birnen ihn nicht erreichte, und wartete, bis Karen zu ihm kam, die Kellnerin. Unwillig wie immer in der letzten Zeit trat sie an den Tisch, nur darauf aus, seine Bestellung anzunehmen – ein großäugiges, knochiges Mädchen, dessen Haar so glatt an der Kopfhaut lag, als sei sie gerade aus dem Wasser aufgetaucht. Die Leinentasche, in der das Werkzeug lag, musterte sie argwöhnisch. Ihr Blick enthielt schon ihre Meinung über ihn. Ja, Detlev, was willst du haben?

Er nickte sie zu sich heran, näher, noch näher,

sie gehorchte widerstrebend, und stichwortartig weihte er sie in seinen Plan ein: nichts sollte mitgehen, das vor allem; er wollte nur herausbekommen, was der Seesack des toten Steuermanns enthielt; wenn er das wüßte, könnte er auf der Auktion einen Vorteil ausspielen, gewinnen, so viel gewinnen, daß er endlich in der Lage wäre, seine alten Schulden an Karen zurückzuzahlen. Um bieten zu können, müßte sie ihm allerdings noch einmal etwas leihen, zum letzten Mal. Er forderte sie auf, nach Dienstschluß zu ihm zu kommen und sich persönlich davon zu überzeugen, daß es ihm nur darauf ankam, sich das Wissen zu verschaffen, das ihn allen anderen überlegen machte; vom Inhalt des Seesacks werde nichts fehlen, bestimmt nichts.

Karen ließ ihn im ungewissen; er ging nicht fort, er löffelte nacheinander mehrere Portionen Zitroneneis, die sie ihm flüchtig hinsetzte, und hörte nicht auf, ihr mit den Blicken zu folgen. Er wartete, bis die letzten Gäste gegangen waren und Karen abgerechnet hatte, und als sie dann an seinen Tisch kam, brauchte er sie nicht mehr zu fragen, da ihre Haltung eine einzige stumme Aufforderung ausdrückte.

Anscheinend gab es von ihr aus nichts mehr zu sagen auf dem Weg zum verlassenen Marktplatz, an dem das Auktionshaus lag, ein altes, ehemaliges Kaufmannshaus, dessen Keller zu Lagerräumen ausgebaut war. Sie hörte nur seinen Ankündigungen zu, den aufgeräumten Voraussagen, die er nicht müde wurde zu wiederholen. Wirst sehen, daß uns allerhand erwartet; vielleicht etwas aus Mexiko; in dem Seesack steckt sein ganzes Eigentum. Wir werden bieten, bis die anderen abwinken, du kannst dir alles nehmen, was dir gefällt, und von dem Rest bezahle ich die Schulden. Es war einer dieser sommerlichen Abende im Norden, ein weißgrauer Schimmer hielt sich am Horizont; obwohl es eine Stunde vor Mitternacht war, herrschte keine entschiedene Dunkelheit.

Der Mann unterbrach sich, sah überrascht auf Manni, der aufgestanden war, hastig seine Taschen abklopfte, doch nicht zu finden schien, wonach er suchte. Fehlt Ihnen etwas? fragte der Mann. Da er keine Antwort bekam, fragte er noch einmal: Brauchen Sie etwas? Eine Zigarette vielleicht? Der Junge schüttelte den Kopf und setzte sich wieder, seine Hand fuhr hoch, es wirkte wie ein ungeduldiges Zeichen.

Gut, sagte der Mann, bis dahin waren wir gekommen, bis zum Auktionshaus. Und nun müssen Sie sich vorstellen, wie Detlev, während das Mädchen gemächlich bei einer elektrischen Uhr auf und ab ging, ein Kellerfenster öffnete, ohne Geräusch, einfach, indem er Schmierfett dick auf ein Sacktuch auftrug und die Scheibe so berechnet zerbrach, daß fast alle Glassplitter am gefetteten

Tuch kleben blieben. Bevor er, Füße voran, wegtauchte, winkte er ihr noch einmal zu, zuversichtlich. Licht brauchte er nicht, da ihn der Schein der Straßenlaterne, wenn auch nur mehr schwach, die Konturen der Gegenstände erkennen oder doch zumindest ahnen ließ, Schränke und Sessel und Vitrinen, eingerollte Teppiche, Truhen, Tische, die Geschirr und Silberzeug trugen – all die Dinge, die dem Hammer verfallen waren. Sorgsam zwängte er sich durch schmale, übriggelassene Gänge, streifte tastend von Raum zu Raum, in einer Glasvitrine, die offen stand, erfühlte er Broschen, Ketten, offenbar silberne Döschen, er berührte sie nur, steckte nichts ein. Er bedauerte, keine Lampe bei sich zu haben.

Auf einem geschlossenen Wäschekorb lag oder vielmehr stand – ein bißchen zusammengesackt und in eine Ecke gelehnt – der Seesack. Ein Drahtstropp, der durch alle Löcher gezogen war, schloß ihn fest ab, die beiden Enden des Drahtstropps wurden von einem schweren, galvanisierten Schloß zusammengehalten. Detlev kippte den Sack um und kniete sich hin; so hatte er ihn in Schulterhöhe vor sich. Forschend betastete er den Sack, drückte, rieb; er erfühlte nichts Bestimmtes, nichts, was er präzis ausmachen und benennen konnte, nur Weiches, Zähes, aber auch Gegenstände von kantiger Härte. Er ging den Ring mit den Patentschlüsseln durch, er probierte einen nach dem anderen an dem Schloß, das seine ganze Handfläche einnahm; die Rohrzange wollte er erst gebrauchen, falls keiner der Schlüssel passen sollte. Es gelang Detlev, das Schloß zu öffnen.

Nachdem er den Stropp gelockert hatte, zerrte er den deckenden Latz heraus, weitete die Öffnung des Seesacks und legte eine Hand auf den Stoff, der zuoberst lag; er fühlte sich kühl an und glatt und fiel zurück, sobald die Finger ihn losließen; es mußte Seide sein. Es war Seide, wie Detlev im Aufflackern des Streichholzes erkannte, dunkelrote, bestickte Seide, mit einer Zierkordel zum Päckchen verschnürt. Er hob es heraus und legte es auf den Wäschekorb, und danach grub und wühlte er sich in die Hinterlassenschaft des toten Steuermanns. Zuerst befühlte er jedes Stück, vermaß und begutachtete es im Dunkeln, sodann legte er es auf den Wäschekorb, und wann immer er sich genaue Kenntnis verschaffen wollte, riß er ein Streichholz an. Etliche Paar Wollstrümpfe brachte er zum Vorschein, einen Beutel mit Rasierzeug, einen Packen Briefe, Segeltuchschuhe, mehrere Baumwollhemden und plötzlich einen Holzkasten. Hastig öffnete er ihn; im Licht des Streichholzes blitzten die Messingteile eines Sextanten. Detlev war glücklich, er war weniger überrascht als glücklich. Noch hatte er den Seesack nicht einmal zur Hälfte ausgeräumt.

Dem kleinen, ausgestopften Kaiman, den er fürsorglich hervorhob, zeigte er in Entdeckerfreude die eigenen Zähne, und er wiegte bedenklich den Kopf, als er eine Photographie unters Licht brachte, die eine tonnenförmige, halslose Frau auf einem Schemel stehend zeigte, bei der Apfelernte, lachend. Ein verschlossenes Ledeetui verriet schon bei der ersten Berührung, daß es Münzen barg. Detlev verzichtete darauf, es zu öffnen, legte es jedoch für sich auf den Wäschekorb; ebenso wie den Tabakbeutel, der Metallenes enthielt, Ringe vermutlich, eine Taschenuhr mit Kette.

Ein plötzlicher Luftzug ließ ihn innehalten, kein Geräusch, sondern ein fühlbarer Strom von kühler Luft, irgendwo mußte lautlos eine Tür geöffnet worden sein, irgendwo stand jemand und lauschte. Bei dem langsam fallenden Schritt, der aus unbestimmter Höhe kam, duckte sich Detlev hinter den Wäschekorb und glaubte zusätzliche Deckung zu finden hinter dem vor ihm liegenden Seesack. Besorgt tastete Detlev nach seinem Werkzeug; kann sein, daß bei der Berührung des Rings zwei Schlüssel klingend gegeneinander fielen. Der Strahl der Lampe fand ihn sofort. Schon beim ersten Aufflammen war er im Lichtkegel. Geblendet hob er seinen Ellenbogen vor das Gesicht.

Kein Wort, der Wächter, der ihn gestellt hatte, sagte kein Wort; er hielt ihn nur im Licht fest, stumm, ausdauernd. Detlev richtete sich auf, machte einen Schritt zur Seite und sagte: Mach die

Funzel aus, und nach einer Weile: Hör auf, mich zu blenden. Er wandte sich ab, drehte sich jedoch in plötzlichem Verdacht wieder um und fragte in das Dunkel hinein: Bist du es? Ja, sagte Detlevs Vater, ja, ich bin es. Mit vorgestreckten Händen ging Detlev auf die Quelle des Lichts zu, er schwankte, er stieß sich an Tischkanten und Schränken, als er nah genug zu sein glaubte, blieb er stehen und sagte leise: Glaub mir, ich wollte nichts mitgehen lassen. Kein einziges Stück wollte ich nehmen. Alles, was ich wollte: rausbekommen, was in dem Seesack steckt.

Jetzt versenkte Manni seine Taschenlampe in die Parka, zog eine Streichholzschachtel heraus und fragte den Mann, ob er zufällig Zigaretten hätte, worauf Veras Vater ihn einen Augenblick prüfend musterte und ihm dann mit rätselhafter Genugtuung ein ganzes Päckchen zuwarf: Bedienen Sie sich, nur zu.

Fester, selbstsicherer wurde der Tonfall seiner Erzählung, als er fortfuhr: Sie standen sich gegenüber in dem vollgestopften Kellerraum, der eine im Strahl der Lampe, der andere nur kenntlich als übergroßer Schatten in dem zurückgeworfenen Licht; sie schienen sich zu entscheiden, jeder auf seine Art, und dann sagte Detlev bittend: Du mußt mir glauben; komm und überzeug dich, dann wirst du mir glauben. Unwillkürlich wich er zurück, zäh und gespannt, gleichsam als wollte er den Mann auffordern, ihm zu folgen und den Inhalt des Seesacks zu kontrollieren. Beim Wäschekorb bückte Detlev sich, wies auf die Dinge, die er dort gestapelt oder für sich gelegt hatte. Nichts fehlt, sagte er, und es sollte auch nichts fehlen, Karen wird es dir bestätigen, sie steht draußen. Eilfertig raffte er mehrere Paar Strümpfe zusammen und warf sie in den Seesack, tauchte mit einem Arm hinein und stopfte nach, tief, energisch und offensichtlich bereit, den gesamten nachgelassenen Besitz des toten Steuermanns wieder zu verstauen.

Mit schräggelegtem Kopf und bis zur Schulter weggetaucht, so preßte er die Dinge in den Sack hinein, und mitten in dieser beflissenen, furchtsamen Geschäftigkeit, das Scharren und Reiben und auch seinen heftigen Atem übertönend, war plötzlich ein Schlag zu hören, hart und schnappend, ein metallischer Schlag, der gedämpft wurde durch das imprägnierte Tuch des Seesacks. Detlev stöhnte auf. Er warf den Oberkörper zurück. Er stieß einen kleinen Angstschrei aus und versuchte nur noch, seine rechte Hand aus dem Seesack zu ziehen. Es gelang ihm nicht. So sehr er auch zerrte und ruckte, er schaffte es nicht; wie vernietet blieb seine Hand im Seesack stecken. Hilf mir doch, rief er, mein Gott, hilf mir doch.

Ohne das Licht von ihm zu nehmen, ging der Wächter auf Detlev zu, er zögerte noch, ihm beizustehen – vermutlich, weil er sichergehen wollte, daß es keine List war –, dann aber legte er die brennende Taschenlampe auf einen Tisch, langte beidhändig in den Seesack und warf heraus, was Detlev bereits wieder verstaut hatte. Schon erfühlte er einen Eisenbügel und eine Metallfeder; es war der Eisenbügel, der Detlevs Hand beklemmte und festhielt. Detlev hörte nicht auf zu stöhnen und zu wimmern und zur Eile anzutreiben. Ist schon gut, sagte sein Vater einmal, und das war alles. Sie erkannten sogleich, daß das, was sie gemeinsam aus dem Seesack hoben und zogen, eine Falle war, eine starke Biberfalle, besetzt mit einer Reihe scharfer Eisenzähne; sie hatte gespannt auf dem Grund des Seesacks gelegen oder gewartet. Ratschend hatten sich die Zähne in der Hand festgesetzt, zwei Fingerkuppen waren nahezu durchtrennt; Detlev war außerstande, die Bügel allein aufzuklappen und sich zu befreien. Wimmernd verlangte er: Mach schon, ich halt es nicht mehr aus, klapp doch das Ding auf, doch sein Vater ging nur geruhsam daran, die Hand aus der Falle zu lösen, er mußte schließlich das Gewicht seines Körpers einsetzen, um die Bügel auseinanderzudrücken. Und danach schlang er sein Taschentuch um die verletzte Hand und sagte lediglich: Los, komm; auf die Frage Detlevs: Du willst mich doch nicht anzeigen? gab er keine Antwort.

Jetzt legte der Mann seine Hände auf der Tischplatte zusammen und schwieg und schien entschlossen, so lange zu schweigen, bis der Junge, der ihm keineswegs mehr lauernd und achtsam, sondern bestürzt gegenübersaß, von sich aus reagierte.

Plötzlich stand der Junge auf, zog die schwere Stablampe aus der Tasche und schob sich, nach einem Augenblick der Unentschiedenheit, an den Tisch heran. Wie zufällig glitt sein Blick über die Bücherregale bis hinab zu den Wörterbüchern und, ohne auf ihnen ruhen zu bleiben, an dem Mann vorbei zu den geschichteten Manuskripten. Er zog die Seiten zu sich heran. Er schaltete die Taschenlampe ein und richtete den Schein auf den Text. Er las ausdruckslos und anscheinend ohne etwas aufzunehmen, während der Mann ihn aus den Augenwinkeln beobachtete. Auf einmal beugte sich der Junge über das Manuskript, sah fragend auf, als habe er eine wichtige Entdeckung gemacht. Beunruhigt fragte der Mann: Ist etwas? und nach einer Weile: Stimmt etwas nicht? und der Junge darauf, unsicher: Hier steht aber was anderes; von einem Schönheitssalon wird erzählt, von Rita, einer Masseuse, und von einer alten Frau und ihrem Schmuck und ihrer Pigmentstörung; außerdem heißt der Titel: Der Wettkampf. Der Mann lächelte und sagte: Ich weiß, aber was Sie gelesen haben, ist nur der Anfang; die Hauptperson der Geschichte ist ein junger Mann in Ihrem

Alter, der Freund der Masseuse, berufslos, ein Träumer, der sich selbst einen Anwalt der ausgleichenden Gerechtigkeit nennt. Ratlos starrte der Junge ihn an, ratlos und mit aufkommendem Argwohn, und dann fragte er: Und die Geschichte mit dem Seesack, alles, was Sie mir gerade aufgetischt haben? Oh, sagte der Mann, diese Geschichte hat sich so ergeben. Sie selbst haben sie angeregt.

Da wandte Manni sich abrupt um und ging zum Fenster und schlug das Rollo zur Seite. Der Schwung, der ihn aufs Fensterbrett hinauftragen sollte, reichte offenbar nicht aus, er mußte ein zweites Mal ansetzen. Keine Geste mehr zum Abschied, kein Blick ins Zimmer zurück, lautlos ließ er sich aufs Teerpappdach hinabgleiten und duckte sich weg. Er ließ das Fenster offen stehen und nahm sich nicht die Zeit, darauf zu warten, daß es von innen geschlossen würde, doch vor dem zweiten Fenster verhielt er und linste – weniger aus Neugierde als aus einem instinktiven Bedürfnis nach Sicherheit – durch einen schmalen Spalt zwischen Sims und Rollo in die Wohnung. Der Mann trank, oder vielmehr, er versuchte, von seinem kalten Tee zu trinken; seine Hand zitterte so sehr, daß er den Becher absetzte und ihn nach einer Weile mit beiden Händen an den Mund hob und es auch so nicht verhindern konnte, daß ein wenig von der Flüssigkeit überschwappte.

Manni wagte es nicht, vom Dach auf das aufgebockte Motorboot hinabzuspringen, er hängte sich einfach an die Dachrinne und ließ sich fallen.

Vera saß nicht mehr am Fenster des Lokals; er sah es sofort, und nachdem er über den Zaun geklettert war, begann er zu laufen. Das Schneetreiben war dünner geworden; dort, wo der Torweg auf die Straße mündete, säuberte ein Mann die Windschutzscheibe seines Autos, sein Radio war eingeschaltet. Noch bevor Manni ihn erreichte, trat Vera aus dem Schatten und sagte erleichtert: Endlich, ich dachte schon, da ist was passiert. Nichts, sagte Manni, da ist nichts passiert. Er legte ihr eine Hand um die Schultern und zog sie mit sich. Aber die Wörterbücher, fragte das Mädchen, du hast sie doch gefunden? Klar, sagte der Junge, aber da war nichts; da ist überhaupt nichts zu holen.

Das Preisausschreiben

Ratlos, Herr Minister, ratlos und den schlimmsten Vermutungen überlassen, protestiere ich aufs schärfste gegen die Maßnahmen nach der Preisverleihung. Was mir zugestoßen ist – mir, dem Gewinner des Großen Preisausschreibens –, ist nahezu geeignet, meinen Glauben in die Lauterkeit unserer Autoritäten zu erschüttern; nur die Zuversicht, daß ich mit meiner Beschwerde Ihre Aufmerksamkeit finde, hindert mich daran, die Hoffnung auf Wiederherstellung des Vertrauens aufzugeben. Ich, Heiner Schull, wende mich an Sie, weil Sie oft genug in der Öffentlichkeit zu aufbauender Kritik und angemessenem Protest ermuntert haben, und damit Sie sich von der Rechtmäßigkeit meiner Beschwerde ein Bild machen können, möchte ich Ihnen detailliert zur Kenntnis bringen, was mit mir geschehen ist.

Als unsere Geheimpolizei in allen überregionalen Zeitungen zur Teilnahme an einem Preisausschreiben einlud – wie Sie sich vielleicht erinnern, bestand das Ziel dieses Wettbewerbs darin, Verständnis für die alles andere als leichte Arbeit dieser Männer zu wecken –, beschloß ich spontan, die Einladung anzunehmen. Ich tat es nicht zuletzt deshalb, weil ein Gefühl familiärer Verbundenheit es mir nahelegte: mein Schwager Bodo Bleiken – er ist mit meiner einzigen Schwester Nele verheiratet – gehört seit sieben Jahren der Geheimpolizei an, eine Tatsache, die, wie ich glaube, in seiner Straße offiziell niemandem bekannt war. Ohne daß er selbst jemals über die Bürde seines Berufs geklagt hätte, blieb mir nicht verborgen, welchen Belastungen ein Geheimpolizist ausgesetzt ist: erschöpft von außerplanmäßigem Dienst, zu Argwohn und Verdacht verpflichtet, leidend unter der Isolation, der er sich vielerorts ausgesetzt findet, liefert er auch ungefragt eine Erklärung dafür, warum die Scheidungsrate unter Geheimpolizisten überdurchschnittlich hoch ist – mit meiner Schwester führt Bodo Bleiken seine zweite Ehe. Daß ich mich gedrängt fühlte, das häufig verdunkelte Bild der Geheimpolizei, soweit es mir möglich war, aufzuhellen, war für mich jedenfalls kein Akt langwieriger Erwägungen – ich war einer der ersten, der die näheren Bedingungen des Preisausschreibens anforderte.

Kaum in ihrem Besitz, suchte ich meine Schwester Nele auf; sie lebt mit ihrem Mann in einem der funktionstüchtigen neuen Reihenhäuser, nicht weit von der Laubenkolonie, in der ich Wohnung und Werkstatt habe – ein idealer Arbeitsplatz übrigens für einen um Anerkennung ringenden Skulpturisten. Mein Plan, der sich fast ohne Nachdenken ergab, bestand darin, eine beliebige Woche im Leben eines Geheimpolizisten zu protokollieren, sachlich, gerecht, und die Kenntnisse der Nähe einbringend, zu denen mir meine Schwester verhelfen sollte. Überzeugt davon, daß der wahre Mensch in der Unscheinbarkeit des Privaten zu finden ist, erhoffte ich von ihr Hinweise auf Gewohnheiten und Eigentümlichkeiten, die mir bisher verborgen geblieben waren.

Zwar kannte ich bereits Lieblingsgericht und Lieblingsgetränk meines Schwagers, wußte, welchen Autotyp er bevorzugte, wen er als Vorbild betrachtete, hatte sogar erfahren, welches sein Lieblingsvogel und welche seine Lieblingsblume war, doch für einen Bericht, wie er mir vorschwebte, schien mir dieses Wissen nicht ausreichend zu sein.

Zu meinem Erstaunen lehnte meine Schwester zunächst nicht nur jede Mitarbeit ab, sondern riet mir auch, mich am Preisausschreiben nicht zu beteiligen. Sie erinnerte mich daran, daß all meine Versuche, aufs Glück zu setzen, seit frühester Jugend mit Enttäuschungen geendet hatten; in der Tat habe ich weder jemals einen Preis im Radio-Quiz ›Das kluge Kind‹ gewonnen noch später, als Erwachsener, trotz regelmäßiger Teilnahme an Wettbewerben irgendeine Auszeichnung erhalten. Auf der Kunstausstellung des letzten Jahres wurde meine Skulptur ›Bergmann, die Grubenlampe schwenkend‹ nicht einmal lobend erwähnt. Wäre es ein beliebiges und nicht ein Preisausschreiben der Geheimpolizei gewesen, so hätte meine Schwester mich wohl erfolgreich zum Verzicht überredet; doch in diesem Fall gab ich nicht auf. Ich versuchte, ihr beizubringen, daß es auch in ihrem Interesse sein müßte, wenn mit Hilfe des Preisausschreibens um Verständnis und Sympathie für die Arbeit ihres Mannes geworben wird. Ich bewies ihr anhand von Beispielen, daß das Glück, auch wenn es einen Menschen methodisch umgeht, eines Tages doch eine unvermutete Wahl treffen kann – und sei es nur aus Laune. Schließlich wies ich sie darauf hin, daß ich als Gewinner des Preisausschreibens in der Lage wäre, ihr das ganze Geld zurückzuzahlen, das sie mir heimlich im Laufe von zwei Jahren geliehen hatte, vor allem zum Materialankauf für mein noch nicht vollendetes Hauptwerk ›Garten der Klagen‹. Am Ende gab sie dem Gewicht dieser Argumente nach, nachdem sie noch einmal die Bedingungen studiert hatte – der erste Preis betrug zwölftausend, Familienmitglieder waren nicht ausdrücklich ausgeschlossen; die Entscheidung der Jury, die aus Geheimpolizisten bestand, war unanfechtbar –, und erklärte sich bereit, mir mit Auskünften und Hinweisen zu helfen.

An dem schlichten Titel meines Beitrags: ›Eine Woche im Leben eines Geheimpolizisten‹ hatte meine Schwester nichts auszusetzen; sie schlug lediglich vor, ihn als Untertitel zu verwenden. Als Hauptüberschrift, von der wir uns mehr Aufmerksamkeit versprachen, wählten wir nach kurzer Beratung: ›Der Schattenfreund‹. Danach gab sie mir den Blick frei auf das Leben ihres Mannes, der nie gezögert hat, seinem Beruf alles zu opfern.

Jeder kann sich davon überzeugen, daß ich in meinem Preisprotokoll bestrebt war, meinen Schwager Bodo Bleiken als einen Menschen wie du und ich darzustellen, dessen Tag mit dem Frühstück beginnt. Von der Erkenntnis bestimmt, daß wir, wenn wir von anderen erfahren, gleichzeitig in unserem eigenen Leben lesen, lud ich zum Vergleich ein, zeigte meinen Schwager, wie er aus einer Kasserolle gewärmten Haferbrei löffelt, sich danach mit gebuttertem Toast und ungesüßtem Kaffee begnügt, schließlich, bevor er die Zeitung zur Hand nimmt und mit dem Studium der Anzeigen beginnt, sein geliebtes Zigarillo anbrennt. Da er zumeist mit unregelmäßigem Kantinenessen vorlieb nehmen muß, genießt er das Frühstück und dehnt es nach Möglichkeit aus. Gelegentlich findet er sogar Zeit, die Blumen zu gießen und den Geranien ein paar welke Blätter zu nehmen. Seiner Frau zuliebe vergißt er es nie, die elastischen Bandagen anzulegen, die er wegen seiner beschädigten Sprunggelenke tragen muß. Bricht er zur Arbeit auf, verabschiedet er sich so intensiv, als läge seine Rückkehr im ungewissen.

Da meine Siegeszuversicht sich auf meine Schwester übertrug, erlaubte sie mir, Einblick sowohl in das Rapportbuch als auch in den Dienstplan meines Schwagers zu nehmen – ein Umstand, der jede Spekulation unnötig machte. Bereichert und zugleich verpflichtet durch den Besitz von Tatsachen, beschloß ich, diese allein darzustellen und wirken zu lassen, nicht wahllos allerdings, sondern in ihrer repräsentativen Eigenart. Den Daten des Dienstplans folgend, fuhr ich ins Zentrum der Stadt, um Bodo Bleiken aufzuspüren und ihn bei der Arbeit zu beobachten. Erkennungstraining stand auf dem Programm – nicht für ihn freilich, den Erfahrenen, sondern für Anwärter der Geheimpolizei: die Aufgabe meines Schwagers bestand darin, die jungen Bewerber auf ihre Fähigkeit zu prüfen, einen erkannten Verdächtigen bei seiner Flucht durch die ganze Stadt zu verfolgen und ihn am Ende, zum Scherz, festzunehmen. Als erste Tarnung diente meinem Schwager das Kostüm einer betagten Losverkäuferin.

In meinem preisgekrönten Beitrag habe ich dargestellt, wie ich am Platz des 10. Juli unauffällig Posten bezog und das gute Dutzend alter Losverkäuferinnen in Augenschein nahm, das für gewöhnlich dort anzutreffen ist. Schon nach kurzer

Zeit fielen mir dann auch einige junge Männer auf, denen an der rechten Hand offenbar neue, schwarzglänzende Pfeifenetuis baumelten, die sie dann und wann an den Mund hoben. Bewundernswert, wie rasch die Anwärter herausfanden, welche der alten Losverkäuferinnen unecht war, noch bewundernswerter aber, wie mein Schwager, als er sich in seiner Tarnung durchschaut fühlte, in das Restaurant »Zum letzten Glas« flüchtete und sich dort einfach auflöste. Hätte ich nicht die Zahnlücke des backenbärtigen Kellners bemerkt, der sich zudem zwinkernd nach meinen Wünschen erkundigte, nie wäre ich auf den Gedanken gekommen, von Bodo Bleiken bedient zu werden. Doch es gelang ihm nur für Minuten, unentdeckt zu bleiben. Mit Maskierungen und Rollenspiel vertraut, gelang es den Anwärtern, ihre Zielperson zu identifizieren, und danach begann eine Verfolgung, die alle Gefahren einschloß, die bei Aktionen dieser Art auftreten können. Mein Schwager floh auf einem schweren Motorrad, sprang im letzten Augenblick auf einen U-Bahnzug auf, erkletterte ein Baugerüst und ließ sich mit Hilfe eines Krans herab, einmal erschien er als Fahrkartenkontrolleur in einem Bus, ein andermal mimte er einen Betrunkenen, der sich mit einer Straßenlaterne stritt; doch welche Wege und Verkleidungen er auch wählte – es half ihm nichts. Als er, mit einer ausgesuchten Assistentin, ein selbstvergessenes Liebespaar spielte, wurde er gestellt und konnte an Ort und Stelle seinem erfolgreichen Verfolger gratulieren. Zugegeben: da das Rapportbuch diese Ereignisse später nur bescheiden und stichwortartig wiedergab, fühlte ich mich ermächtigt, sie in meinem prämiierten Beitrag ihrer Bedeutung entsprechend darzustellen, vor allem lag mir daran, Fähigkeiten und Fertigkeiten hervorzuheben, über die ein Angehöriger der Geheimpolizei wie nebenbei verfügen muß.

Daß einer, der sich diesem außergewöhnlichen Beruf verschreibt, geregelte Dienststunden nicht erwarten kann, hielt mein Schwager immer für selbstverständlich – ich indes hielt es für geboten, dies ausdrücklich an einem Beispiel zu belegen. So verwies ich auf die zähe Geduld, die Bodo Bleiken aufbringen mußte, um den Schauspieler und Regisseur Simon S., der öffentlich erklärte, Bloßstellen sei sein Metier, dahin zu bringen, wo er hingehört. Allnächtlich um eins, nach nur dürftigem Kurzschlaf, unterbrach der Wecker schon die Ruhe meines Schwagers. Auf bewährte Praxis vertrauend, wählte er die Telefonnummer des Schauspielers, konzentrierte sich und sagte nicht viel mehr als: Halten Sie sich bereit; wir verständigen Sie, wenn es sein muß. Wie viele Male sich mein Schwager dieser Pflicht unterzog, habe ich nicht ermitteln können; jedenfalls tat er es so oft, bis er die Zeit für gekommen hielt. Bei seinem letzten

Anruf dann gebrauchte er die Warnung: Höchste Zeit, fliehen Sie! Und wie er vorausgesehen hatte, versuchte der Schauspieler prompt, sich aus dem Staub zu machen und die Grenze illegal zu überschreiten; was ihm, wie erwiesen ist, nicht gelang.

Ich konnte nicht umhin, in meinem Beitrag für das Preisausschreiben auch die Erfahrungen jenes Abends zu beschreiben, an dem meine Schwester uns in das Restaurant »Zum letzten Glas« einlud, um das Ende der pünktlichen Schlafunterbrechungen mit einem gemütlichen Essen zu feiern. Leider gibt es in diesem guten Speiselokal keine Nischen, man sitzt Tisch an Tisch, jeder Gast wird von einem Kellner an den vorbestellten Platz geführt. Als wir eintraten, stellte sich sogleich ein Gefühl der Beklemmung ein, denn alle, die dort saßen, hoben die Gesichter, unterbrachen ihr Gespräch, legten das Besteck hin oder setzten die Gläser ab – bis auf zwei junge Männer, die respektvoll grüßten und in denen ich Anwärter der Geheimpolizei wiedererkannte. In den Blicken derer, die uns beobachteten, entdeckte ich Scheu, Neugierde und Abneigung, auch eine gewisse Furcht entging mir nicht, und ich bewunderte Bodo Bleiken, der, obwohl er unter dieser Aufmerksamkeit litt, Platz nahm und sich, in keineswegs freundlichem Schweigen, sein geliebtes Zigarillo anbrannte. Welch souveräne Selbstbeherrschung in seinem Beruf verlangt wird, bewies mein Schwager, als das Paar am Nebentisch, das eben begonnen hatte, seinen Zigeunerspieß mit geschmorten Grünlingen zu probieren, hastig aufstand und zum Ausgang strebte: statt auch nur ein Wort über die zurückgelassenen Getränke und Speisen zu verlieren, vertiefte er sich in die Weinkarte, und nur an ihrem leichten Zittern merkte ich, was er empfand.

Obwohl sich um uns die Tische leerten, brachten wir unsere kleine Feier zu Ende; in Zusammenarbeit mit meiner Schwester gelang es mir sogar, Bodo Bleiken hin und wieder aufzuheitern.

Später erfuhr ich, daß sich das Paar, das so überstürzt und fast in beleidigender Weise aufgebrochen war, längst den Verdacht meines Schwagers zugezogen hatte; es wohnte in seiner Straße, der Mann war Chemie-Facharbeiter und hieß Ludek Nickels. Und das Rapportbuch weist aus, wie umsichtig mein Schwager zu Werke ging, um Ludek Nickels endlich illegaler Tätigkeit zu überführen. Nach sorgfältiger Analyse fiel ihm der Bruder des Verdächtigen ein, der, rechtskräftig verurteilt, in einem abgelegenen Gefängnis saß. Eine Inspektion des festen Hauses ergab, daß angrenzende Kohlfelder und Fichtenschonungen eine Flucht begünstigten, und diese Tatsache ließ den Plan rasch zur Vollkommenheit reifen: bei wolkenbruchartigem Dauerregen, in der Stärke fein kalkuliert, damit kein unnötiger Schaden an Personen und Sachen entstand, brachte mein Schwager eine Sprengladung an, die in die Mauer, hinter der Preben Nickels einsaß, das berechnete Loch riß. Knapper kann zu einer Flucht nicht eingeladen werden, und nachdem der Fliehende in einer Schonung verschwunden war, begannen für meinen Schwager zwei Nächte zehrender Observation. Hinter seinen Sonnenblumen kauernd, durchnäßt und mit steifen Gliedern, beobachtete er das Haus von Ludek Nickels, ein Beispiel von Ausdauer. Ich konnte nicht darauf verzichten, die Pflichtauffassung hervorzuheben, die notwendig ist, um den Ansprüchen diescs Berufs zu genügen. Erst als die Ausdauer belohnt wurde – wie erwartet, schlich der Geflohene in das Haus seines Bruders –, gönnte sich mein Schwager eine Stärkung und handelte dann so überraschend, daß er jeden gewünschten Beweis in der Hand hatte.

Daß einer wie er Rückschläge und Gründe zur Mutlosigkeit findet, habe ich in meinem preisgekrönten Beitrag selbstverständlich auch erwähnt. Der Sachlage angemessen, schilderte ich zum Beispiel seine Erlebnisse mit Henryk van Slome, dem bedeutenden Physiker, der trotz hervorragender Verdienste selbst in ehrwürdigem Alter nicht auf die Annehmlichkeiten verzichten mochte, die junge Mädchen gewähren. Dies zu überprüfen, wurde mein Schwager abgestellt, und nachdem er mit modernstem elektronischem Gerät versorgt worden war, das es ihm erlaubte, über mehr als zwei

Kilometer hinweg in jede Wohnung hineinzuhorchen, machte er sich an seine Aufgabe. Beiläufig, wie nur er es konnte, stiftete er eine Bekanntschaft zwischen dem vielfach Ausgezeichneten und einer besonders anziehenden Mitarbeiterin der Geheimpolizei, der man außerdem beträchtliche physikalische Kenntnisse nachrühmte, überließ die beiden sich selbst und bezog Position. Jede Äußerung im Haus des Physikers wurde mitgeschnitten, die Tonqualität war sehr unterschiedlich, einige Gespräche klangen so, als ob sie methodisch verzerrt worden wären, doch als der sogenannte Lauschangriff abgebrochen wurde, konnte mein Schwager seinem Vorgesetzten einen Stapel Bänder überreichen, auf dem ein Text von achtzehn Stunden Dauer gespeichert war. Die Untersuchung des Textes ergab, daß es sich um Dostojewskis Roman ›Die Brüder Karamasow‹ handelte, den der Physiker mit eigener Stimme in Fortsetzungen vorlas. Und die Ratlosigkeit meines Schwagers wuchs, als er am folgenden Morgen – eingeschrieben, per Eilboten – ein Exemplar des gleichnamigen Romans anonym zugestellt bekam.

Doch um zu zeigen, daß Rückschläge, Rat- und Mutlosigkeit ihn nicht lähmten, stellte ich in meinem Beitrag schließlich auch dar, wie mein Schwager – immer noch in der Woche, die ich mir als Muster gewählt hatte – den Dichter Urs Wübbe überführte. Die Überwachung der Post und der

Besuch zweier Dichterlesungen hatten zwar solide Verdachtsmomente geliefert, doch angesichts der ausgepichten Doppelsinnigkeit der Texte reichten die nicht weit. Der Dichter schien unbelangbar. Beruflicher Ehrgeiz ließ Bodo Bleiken nicht ruhen, und nachdem er herausgefunden hatte, daß Urs Wübbes Gedächtnis durch alkoholische Exzesse beinahe ruiniert war, verfiel mein Schwager auf eine Idee, die zumindest bestaunt zu werden verdient. Er schrieb, in der Stilart des Dichters, ein paar eigene Texte. Freilich, er verschlüsselte sie nicht, sondern sprach aus, was Urs Wübbe kunstvoll ins Mehrdeutige gebracht hätte. Die staatsgefährdende Gesinnung, durch einfühlsame Imitation zum Vorschein gebracht, war nunmehr unbestreitbar. In der eigenen Druckerei der Geheimpolizei gesetzt, stillschweigend eingezogen in einige hundert Bände der neuesten Gedichtsammlung von Urs Wübbe, erwiesen sich die selbstgefertigten Texte als die vortrefflichsten Beweisstücke. Einen persönlichen Triumph erfuhr mein Schwager im Augenblick der Festnahme: nach kurzem Zögern bekannte sich der Dichter zur Urheberschaft an allen Zeilen des Bandes.

Nachdem ich meinen Beitrag für das Preisausschreiben beendet hatte, las ich ihn, aus Gründen der Feinabstimmung, meiner Schwester vor. Sie wünschte zwar ein paar Retuschen unbedeutender Art – so hielt sie es beispielsweise für überflüssig, die Lehrmeister ihres Mannes namentlich zu erwähnen –, hatte aber im großen und ganzen den Eindruck, daß meine Darstellung geeignet war, Verständnis und sogar Sympathie für die Arbeit der Geheimpolizei zu wecken. Mit Anschreiben und der geforderten Versicherung, daß es sich um eine selbständige Hervorbringung handelte und Rechte Dritter nicht berührt würden, gab ich meinen Umschlag zur Post – in der Sicherheit, den Wettbewerb zu gewinnen. Diese Sicherheit verließ mich auch nicht in den Wochen der Ungewißheit, in denen eine geplagte Jury unzählige Einsendungen prüfte und bewertete.

Der Herr im Ledermantel, der mir schmunzelnd das Telegramm übergab, wunderte sich, daß ich es nicht sofort öffnete, und als ich ihn fragte: Erster oder zweiter Preis? wollte seine Verblüffung kein Ende nehmen. Die Jury hatte mir, wie erwartet, den ersten Preis zuerkannt. Ich beeilte mich, ihr mitzuteilen, daß ich bereit war, ihn am 10. Juli im Großen Festsaal des Ministeriums entgegenzunehmen.

Noch bevor ich zu ihnen ging, kamen meine Schwester und ihr Mann zu mir, um mich zu beglückwünschen – sie hatten das freudige Ereignis aus den Nachrichten erfahren. Bei einer improvisierten Vorfeier, zu der uns Anlaß gegeben schien, hielt meine Schwester eine Rede, in der sie ihre Genugtuung darüber ausdrückte, daß das Glück, das mich seit jeher konsequent umgangen hatte, endlich einmal auf meinen Namen gekommen war. Mein Schwager stimmte ihr zu und äußerte nach einem kritischen Rundgang die Zuversicht, daß mein Hauptwerk ›Garten der Klage‹ nach seiner Vollendung einen großen Kunstpreis erhalten werde.

Am Tag der Preisverleihung ließ es sich die Jury nicht nehmen, mich persönlich in einem geräumigen Auto abzuholen, und um mir das Lampenfieber zu nehmen, bot sie mir einen hochprozentigen Schluck und eine würzige Zigarette an. Der Ton, in dem wir uns unterhielten, war freundschaftlich. Welchen Wert sie der Veranstaltung beimaßen, ließ sich nicht allein an dem üppigen Blumenschmuck des Festsaals erkennen; für die musikalische Umrahmung war unser populärstes Kammerorchester engagiert, und das künstlerische Personal des Fernsehens war gehalten, rasiert und mit gebundener Krawatte zu erscheinen. Als der Chef der Geheimpolizei mich und die Gewinner des zweiten und dritten Preises in den Saal führte – die beiden anderen Preisträger waren Kassierer bei der Staatsbank –, erhob sich die Versammlung und applaudierte.

Aus allen Reden war die Zufriedenheit darüber zu erfahren, daß das Preisausschreiben seinen Zweck erfüllt hatte. Die enorme Zahl der eingesandten Beiträge bestätigte die Popularität der Geheimpolizei, spiegelte ihr Ansehen und entriß ihre Arbeit einem hier und da immer noch umgehenden finsteren Gerücht. Eine einzige nachdrückliche Rechtfertigung: so wurde das Resultat genannt; und als ich Preis-Urkunde und Scheck entgegennahm, sagte ich mir, daß ich auf meine Art dazu beigetragen hatte. Mit einer Darbietung des Chors der Geheimpolizei endete die offizielle Feier, nicht aber das Fest, das mit einem Essen im kleinen Kreis fortgesetzt wurde. Lange Tischreden erhöhten die Stimmung. Von Hand zu Hand wanderte meine Preis-Urkunde, da jeder sie lesen wollte. Nach einem Toast, den wir auf künftige gute Beziehungen ausbrachten, verabschiedete ich mich von der Jury und dem Chef.

In der Eingangshalle wurde ich zurückgerufen, weil man vergessen hatte, mir die zur Urkunde gehörende Kassette auszuhändigen. Über sorgfältig ausgelegte Korridore wurde ich in einen Raum geführt, in dem sich zu meiner Überraschung Bett, Toilette und eine unwesentliche Handbücherei befanden, desgleichen ein Tauchsieder. Mein Begleiter versäumte nicht, mir zu gratulieren, und ließ mich allein. Drei Tage dauerte es, bis er wiederkehrte, und zwar in Begleitung eines Herrn, der sich mir als Mitglied des Direktorats vorstellte und sich für das Ungemach entschuldigte, in das ich geraten war. Ich muß zugeben, daß ich von seiner Offenherzigkeit beeindruckt war, wenngleich ich nicht weiß, was ich von ihr halten soll. Von ihm, dem Mitglied des Direktorats, erfuhr ich, daß für die gesamte Geheimpolizei Reformen beschlossen waren, besonders im Hinblick auf Diskretion und Verfeinerung der Arbeitsmethoden. Um auch ihre Gegner von der Notwendigkeit der Reformen zu überzeugen, wurde das Preisausschreiben veranstaltet, denn mit seiner Hilfe hoffte man, all die Mängel festzustellen, die sich in jeder Institution ergeben, sobald Alltag und Routine herrschen. Aus abertausend Einsendungen, so wurde mir versichert, habe man ein genaues Bild der Mängel erhalten, und nicht nur dies: anhand erstaunlich kenntnisreicher Belege wisse man nun, wo und mit welcher Entschiedenheit Veränderungen durchgesetzt werden müßten.

Was mit mir geschehen soll, konnte das Mitglied des Direktorats nicht sagen, da die hohe Versammlung nur einmal im Monat zusammentrifft und Beschlüsse weitreichender Art nur gemeinsam faßt. Seit zwei Wochen halte ich mich unfreiwillig in diesem festen Raum auf. Ich zweifle nicht, Herr Minister, daß diese Tatsache auch in Ihren Augen Grund genug zum Protest ist. Bitte, sprechen Sie ein Wort. Interne Beschwerden hatten keine Wirkung. Die einzige Antwort, die ich hier erhielt, lautet: Wir können es uns nicht leisten, Sie, den Gewinner des Großen Preisausschreibens, gehen zu lassen; bei Ihren Fähigkeiten werden Sie sich sagen können, warum wir keine Wahl haben.

PS: Gerade wurde meine Ratlosigkeit noch vergrößert: auf einem Zettel, den offenbar der Wind mir hereinwehte, erhielt ich Grüße von meinem Schwager Bodo Bleiken; sie kamen aus dem Nachbarraum.

Ein Tauchversuch

Der erste Jahrestag meiner wunderbaren Rettung sollte also gefeiert werden. Er bestand einfach darauf. Er war schon, der alte Enthusiast, bereit, alles selbst in die Hand zu nehmen, vermutlich war er seit Tagen darauf eingestellt; da aber mein Bruder bei allem, was er tut, keine Zuschauer ertragen kann, wollte er bei den Vorbereitungen allein sein, ganz allein; deshalb hob er mich aus seinem Korbsessel und bugsierte mich zwinkernd in die Werkstatt, verwarnte mich noch einmal spaßhaft, ehe er den fleckigen Vorhang zuzog, der die Wohnstube von der Werkstatt trennt. Ich saß und wartete im Dunkeln, ich horchte auf die Geräusche, die der schwere Mann bei den Vorbereitungen verursachte, begleitete ihn vom Gasherd zum Schrank und vom Schrank zum Tisch, den er mit dem Ärmel seiner Takelbluse reinwischte, dann wohl scharf polierte. Ein Karton ließ sich da nicht nach Wunsch öffnen, ich hörte, wie mein Bruder einen einzigen Schnitt mit seinem Messer ausführte, einen Rundschnitt, der durch mürrische Kraft so ebenmäßig geriet, daß das Problem gelöst war; steifes Papier knisterte, Teller schepperten, eine empfindliche Last wurde zum Tisch balanciert. Nachdem er die Zuckerbüchse auf seine Art geöffnet hatte, ließ er den Handfeger zischelnd herumwieseln; im Eckschrank kramte er nach Kerzen; in der Schublade, unter Gabeln, Löffeln, Messern suchte und fand er den Flaschenöffner. Summend, manchmal schnalzend, verteilte er Geschirr und Gläser – ein feines Zirpen verriet, daß er die Gläser feucht nachwischte; dann goß er Kaffee auf, dann öffnete er zwei Flaschen, ein geringes Krachen und ein Fluch besagten, daß er wieder mal etwas unbeabsichtigt zerdrückt hatte, zwischen den Fingern zerdrückt.

Er, der darauf bestanden hatte, den Jahrestag meiner wenn auch nicht wunderbaren, so doch unerwarteten und folgenreichen Rettung zu feiern, stimmte sich hörbar schon bei den Vorbereitungen ein, gab seiner aufkommenden Heiterkeit stimmkräftigen Ausdruck, einmal schlug er überraschend und gutgelaunt den Vorhang zur Seite, nur um sich davon zu überzeugen, daß ich noch geduldig auf seinem zerkerbten Arbeitstisch saß. Ich machte keinen Versuch, durch einen Spalt zu linsen – ausgesperrt war ich ja nur noch unterhaltsamer im Bild –, ich harrte ruhig aus zwischen Körben und Pötten, zwischen Pfannen mit genäßtem Lehm und unzähligen Schnurknäueln, seinen Materialien, die er mit Sanftmut und Ausdauer, häufig auch mit Geschick, in Andenken maritimen Inhalts verwandelte. Während ich auf die Geräusche seiner planvollen Beschäftigung achtete, blinkten sie mich von umlaufenden Regalen an: seine Buddelschiffe, seine Rundspiegel, die sich einen Doppelkranz von Muscheln gefallen lassen mußten, aber auch kolorierte Ankerschilde, Photorahmen – diese mit Muschelgrus umschlossen – sowie Tischfeuerzeuge auf Bernsteinsockeln und weißgescheuerte Brettchen, auf denen seltene, dekorative Kunstknoten befestigt waren. Ein gewisses Seufzen, das ich allabendlich zu hören bekam, zeigte mir an, daß er sich die englische Takelbluse über den Kopf zerrte, diese blaue, verschossene Pelle, und daß er vorhatte, zu Ehren des Tages, an dem meine zweite Existenz begann, im Rollkragenpullover aufzutreten. Als er ein Streichholz anriß, verabschiedete sich die alte Fähre, die zur kleinen Lotseninsel hinübergeht; wie immer, wenn sie unsere Bucht passiert, ruft sie mit zwei Signalen aus ihrer Dampfsirene zu uns herüber. Kein fallsüchtiger Nordost wie damals; ruhig glitten ihre Positionslaternen über eine stumpfe, winterliche Ostsee, verfolgt vom Lichtarm unseres Leuchtturms, der in regelmäßigem Aufzucken über ihre Breitseite hinwischte. Aufgebockt, kieloben ruhten ein paar Boote auf der Landzunge, die Hütten unten am Strandweg lagen fast alle im Dunkeln.

Wie eifrig er wirtschaftete! Mitunter hatte ich das Gefühl, daß er mehr an Geräusch und Bewegung produzierte, als unbedingt nötig war, einfach, um mir beizubringen, daß er keinen Aufwand scheute, wenn es um mich ging, wenn es nur mir zugute kam. Der Deckel seiner olivgrünen Seekiste klappte zu, sein privater Tresor, Seidenpapier knisterte, also mußte ich mich auf ein Geschenk gefaßt machen, vermutlich wieder auf ein see-inspiriertes Kunstwerk, das er heimlich für mich und für diesen Tag geschaffen hatte. Ich glaubte die Freude in seinem fleischigen Gesicht zu sehen, als er das Geschenk auf meinen Platz legte, nahm in Gedanken den Augenblick vorweg, in dem ich es auswickeln, unters Licht halten, bedachtsam loben würde, und ich wußte, daß für einen Moment der Schmerz zurückkehren würde, den ich immer empfand, wenn er mich, den Jüngeren, seinen scheuen Respekt spüren ließ.

Wie konnte er gestern nur behaupten, daß ich nachts an sein Bett trat, um ihm die Kehle zuzudrücken, wie konnte er mich nur beschuldigen, sein Bordmesser entwendet und unter meinem Kopfkissen verwahrt zu haben? Ich erinnere mich nicht, wie das Messer dorthin kam, ich weiß auch nicht, ob ich wirklich nachts zu ihm hinüberging und mich über ihn beugte, über meinen ältesten Bruder, dem ich hier alles verdanke. Ich hörte seine Schritte, Stapfschritte, Schritte der Ankündigung und gespielten Verheißung, seine Pranke riß den Vorhang zur Seite, und da stand er in seiner Masse, glücklich, beflissen, seine hellen wäßrigen

Augen glänzten, langsam, wie gegen einen Widerstand, hob er mir die Arme einladend entgegen, trat zur Seite und gab den Blick frei auf den gedeckten Tisch: Albert, mein ältester Bruder, Albert mit all seiner rätselhaften Güte.

Um den Jahrestag meiner Rettung zu feiern, hatte er eine doppelstöckige Schokoladentorte aufgetischt, die der Bäcker ihm geliefert haben mußte – im ausgeschnittenen Zentrum eine Kerze –, er hatte mehrere selbstangefertigte Schälchen hingesetzt, die gefüllt waren mit Nougatstäbchen, mit Marzipankugeln, Katzenzungen, Schokoladengeld und Waffeln; Tassen und Kuchenteller, ich sah es gleich, stammten aus seinem nur selten benutzten Festgeschirr; die geschliffenen Gläser standen auf silbernen Untersätzen. Zaghaft rührte er mich an der Schulter an, nickte zu meinem Platz hinüber, da, sieh mal da, ja, ich sah die beiden Päckchen, die er übereinander gelegt hatte, spürte, wie begierig er darauf wartete, daß ich sie öffnete; doch zuerst dankte ich ihm für den gedeckten Tisch: bewunderte die Torte, in die er meine Initialen eingekratzt hatte, lobte das schöne Geschirr, bemerkte, daß es ausnahmslos die Süßigkeiten unserer Jugend waren, die er auf Schälchen abgefüllt hatte. Tief senkte sich sein von bläulichen Äderchen durchwirktes Gesicht, als ich das erste Geschenk auspackte, offenbar wollte er sich davon überzeugen, daß es keinen Schaden genommen hatte, und er schien erleichtert beim Anblick der kolorierten Tontafel, die ich aus dem Seidenpapier schlug: Heil, flüsterte er, Gott sei Dank, alles heil. Er rubbelte sich den Schweiß vom Nacken und musterte mich besorgt, während ich die Tontafel unter die Lampe hielt und die korpulente Meerjungfrau betrachtete, die sich aus einem Wellenkamm reckte, sich gewagt auf den fischschuppigen Schwanz stellte und Umschau hielt, nichts als Umschau unter der schattenden Hand, ohne die beiden springfreudigen Delphine zu entdecken, die sie mutwillig umspielten. Da mein Schweigen ihn beunruhigte, sagte er leise: Für dich, ich hab's für dich gemacht; und ich strich über die Plastik, begutachtete sie aus größter Nähe, ließ sie vom Fensterbrett aus auf mich wirken, nur bemüht, die Trauer zu verbergen, die wie von selbst aufkam angesichts der Figur, die mich mit ihrer kühnen Verachtung der Schwerkraft an seine Anfänge erinnerte. Mein Bruder erwartete kein schnelles Urteil, er nickte freudig, als ich das Tongebilde vor meinen Kuchenteller stellte, und er war begeistert bei meiner Ankündigung, daß seine Arbeit künftig auf dem festen Bord stehen würde, am Kopfende meines Lagers.

Mit verringertem Interesse und ohne zu schnaufen sah er zu, wie ich den Bindfaden des zweiten Päckchens aufdröselte und aus einem Papier, das mit lauter streng blickenden Eulen bedruckt war, ein Buch auswickelte, das auf der Titelseite ein Photo von mir trug, ein sprechendes, ein günstiges Photo. Von einem schmucklosen Katheder herab rede ich zu einer unabsehbaren, verwegen gekleideten Menge, die mir grüblerisch bis finster, jedenfalls in sich gekehrt und nicht ohne Betroffenheit lauscht. Mein Doppelkinn ist wegretuschiert, meine graupelige Haut wirkt geglättet, mein gestreckter rechter Zeigefinger ist wie bei diskretem Abschwören auf den Boden gerichtet. ›Wegzeichen‹ hieß das Buch. Während ich unwillkürlich versuchte, Zeit und Ort des Photos zu bestimmen, erzählte mein Bruder, daß er es in einer sogenannten fortschrittlichen Buchhandlung entdeckt und auch ein bißchen darin geschmökert hatte: Ein Lobgesang, Ernst, wirst sehen, wieder mal eine Biographie über dich, eine Huldigung, wie sie dir zukommt, von einer ehemaligen Schülerin, sie heißt Ute Pietsch-Nusseck. Ich sah ihn fragend an, und er verstand meinen Blick sofort und sagte beruhigend: Nix, zum Schluß weiß sie nur das, was alle Welt weiß, auch für sie endete alles am ersten Advent. Ach, Albert, treuer Schatten, fürsorgliches Gespenst!

Zum Dank umarmte ich ihn, so gut es ging – er war ganz still bei meiner Umarmung, spannte nicht einmal seinen Brustkorb, stand nur ergeben da in einem kratzigen Rollkragenpullover und blickte starr auf die herabgelassenen Rollos. Sein

Übergewicht ist von gesunder und imposanter Art, selbst durch die Wolle fühlt man seine harten Muskelpartien, das Kernfleisch sozusagen; wer uns miteinander vergleicht, wird ihn für weniger gefährdet halten als mich in meiner etwas schlaffen Fülle. Wie so oft, gab er sich plötzlich selbst ein Startzeichen, klatschte einmal kurz in die Hände, wischte sich über das dünne verklebte Haar und trug, einen virtuosen Kellner imitierend, Kaffee auf, schnitt uns feuchte Batzen aus der Torte heraus, die er schwungvoll auf die Teller brachte, setzte sich mir gegenüber hin und blinzelte mir auffordernd zu: Iß, lieber Ernst, es ist dein Tag, es ist der Tag deiner Wiederkehr. Während sich draußen ein sprunghafter Südost regte, während gebleichtes Strandholz im Ofen knallte, während die Rollos sich wie atmend bewegten und sehr feiner Sand durch die Türritze geweht wurde, aßen und tranken wir schweigend und zogen die Wohltat in die Länge, mein Bruder schnitt und säbelte und legte auf, seine auseinanderstehenden Schneidezähne senkten sich in den braunen Teig, er schluckte lächelnd mit geschlossenen Augen, tat so, als ob er dem Genuß nachsann, und versuchte ein paarmal, mich zum Wettessen zu ermuntern. Nie ließ er in seiner Aufmerksamkeit nach, in seiner Besorgnis.

Dann schenkte er uns Rotwein ein. Dann stand er auf und zwang auch mich, aufzustehen. Wehmut kam in seinen Blick, wie in glücklichem Unglauben schüttelte er leicht den Kopf und leckte einmal über seine Lippen. Daß du noch da bist, flüsterte er, daß du hier bei mir bist, und er sah sich ratlos um, enttäuscht, daß sich niemand fand, dem er danken konnte. Die Kerze zog ihn an, auf die gelbe Kerze hinabschauend, sein Glas vorsichtig drehend, fielen ihm einige Worte zu diesem Tag ein, er sprach vom Schicksal, vom gleichgültigen, vom blinden, vom überlisteten Schicksal, tonlos erwog er, was geschehen wäre, wenn der seidene Faden nicht gehalten hätte, wollte das aber nicht zu Ende denken, sondern hob mir ergriffen sein Glas entgegen und sagte: Ein Tag der Freude, Ernst, und keiner freut sich so wie ich. Woher er meinen Lieblingswein hatte, wollte er mir nicht verraten.

Draußen schlug etwas gegen die Wand der Werkstatt, ich stand wie immer schnell auf, bereit, in mein Versteck zu gehen, doch Albert winkte beruhigend ab, er wußte, daß es der hölzerne Lukendeckel war, der nur noch an einem Scharnier hing. Über deutsche Mystik: auf einmal gab es für mich keinen Zweifel mehr, daß das Photo auf der Titelseite entstanden war, als ich die Vorlesung über deutsche Mystik hielt, über Meister Eckharts herausfordernden Begriff der geistigen Armut; mein Bruder sah mir sofort an, daß mir eingefallen war, wonach ich gesucht hatte, denn bevor ich noch die Aufnahme datierte, sagte er: Na, siehst du, bei dir fällt doch nichts durch die Maschen. Wie zur Belohnung schenkte er nach, bot von den Lieblingssüßigkeiten unserer Jugend an, pellte für mich das Silberpapier von den Schokoladentalern und hörte nicht auf, mich über den Tisch hinweg anzustarren, versonnen und erwartungsvoll.

Ich ahnte schon, worauf er, der süchtige Zuhörer, aus war. Als er mich an den dreitägigen Sturm erinnerte, der vor einem Jahr hier oben herrschte, als er die Schäden aufzählte, die damals an seinem abgelegenen Anwesen entstanden, als er das Strandgut bewertete, das er von der Bucht hier heraufschleppte in den Schutz seines windschiefen Zuhauses, da wußte ich, was er, und diesmal datumsgerecht, schon wieder hören wollte; dabei hat er mir die Geschichte so oft abgebettelt, daß er sie bei kleinem auswendig kennen müßte. Weißt noch, es war der erste Advent. Ja, ja, ich weiß. Auch am Tag war es dämmrig. Ja, Albert, ich weiß noch. Die Möwen hingen weit über Land. Ein sicheres Zeichen, sagt man. Die Fähre konnte nicht auslaufen. Nein, sie wurde doppelt vertäut, ich konnte sie sehen vom Fenster meiner Pension. So ging es.

Mir blieb nichts anderes übrig: von seinem treuherzigen Verlangen genötigt, fing ich also, oft von ihm ergänzt, noch einmal an, ließ mich, ein paar Tage vor dem ersten Advent, in dem vereinsamten

Fährhafen ankommen, machte mich zum einzigen Gast einer immer nach Waffeln duftenden Pension, gab der Ostsee ihr lastendes Grau und zog die lange gewinkelte Mole aus, auf der ich täglich gesehen und von einigen Fischern gegrüßt wurde. Du hattest kaum Gepäck bei dir, sagte mein Bruder, nur das Nötigste und ein paar Bücher. So ist es, sagte ich, nur das Nötigste und ein paar Bücher, die mir über alles hinweghelfen sollten, über alles, was in diesem Jahr passiert war, du weißt schon. Und von seiner fordernden Aufmerksamkeit bedrängt, belegte ich den Hafen mit ein paar offenen Fischkuttern, entwarf wieder den mageren Strand, machte mich zum ausdauernden Leser, zum Beobachter, zum wortkargen Spaziergänger, der täglich immer denselben Weg durch das Nest nahm und hinter dem die Leute, an fremde Einzelgänger offenbar gewohnt, irgendeine private Düsternis vermuteten.

Dann kamen die Leute vom Fernsehen, sagte mein Bruder. Ja, sagte ich, dann mietete sich das Fernsehteam ein, stille Männer in Islandpullovern, die, wie ich vom Wirt der Pension erfuhr, einen Adventstag an der Küste filmen wollten; gleich nach dem Frühstück bestellten sie sich Bier und spielten den geräuschlosesten Skat, der je gespielt wurde. Jedesmal wenn wir uns draußen auf der Mole begegneten – ich stand dort gern und beobachtete die beiden riesigen, an Pfählen verankerten

Fischkästen, die sanft in der See torkelten –, grüßten sie freundlich und lobten die ergiebige Stimmung. Von meinem Fenster aus beobachtete ich, wie sie ihr umfangreiches Gerät in ein Fischerhaus hineinschleppten – anscheinend hatte man ihnen erlaubt, irgendwelche einheimischen Adventsvorbereitungen aufzunehmen; ich wurde auch Zeuge, wie sie die Landschaft durchmusterten, eine zerzauste Baumgruppe filmten, eine Ansammlung rostiger ausgedienter Seezeichen, einen Schuh im Sand und einen verrotteten Kahn.

Obwohl mein Bruder wußte, wann und mit welchem Anzeichen sich der Sturm ankündigte, fragte er: Und wie ging's dann los? Und ich versicherte ihm wiederum, daß ich nie zuvor ein so schwefliges Licht erlebt hatte wie am Tag vor dem ersten Advent. In Pulks strichen die Möwen weit hinein ins Land. Doppelt vertäut wurde die Fähre; die Passagiere, die zur kleinen Lotseninsel hinüberwollten, gingen mißmutig von Bord und nahmen sich Zimmer in meiner Pension. Netze, die zum Trocknen aushingen, wurden eilig geborgen, alles, was einen Kiel hatte, verholte in den Schutz der Mole. Zweimal prüfte der Wirt, ob die Sicherungshaken der Fenster fest in den Ringen saßen. Beim Abendbrot – es gab nur ein einziges Gericht: Rührei mit Krabben, als Nachtisch Waffeln und Kaffee – war plötzlich ein Ton in der Luft, der alle aufhorchen ließ, ein dunkles, anschwellendes Wehen, langatmig und sich anscheinend selbst erprobend; von weither kam es heran, wurde mächtiger und schärfer, sammelte sich wieder zum Anlauf und ging über uns hinweg mit grummelnder Wut. Da traten die Leute vom Fernsehen ans Fenster, begutachteten den entstehenden Tumult und besprachen sich flüsternd.

Albert duldete nicht, daß ich die Nacht überging, er erinnerte mich daran, daß ich gleich nach dem Abendessen zu meinem Zimmer hinaufstieg, kein Licht machte, nur den wackligen Lehnstuhl ans Fenster zog und zusah, wie der Sturm im Fährhafen aufräumte, Stapel von Kisten wegschleuderte, die Boote an den Leinen durchschüttelte und einem alten Schuppen das Dach nahm. Hoch über die Mole hinweg warfen die Brecher ihr Wasser, plündernd ging der Wind durch die Uferstraße, warf eine Lore um, holte eine baumelnde Laterne herunter, die auf der Erde zerbrach und davonrollte. Ein spitz angesetzter, ein irrsinniger Pfeifton machte alle anderen Geräusche unhörbar. Sehr spät kam noch einmal der Wirt, er brachte mir eine zusätzliche Decke für die Nacht und zeigte mir drei geduckte Gestalten am Aufgang zur Mole, die ich selbst kaum entdeckt hätte. Machen wohl Studien, sagte er abschätzig und ging. Gegen Morgen schlief ich ein.

Ja, und dann ließ ich den ersten Advent beginnen mit besorgten Frühstücksgesprächen, an allen Tischen sahen sie über ihre Kaffeetassen hinweg in den tintigen, von Sturmwolken verdüsterten Morgen, und als der Steuermann der Fähre bekanntgab, daß der Fahrplan vorübergehend nicht eingehalten werden könne, heizte ihm niemand mit Fragen ein. Wie ergeben die Leute warteten, die zur Lotseninsel hinüberwollten, selbst die Kinder fügten sich, dösten zwischen unförmigem Gepäck oder beobachteten stumm einander, ernste Kinder. Regsam allein waren an diesem Morgen die Männer vom Fernsehen, sie verzichteten auf ihr Spiel, warfen sich nach einer Lagebesprechung in leuchtendes Regenzeug und strebten, schräg gegen den Wind gelegt und Hand in Hand, zur Mole hinaus, wo sie ein paar Teerfässer türmten, wo sie die gefüllten Fässer so gegen die Mauer der Mole brachten, daß ein Windschutz entstand, hinter dem sie später ihr Gerät aufbauten; wer sie bei ihrer Arbeit im Auge behielt, zweifelte nicht mehr daran, daß sie den Adventssturm zum Hauptdarsteller machten. Beim Mittagessen erkundigte sich der Pensionswirt nach dem voraussichtlichen Sendetermin.

Darin irrte sich Albert noch jedesmal: ich war es nicht, der als erster den havarierten finnischen Holzsegler entdeckte, ich habe keinen Anspruch darauf, die Rettungsmannschaft alarmiert zu haben; als das Notsignal triefend über der See aufstieg, wurde es auch von einigen Männern bemerkt, die gerade einen entwurzelten Baum von der Uferstraße wegräumten. Ich sah das Signal von meinem Fenster, es gewann keine Höhe, es schraubte sich nur ein wenig über das gepeitschte Wasser und wurde in flachem Bogen weggerissen und erlosch, noch bevor es in die See fiel. Jetzt erkannte ich den Dreimaster, der mit zerfetzten Segeln quer vor dem Sturm trieb und rollte, immer wieder wurde er von den heranrollenden Wellen hochgetragen, richtete sich auf, krängte schwer und wurde hinabgedrückt, so daß nur noch die Masten zu sehen waren und Reste von braunem Tuch, die im Wind schlugen. Dieses Torkeln, wenn er Brecher übernahm, wenn die See über ihn hinwusch und die letzte verbliebene Deckslast mitnahm, Grubenhölzer, die aus schaumbedeckten Wellentälern herausschossen mit der Plötzlichkeit fliegender Fische.

Einen Plan hatte ich nicht, als ich den schweren Mantel anzog und vor die Pension trat, die Treppe hinabstieg. Der Wind fiel mich an. Meine Augen tränten. Ich mußte mich festhalten. Gleich nach mir verließ ein Mann in Ölzeug die Pension, an der Stimme erkannte ich den Wirt, der sich mühte, zwei Männer einzuholen, die ihm vorausgingen zur Mole, dorthin, wo die Fischkutter lagen; ich folgte ihnen. Es war nicht zu verstehen, was die Fernsehleute ihnen aus dem Windschutz zuriefen, ich hörte nur einen verstümmelten Wortwechsel, antwortete, als ich selbst angerufen wurde, mit einer abwehrenden Handbewegung und ging weiter und stand auf einmal vor der einzementierten Eisenleiter, über die die Männer den Kutter erreichten. Ich stand da nur, ich nahm die Leine auf, um sie ihnen zuzuwerfen, da rief mich einer der Männer an, rief: Worauf wartest du? Und da er sich gleich darauf abwandte und sich über das Motorgehäuse beugte, stieg ich die paar Stufen der Eisenleiter hinab und sprang, ohne daß mir einer von ihnen half, in den Kutter.

Auch diesmal wollte mir mein Bruder nicht glauben, daß ich, als ich da in den breitbordigen Kutter sprang, eher einem Reflex folgte als einem überdachten Entschluß. Lächelnd und besserwisserisch bestand er darauf, daß ich nur deshalb mitzufahren beschloß, weil ich erkannt hatte, wie gut die Männer bei ihrem mutigen Unternehmen noch ein Paar Hände an Bord gebrauchen konnten. Ich weiß schon Bescheid, Ernst, ich weiß alles, und wenn du dich noch so klein machst: das sagte er. Ja, und dann schickte ich unser Boot gegen die anlaufende See, lobte den zuverlässigen Diesel, der uns durch den Aufruhr vor der Hafeneinfahrt drückte, ließ uns, von Gischt übersprüht, am Boden kauern und mit Dosen und Plastikeimern all das Wasser ausschöpfen, das brechende Wellenkämme zu uns hereinschleuderten. Aufblickend hatte ich mitunter das Gefühl, daß wir keinen Meter über Grund gut machten; schon zweifelte ich, ob wir den havarierten Holzsegler je erreichen würden. Meine Hände brannten, sie wurden schwer, mehrmals ließ ich die Dose fallen. Als das zweite Notsignal zittrig über uns hochging und vertroff, hatten wir den alten Segler fast erreicht, mein Wirt brachte uns in Leeseite und versuchte, an das Fallreep heranzukommen, das sie auf dem Havaristen ausgebracht hatten – drei Männer, die uns, an Halteseile geklammert, im Windschatten des Ruderhauses erwarteten. An Festmachen war nicht zu denken, wir mußten Anlauf nach Anlauf nehmen, gewaltsam emporgehoben und geschüttelt und weggestoßen, immer bedroht von dem Havaristen, der schwer rollte; aber dann glückte es uns, zwei der Männer, die sich berechnet fallen ließen, an Bord zu nehmen, nur der dritte, ein Junge, schaffte es nicht: er ließ das Fallreep los, als wir in ein Wellental stürzten, geriet zwischen Bordwand und unser Boot und blieb verschwunden.

Und dann geschah es, sagte Albert. Ja, sagte ich, auf der Rückfahrt geschah es; während der Sturm uns trieb und trudeln ließ und ein paarmal so hochtrug, daß wir all die Leute auf der Mole und am Strand sehen konnten – das heißt weniger die Leute selbst als ihre Lampen und Sturmlichter –, fiel mir seltsamerweise der Farbdruck ein, der jahrelang bei uns zu Hause hing, im Kontor der Ölmühle: unter Südwestern kämpfte darauf eine rudernde Rettungsmannschaft gegen eine aufgebrachte See, steil, mit himmelwärts gerichtetem Bug lag das Boot nicht auf, sondern an einer Welle, gleich würde, gleich mußte es kippen, sich überschlagen, schon ließ ein Ruderer den Riemen los und warf den Arm hoch wie in Abwehr, und ein anderer duckte sich tief in Erwartung des hereinbrechenden Wassers. Wir hielten auf die Hafeneinfahrt zu, ein heftiger Regen betrommelte unsere kauernden Gestalten, entrückte das Land. Es muß eine Grundsee gewesen sein, die unser Boot plötzlich anhob, es quer zum Sturm warf und es gleich darauf niederdrückte und im Zusammensturz unter sich begrub. Ein Zerren, ein gewaltsames Strömen und ein Druck in den Ohren: mehr spürte ich nicht. Kein Gefühl für Bewegung, kein Schmerz; vor meinen geschlossenen Augen eine gefleckte Dunkelheit. In kurzen Schwimmstößen zog ich die Arme durch, eine Kraft aus der Tiefe schob mich hinauf, ich erfühlte etwas Kantiges vor mir, tastete darüber hin und fand reihenweise Löcher im glitschigen Holz, fand wie von selbst die Luft- und Strömungslöcher des mächtigen Fischkastens, den der Sturm losgerissen hatte. Ich zwängte meine Finger in die Öffnungen, die Finger verkrampften sich bald, sie schwollen und verkrampften sich, manchmal lag ich mit dem Gesicht auf dem Fischkasten, manchmal drehten und wälzten wir uns umeinander, auch kürzere Wellen, die sich knapp über uns brachen, konnten uns nicht trennen. Die gefangenen Fische – vermutlich Flundern und Aale – habe ich nicht ein einziges Mal gespürt, auch später nicht, als der Sturm uns gegen den Fuß der Mole warf, an der Außenseite, dort, wo niemand stand und hoffte und suchte.

Wie enttäuscht mein Bruder war, daß ich ihm nicht bestätigen konnte, was Ertrinkende oder Leute, die dem Tod des Ertrinkens nahe sind, angeblich erleben: daß da im Gewoge ein letzter Film abläuft, daß die Stationen des Lebens in einem Zeitraffer bilanzartig vorgeführt werden, so als werde einem vor dem Untergang Gelegenheit gegeben, das Erlebniskonto zu überprüfen; hier wurde solch ein – auf mich zugeschnittener – Streifen nicht gezeigt, mir wurde nicht mein Reichtum an Vergangenheit bewiesen. Weder Lunderup mit unserer Ölmühle hob sich ins Bild noch meine Leute dort; nicht einmal Hilde und die Kinder wollten mir unter der Welle erscheinen. Jedenfalls zog ich meine geschwollenen Finger aus den Luftlöchern des Fischkastens, kroch an den Steinen entlang zum Strand und fiel hin und blieb liegen in dem schweren Mantel. Aus der Ferne hörte ich Rufe, das Pochen eines Motors kam herüber, offenbar schickten sie einen anderen Kutter hinaus, um uns, die verunglückten Retter, zu retten. Ab und zu blitzte das Licht eines starken Scheinwerfers auf der Mole auf, vermutlich suchten sie mit dem Lichtkegel die See ab, tasteten über Schaumkämme, entdeckten vielleicht unseren kieloben treibenden Kutter; ich dachte daran, und in diesem Augenblick hatte ich das Gefühl, wieder zu rollen und zu sinken, eine Welle erfaßte mich, lief durch meinen Körper, und ich glaubte, immer noch in der bewegten See zu treiben, an den Fischkasten gekrallt. Höher, ich kroch höher den Strand hinauf, ließ mich unter eine Hecke fallen und ruhte dort und wartete und hörte nach einer Weile nur ein einziges Wort: Allein, allein, allein. Mit tränenden Augen sah ich auf die dunkle Ostsee hinaus, über die phosphoreszierende Bänder liefen; da beschloß ich, nicht mehr in die Pension zurückzukehren.

Daß du es geschafft hast, sagte mein Bruder und schüttelte bewundernd den Kopf, daß du die zwölf Kilometer geschafft hast bis hierher, in deinem Zustand, bei diesem Sturm. Ihm zuliebe tauchte ich also die Küste noch einmal in Dunkel, ließ mich in dem niederziehenden Mantel über Feldwege und Wiesen stolpern, immer das Rauschen der See zur Seite, schließlich, nach einer Wanderung, die einer Flucht gleichkam, öffnete ich die vertraute Bucht, ließ den kleinen Leuchtturm links liegen und schleppte mich den buckligen Strandweg hinauf zu dem Haus, das ich vorher nur ein einziges Mal betreten hatte, an Alberts sechzigstem Geburtstag. Eben, sagte er, schon das ist ein Wunder, daß du hierher gefunden hast. Es brannte kein Licht, ich mußte mehrmals klopfen, und als es hell wurde im Flur und er endlich vor mir stand – kragenlos, baumelnde Hosenträger – und mich anblinzelte, wußte ich nicht einmal, was ich sagen sollte; denn ich hatte mir kein Wort zurechtgelegt. Er zeigte mir nur, wie schnell Freude auf einem Gesicht entstehen kann, selbst zu solch einer Zeit; als ob er mich erwartet hätte, legte er mir die Hände auf die Schultern, zog mich an sich und flüsterte: Endlich mal, endlich kommst du. Ohne viel zu fragen, half er mir dann, das nasse Zeug loszuwerden, er schlug ein Feldbett in der Werkstatt auf, mischte Weizenkorn mit heißem Kaffee, legte mir eine Wärmflasche unters Zudeck und verhängte die Fenster mit Zeltbahnen, besorgt und eifrig, ohne seiner Wißbegier nachzugeben. Ah, Albert, gedemütigter Bruder, vielleicht hast du dich auf deinem Weg zu früh geschlagen gegeben.

Mehrere Tage lag ich in der halbdunklen Werkstatt, er machte mir Brustwickel, kam mit Kamillentee und wischte mir den Schweiß von Stirn und Rücken; sobald ich zu sprechen anfing, winkte er ab: Nix, alles hat Zeit. Ich genoß seine Fürsorge; oft, wenn er die vertraute Medizin brachte, wenn er auf dem Bettrand saß und mir zuredete, fühlte ich mich in unsere Kindheit versetzt, und unwillkürlich wiederholten wir einander die alten Sätze, Trostsätze, Überredungssätze, um uns etwas zurückzuholen oder zu bestätigen, was wir für immer teilten. Welchen Grund sollte ich haben, ihn nachts mit einer geflochtenen Schnur zu besuchen, die ich, wie er behauptet, im verborgenen und eigens für ihn angefertigt haben soll, welchen Grund? Ich erinnere mich an nichts. Jedesmal, wenn er das Haus verließ, verschloß er die Tür und steckte den schweren Schlüssel in die Tasche; seinen ausgebleichten Seesack auf dem Rücken, ging er den Strandweg hinab und an den eingeschlossenen Häusern vorbei zu den alten Pappeln auf der andern Seite der Bucht, unter denen das »Blinkfüer« lag, ein Holzbau, Café, Kramladen, Kneipe, alles in einem. Ein Stück des Weges ließ er sich von seiner Katze begleiten, die immer an der gleichen Stelle zurückblieb, immer an dem verrotteten Boot. Erst als ich fieberfrei war, erlaubte er mir aufzustehen.

Mein Bruder schenkte Wein nach, hob mir das Glas entgegen und trank mir stumm zu, stumm und mit unverkennbarer Mahnung in seinem Blick: Du weißt hoffentlich, was du diesem Tag schuldig bist! Dann schob er mir die Schälchen mit den Süßigkeiten zu und stand plötzlich auf und wandte sich ab, überwältigt von der Tiefe seiner Empfindung oder den Bildern, die sich ihm aufdrängten. Du hättest es sehen müssen, sagte er stockend, du hättest das Inferno sehen müssen, so wie ich's gesehen hab, die Hölle, aus der du kamst. Und dann erzählte er noch einmal, wie er ins »Blinkfüer« hinüberging, nur um Weizenkorn und Suppen in Dosen zu holen, während ich mit Fieber auf seinem Feldbett lag. Ärgerlich blickten sie sich nach ihm um, als er den schäbigen Gastraum betrat, sie hingen alle am Fernsehapparat, Bier und Köm in Reichweite, keiner fragte ihn nach seinen Wünschen. Mir blieb da nichts anderes übrig, als mich zu ihnen zu stellen, sagte mein Bruder. Auf dem Bildschirm nahm ein Kutter die anrollende See an, ein gedrungener Kutter mit befendertem Bug, der hin und her geworfen wurde und in dem schäumenden Aufruhr vor der Hafeneinfahrt außer Sicht geriet, gleich darauf aber von einer langen Welle hochgetragen wurde, so daß man vier kauernde Gestalten erkennen konnte. Je länger die Fahrt des Kutters dauerte, desto mehr trübte sich das Bild ein, offenbar hatte fliegende Gischt das Objektiv getroffen. Das Ziel, zu dem der Kutter unterwegs war, blieb unsichtbar, ein Sprecher nannte es, eine harte, sachliche Stimme stellte fest, daß draußen in der kochenden See ein Holzsegler trieb, manövrierunfähig, mit gebrochenem Mast und zerfetzten Segeln, da waren noch Leute an Bord, die gerade eine Notrakete geschossen hatten. Als der Kutter in einem Wellental vorübergehend abhanden kam, sagte der

Sprecher: Hier setzen sie alles aufs Spiel, wenn es gilt, auch nur einen einzigen aus Seenot zu retten. Die Übernahme der Schiffbrüchigen konnte nicht im Bild gezeigt werden, es geschah zu weit draußen, in undurchdringlichem Tumult, doch dann – das Rettungswerk war gelungen – wurde der Kutter wieder sichtbar, der Sturm schleuderte ihn aus tiefem Horizont heraus, drückte ihn abwärts, und wer genau hinsah, konnte nun sechs Gestalten ausmachen, die geduckt auf den Bodenbrettern hockten.

Als die Grundsee sich hob, erzählte mein Bruder, als sich das Wasser sammelte und aufrichtete wie nach einem unterseeischen Beben, da hielten sie im »Blinkfüer« den Atem an, und als der Kutter in dem zusammenstürzenden Berg einfach verschwand, überfiel sie eine Starre, aus der sie sich erst bei dem abschließenden Satz des Sprechers lösten: Advent an der Küste. An die Nummer des Spendenkontos, das zum Schluß eingeblendet wurde, konnte sich nach zehn Sekunden keiner mehr erinnern, doch alle beschlossen, etwas für die Hinterbliebenen der vier ertrunkenen Retter zu stiften, alle. Mich wundert's nicht, sagte Albert, daß da soviel zusammenkam, ein Vermögen für jeden; schließlich wurde die Sendung im ersten Programm gezeigt, die ganze Nation sah zu, und es war Adventszeit.

Und dann hast du es erfahren, sagte ich. Ja, sagte

mein Bruder, ja, dann hab ich's gelesen, im »Blinkfüer« drüben, wo unser Blättchen aushängt, unser Tageblatt, eine ganze Seite brachten sie über das Ereignis. Und wie jedesmal, wenn wir darüber sprachen, erwähnte er, daß er sich wie in einem Griff fühlte, als er unter den Namen der Opfer auch meinen Namen fand, etwas klammerte ihn fest, er konnte nicht aufstehen, er mußte seinen Aufbruch hinauszögern; beim Versuch, seine Pfeife zu säubern, brach er das Mundstück ab. Auf der Seite, die er heimlich abtrennte und mir einige Tage später ohne ein Wort aufs Bett legte, waren knappe Lebensbeschreibungen der Opfer abgedruckt, jedem der Verunglückten wurde die gleiche Anzahl von Zeilen gewidmet, dem Pensionswirt nicht weniger als dem Professor Ernst Binder. Solange ich auf seine Pflege angewiesen war, stellte er mir keine Fragen, rücksichtsvoll und still zufrieden über die Fortschritte, die ich machte, schien er alles mir selbst überlassen zu haben, im voraus einverstanden mit den Entscheidungen, die ich treffen würde. Einmal nur bot er sich an, Hilde und die Kinder aufzusuchen, um ihnen die Nachricht von meiner wunderbaren Rettung zu bringen, ich dankte ihm, bat ihn aber, damit noch zu warten. Er willigte sogleich ein, gab mir jedoch zu bedenken, daß Hilde alsbald ihren Anteil aus der Spendenaktion erhalten könnte – wie er wußte, waren insgesamt mehr als sechshunderttausend

Mark zusammengekommen – und daß die Rückzahlung, die dann wohl unvermeidlich wäre, nicht ohne Peinlichkeit abginge. Ich stimmte ihm zu und ließ es bei meiner Antwort – vermutlich brachte ich es da noch nicht fertig, ihm zu sagen, daß ich Hilde und die Kinder verlassen hatte. Ja, Albert.

Er ging zur Tür, um seine Katze hereinzulassen, die sich mit einem schwachen Klagelaut gemeldet hatte. Der Wind legt sich, sagte er, morgen wird es friedlich; das war zu meiner Beruhigung gesagt.

Während er der Katze Milch und Weißbrotbrocken hinsetzte – in einem irdenen Gefäß, das er eigens für sie gemacht hatte –, schenkte ich uns nach und sah zu, wie er das grauweiße Tier streichelte, das mit hochgestelltem Schwanz um seine Knie strich. Wie behutsam seine Liebkosungen waren – augenblicklich empfand ich den Wunsch, selbst über das schimmernde Fell zu streichen; es glückte mir nur selten, weil sich die Katze nur dann von mir berühren ließ, wenn ihr kein Fluchtweg mehr geblieben war. Kein Zeichen von Zutrauen, obwohl es doch schon ein Jahr her ist, seit wir Bekanntschaft schlossen, ein ganzes Jahr. Sie hält in ihren Bewegungen inne, sobald sie mich sieht, und wenn ich mich nach ihr bücke, duckt sie sich und legt die Ohren an, und ihr Schwanz schlägt knapp hin und her. Alle Versuche meines Bruders, Freundschaft zwischen mir und der Katze zu stiften, schlugen fehl: sie floh von meinem Lager, von meinem Schoß, und die Leckerbissen, die ich ihr hinlegte, rührte sie in meiner Gegenwart nicht an.

Nachdem wir getrunken und abermals einen Tortenbatzen in uns hineingelöffelt hatten, gestand er mir, daß er Hilde und die Kinder besucht hatte auf seiner letzten Verkaufsreise. Sie lebten nicht mehr in dem Bungalow in Lunderup; sie hatten eine neue Wohnung, in einem von Weinlaub überwachsenen Haus. Auf dem Buffet soll ein Photo von mir gestanden haben, ein gerahmtes Photo, von Karaffen und Gluckerflaschen verdeckt; ein Teil meiner Bibliothek und meine Manuskripte lagerten im Kinderzimmer, ordentlich gestapelt und geschichtet. Hilde – sie trug jetzt ihr Haar scharf gekämmt und im Nacken festgesteckt, wodurch ihr schönes Profil härter wirkte, entschlossener – sprach ohne Trauer über mich, ohne Erbitterung, sie hätte mir gern ein anderes Ende gewünscht. Es schien ihr Genugtuung zu bereiten, Albert vorzurechnen, wie auskömmlich sie lebten, wie abgesichert. Als unangemessen empfand sie eine Steuerforderung auf die Summe, die ihr vom Spendenkonto überwiesen worden war. Sie haben sich wirklich gut eingerichtet ohne dich, sagte mein Bruder und tätschelte mir den Arm, zumindest haben sie nix zu entbehren.

Wir saßen uns eine Weile schweigend gegenüber – oh, wir können uns schweigend ansehen, uns wortlos befragen bis auf den Grund, das zurückliegende Jahr hat es bewiesen –, und ich mußte daran denken, wie er all die Dinge über den Strandweg heranschleppte, die wir zum Leben brauchten, und wie er für uns kochte und abwusch und die Steppdecken unserer Lager in die Sonne hängte, nie verdrossen oder gar anklägerisch, sondern vergnügt, in freudiger Dienstbarkeit. Ich dachte daran, wie sehr er bemüht war, die unangenehmen Arbeiten in aller Frühe zu tun, hinter meinem Rücken, dachte an seine Mitbringsel von den Verkaufsreisen – ein hölzernes Kistchen mit Marzipan gehörte immer dazu –, und an die Nächte, die er in seiner Werkstatt über Muschelgebilden und Buddelschiffchen und all den andern maritimen Kunststücken verbrachte, mit denen er uns durchbrachte. Ach, Albert, rätselhafter Bruder.

An diesem Abend hatte er einen Anspruch auf meinen gesammelten Dank; doch noch bevor ich aufstand, meldete sich, zuerst fern, der Hämmerer: da waren wieder diese leisen dumpfen Schläge in meinem Kopf, ein Gummihammer fiel vibrierend, mit leichtem Dröhnen, fiel auf das eiserne Gestänge eines bis hinter den Horizont reichenden Zauns, es summte, dröhnte und summte, die kleinen Echos flossen ineinander, und das Dröhnen verstärkte sich. Immer näher kam der Hämmerer, ich sah wie jedesmal seinen schwarzen Hammer auf die Gitter fallen, gleichmütig, doch genau, und das Eisen dröhnte dunkel unter den Schlägen. Ich räumte den Tisch vor meinem Platz, schob einfach Geschirr und Geschenke zur Seite und legte meine Stirn auf die Tischplatte, preßte sie an das kühle Holz und lauschte. Mein Bruder richtete sich auf, er blieb hinter mir stehen und hielt mich in seinem sanften Griff, als wollte er mich gegen eine fordernde Macht in Schutz nehmen. Ruhig, mein Junge, sagte er, nur ruhig bleiben. Er zitterte. Ich spürte, daß er Angst um mich hatte, und ich zog seine Hände von mir ab und stand auf und nickte zur Werkstatt hinüber, stakste mit seiner Hilfe zu meinem Lager, zog mich aus und ließ mich von ihm zudecken.

Lange saß er am Rand des Feldbetts, saß ergeben da in Erwartung; draußen wurde es still, der Wind legte sich, wie er es vorausgesagt hatte. Ich bat ihn nicht darum, die Geschenke zu holen, er tat es von sich aus, er legte seine Meerjungfrau und die Biographie meiner ehemaligen Schülerin auf das Bord, gut sichtbar, als wollte er mir das Datum in Erinnerung rufen, das wir gerade gefeiert hatten. Dein Tag, Ernst, es ist immer noch dein Tag. Er löschte das Licht, saß noch eine Weile im Dunkeln bei mir, dann berührte er mich an der Schulter und ging hinüber in die Wohnstube, um aufzuräumen, behutsam, fast ohne Laut. Ich nahm seine Tonplastik vom Bord, ertastete die springenden Delphine, den Wellenkamm, den fischschuppigen Unterleib der Meerjungfrau, ich umschloß das Gebilde mit beiden Händen und hatte das Gefühl, daß es sich zuckend belebte, krümmte, wegwollte. Drüben deckte er leise sein Bett auf, verwarnte flüsternd die Katze. Eine kurze gespannte Stille sagte mir, daß er noch zu mir hinüberlauschte, bevor er sich hinlegte. Ich muß warten, bis er eingeschlafen ist...

Der Usurpator

Sehr geehrtes Gericht,

schlaflos seit einer Woche, verzagt und von meinem Gewissen geleitet, möchte ich Anzeige gegen mich selbst erstatten. Ich bin Insasse des Altersheims »Concordia« in Hamburg-Blankenese, Haus »Delphi«, Zimmer Nr. 5 (mit Elbblick). Da ich mit dem Gesetzbuch noch nie in Berührung gekommen bin, weiß ich nicht, unter welchem Namen mein Vergehen vorkommt und in welchem Paragraphen es aufgehoben wird. Annehmen muß ich indes, daß es keine alltägliche Schuld ist, die ich auf mich genommen habe. Sie, davon bin ich überzeugt, werden für meinen Fall einen Namen finden und zu gegebener Zeit ein Urteil fällen, das der Gerechtigkeit Genüge tut; von mildernden Umständen bitte ich abzusehen.

Eine Woche ist es nun her, seit ich Herrn Klaus Knöpfle, mit dem ich das Zimmer Nr. 5 teilte, zum letzten Mal gesehen habe. Ich bekenne, daß ich vom ersten Tag an wenig Sympathie für ihn hegte: seine Lautstärke, seine ballrigen Umgangsformen, sein grobes, blaurotes Gesicht mit den vielen gesprungenen Adern, und nicht zuletzt die Art, wie er sich den geduldigen Schwestern gegenüber verhielt, deren Großvater er hätte sein können – all das weckte früh in mir ein Gefühl der Abneigung. Nachdem sein Vorgänger, der Sinologe Professor Unstätter, ein seiner Wissenschaft demütig ergebener Mann, still gestorben war, wurde Herr Knöpfle mir von der Direktion zugeteilt, und er zog mit seiner Schiffskiste und den beiden Strohkoffern schon wie ein Usurpator ein: ohne mich zu fragen, nahm er in Beschlag, was ihm gefiel, besetzte außer der ihm zustehenden Schrankhälfte noch ein Fach von meiner Seite, maß sich den größten Teil des Fensterbrettes zu, schob meine Familienphotos rücksichtslos auf dem Bord zusammen, um Platz für seine wenigen, aber dickleibigen Bücher zu haben. Im Badezimmer beanspruchte er zwei von drei Handtuchhaltern; die mit Blumenmustern tapezierten Wände mußten gleich nach seinem Einzug Abbildungen von bewaffneten Segelschiffen ertragen sowie eine unangemessen breite Schau- und Lehrtafel, auf der ein vollgetakelter Fünfmaster dargestellt war mit allen seemännischen Bezeichnungen.

Dies alles freimütig einzugestehen, halte ich für um so dringender geboten, als sich für Sie daraus ein Einblick in die Beweggründe ergeben könnte, die zu meiner Tat führten.

Ich zögere nicht, die beiden Jahre, in denen ich mit Herrn Knöpfle zusammenleben mußte, ein stummes Martyrium zu nennen. Auch jetzt, da er offiziell als verschollen gilt, kann ich von dieser Feststellung nichts zurücknehmen, denn zu nah sind die Erlebnisse, zu spürbar die Verletzungen und Kränkungen, die ich durch ihn erfuhr – ich, der ich um sechs Jahre älter bin als Herr Knöpfle und im siebenundachtzigsten Lebensjahr stehe. Als wollte er mir täglich meine Wehrlosigkeit beweisen, so führte er sich auf und schien bei all seinem Tun nicht einmal zu bemerken, wie mein Widerwille wuchs. Augenscheinlich bezog er seine Überlegenheit nicht zuletzt aus einer beachtlichen körperlichen Kraft, die sich zum Erstaunen vieler in seinem Alter erhalten hatte. (Auf Spaziergängen in unserem Park brach er wiederholt armdicke Äste entzwei, und bei einer Adventsfeier zerriß er – Bedingung einer Wette – ein Telefonbuch, allerdings nur das Branchenverzeichnis.) Wenn es nur gegolten hätte, sein dröhnendes Wesen zu ertragen – alles an ihm, seine Unterhaltung, sein Humor, ja selbst sein Gutenachtwunsch hatte etwas Dröhnendes –, so hätte ich es mit der Zeit gewiß gelernt, mich daran zu gewöhnen. Aber daneben hatte er seine eigene Art, die Harmonie des Zusammenlebens zu zerstören.

Obwohl ich es war, der das ›Hamburger Abendblatt‹ und das ›National Geographic Magazine‹ abonniert hatte, nahm er sich das Recht, als erster darin zu lesen. Erhielt ich von meinen Lieblingsnichten ein Päckchen mit Selbstgebackenem, so tat er, als sei es auch an ihn adressiert, und nahm sich, wonach es ihn gerade verlangte. Setzte ich mich an meine Arbeit über die Karolingische Renaissance – eine spezielle Untersuchung über die Pfalzen, die Karl nach dem Vorbild römischer Kaiserpaläste errichtete –, dann fiel ihm nichts anderes ein, als auf seinem Schifferklavier zu üben. Oft habe ich, um seiner Gegenwart zu entkommen, das Zimmer unter einem Vorwand verlassen und bin lange durch unseren Park gewandert oder habe Erholung gesucht auf einer Bank vor dem Ententeich. Dort vertraute ich mich eines Tages Herrn Harald Frunse an; er ist der älteste Bewohner unseres Heims und kennt Namen und Lebensgeschichte eines jeden von uns. Niemand weiß, woher er, der nur noch am Arm eines Helfers gehen kann, seine Kenntnisse hat, doch mehr als einmal hat sich gezeigt, daß sie unbedingt verläßlich sind. (Es gibt Heiminsassen, die sich vor ihm fürchten.) Er hörte sich schweigend meine Beschwerde an; jedesmal, wenn ich den Namen meines Mitbewohners nannte, verzog er geringschätzig die Lippen.

Ich fand bald heraus, daß Herr Klaus Knöpfle es fertigbrachte, sich in kürzester Zeit auch bei anderen Insassen unbeliebt zu machen. Daß er als erster in den Speisesaal stürmte und, wenn es kalte Platten gab, dafür sorgte, daß auf unserm Tisch – leider nötigte mich die Heimleitung, mit ihm an einem Tisch zu sitzen – die doppelte Portion Aufschnitt zu finden war; man sah es ihm kopfschüttelnd nach. Weniger nachsichtig verhielt man sich ihm gegenüber, wenn er Gespräche rücksichtslos unterbrach und, besonders wenn Kriegserinnerungen ausgetauscht wurden, mit seinen Erlebnissen auftrumpfte (nach seinen Angaben war er an Bord eines Hilfskreuzers). Da geschah es schon, daß Gesprächsteilnehmer sich einfach abwandten oder ihm ihre Mißbilligung auf diskrete Art zu verstehen gaben, was er allerdings, durchdrungen von dem Gefühl eigener Bedeutung, überhörte oder übersah.

Auch wenn ein von mir verehrter Schriftsteller zu der Erkenntnis gekommen ist, daß es Kränkungen gibt, die man genießen kann, so wird er gewiß nicht die gemeint haben, die Herr Klaus Knöpfle mir zufügte. Mein Mitbewohner nämlich verfiel eines Tages auf die Idee, sich während meiner Abwesenheit ausgiebig mit meinem gelehrigen Wellensittich zu beschäftigen, dem einen Namen nach menschlicher Art zu geben ich mich nicht entschließen konnte. Das Ergebnis dieser Beschäftigung nötigte mich zu einer Trennung von dem liebgewordenen Vogel, der mich eines Morgens mit Ausdrücken überraschte, die, dem maritimen Vokabular entnommen, soviel Anzüglichkeit enthielten, daß es mir mehr als peinlich war. Schwester Margot, die zufällig anwesend war, habe ich nie verlegener gesehen; der Vogel wandte sich nämlich an sie mit den Worten: Mein Schoothorn grüßt dein liebes Vorliek; ferner redete er von einem »prächtigen Spriet«, der alles im Wind hält, von Gaffel, Stag und Gillung, und eine Aufforderung lautete: Roll mich auf und sei mein Zeising. Meine Empörung war verschwendet; denn nach all meinen Vorhaltungen nannte Herr Klaus Knöpfle seine Tat einen harmlosen Spaß und zog mich vor seine Schau- und Lehrtafel, wo er mir an der Takelage des Fünfmasters bewies, daß jeder Ausdruck, den er meinem Sittich beigebracht hatte, zum ehrwürdigen nautischen Vokabular gehörte. Dennoch war es mir nicht möglich, den Vogel zu behalten; das Verhalten der Schwestern sagte mir genug, schweren Herzens gab ich den Sittich in die Obhut meiner Lieblingsnichten.

Gern will ich einräumen, daß Herr Klaus Knöpfle sich auch mit sich selbst beschäftigen konnte, besonders bei Dauerregen. Er las dann, doch er bot nie das Bild eines Lesers, wie es unserer trauten Erfahrung entspricht: still und in sich gekehrt, der Welt entrückt und verschlagen in andere Zeit. Mein Mitbewohner las, wie ich noch niemals einen Menschen habe lesen sehen: ständig redete er mit, stimmte kräftig zu, gab Befehle, ächzte, warnte, hieb sich vor Freude auf die Schenkel – kurz gesagt, es war ein, ich muß es aus bestimmten Gründen anmerken, zutiefst beteiligtes Lesen. Verloren an die Geschehnisse, sah er sich in ihrem

Zentrum und spielte mit. So vereitelte er selbst bei dieser Tätigkeit einen geruhsamen Gang der Gedanken und ließ mir keine andere Wahl, als mich in die Stille unseres Gemeinschaftsraums zu retten, den die meisten von uns benutzen, um über Brettspielen ein Nickerchen zu machen. Ich konnte nicht schlafen; verzagt und erregt, wie ich war, begann ich darüber nachzudenken, wie ich mich von meinem Mitbewohner trennen könnte.

Eine dreitägige Abwesenheit von Herrn Klaus Knöpfle – angeblich reiste er zum Begräbnis des ehemaligen Chefs aller Hilfskreuzer – ließ mich den ganzen Frieden des Alleinseins empfinden, und je intensiver ich jede Stunde genoß, desto unerträglicher wurde mir der Gedanke an seine Rückkehr. Ich wußte nicht, wie ich sie verhindern sollte. Was ich erwog, verwarf ich bald wieder, vor allem eine Beschwerde bei der Leitung unseres Heims, bei der, das hatte Herr Harald Frunse mir beigebracht, mein Mitbewohner als persona grata galt (wegen seines allzeit fröhlichen und großzügigen Wesens). Mit gutem Grund nahm ich mir das Recht, in seinen Büchern zu lesen, die nahezu das ganze Gemeinschaftsbord besetzt hielten; schon die Titel hatten wenig Anziehendes: ›Seeteufel‹ hießen sie oder ›Auf Kaperfahrt‹ oder ›Wir segeln dem Teufel ein Ohr ab‹. Lediglich ein Roman – ›Lady Hamilton‹ – hätte mich allenfalls interessieren können.

Nach seiner Rückkehr von der angeblichen Begräbnisreise schien mit Herrn Klaus Knöpfle eine Veränderung vor sich gegangen zu sein; nicht, daß er sein dröhnendes Wesen oder seine Eßgewohnheiten abgelegt hätte; nicht, daß er sein Bedürfnis aufgegeben hätte, bei jeder Gelegenheit aufzutrumpfen; die Veränderung bestand darin, daß er beinahe allnächtlich laut träumte, im Traum Namen und Kommandos rief und Alarmsignale produzierte. Anfangs erschrak ich bei seinen Lärmausbrüchen und war mehrmals nahe daran, die Nachtschwester zu rufen, doch allmählich gelang es mir, sein stimmkräftiges Toben nicht nur zu ertragen, sondern auch zu analysieren und mir ein Bild davon zu machen, was mein Mitbewohner träumte. Ich erkannte, daß er von Träumen heimgesucht wurde, deren Inhalte sich glichen: immer kam ein feindlicher Dampfer in Sicht, immer wurden auf dem als Frachter getarnten Hilfskreuzer heimlich die Geschütze besetzt, und jedesmal gab mein Mitbewohner den Befehl zum Feuern – einige Male aber auch zum Abdrehen, wenn sich herausstellte, daß auch der Angegriffene über schwere Armierung verfügte. Ich möchte nicht zuviel sagen, doch was fast jede Nacht aus dem Nachbarbett zu mir herüberdrang, das waren Geräusche, die ein Kaperkrieg wohl mit sich bringt.

Der einzige, dem ich mein Herz auszuschütten wagte, war Herr Harald Frunse, der sich, da er eines jeden Lebensgeschichte kannte, nicht überrascht zeigte. Er vertraute mir an, daß mein Mitbewohner tatsächlich an Bord eines Hilfskreuzers gewesen war, freilich nur für die Dauer einer Werfterprobungsfahrt, gerade die Weser abwärts und dann eben mal ein bißchen auf die Nordsee hinaus; im übrigen sei er Hersteller eines Trockengemüses gewesen, mit dem er erfolgreich die schweren Einheiten der Marine beliefert habe. Den Fall bilanzierend, stellte er mit geringschätzigem Lächeln fest: der Knöpfle, der will wohl im Traum nachholen, was ihm das Leben vorenthalten hat; vermutlich möchte er Graf Luckner sein und mit seinem »Seeadler« den Atlantik unsicher machen. Ich gebe zu, daß mir Herr Harald Frunse mit dieser Äußerung nicht nur einen Schlüssel zum tieferen Verständnis meines Bettnachbarn lieferte, sondern mir auch – gewiß unbeabsichtigt – einen Fingerzeig dafür gab, wie ich meine Lage erleichtern könnte; die entscheidende Entdeckung allerdings verdanke ich einem Zufall.

Als während eines geträumten Kaperkrieges der Lärm beängstigende Lautstärke annahm, trat ich an das Bett meines Mitbewohners, rüttelte ihn sanft, sprach beruhigend auf ihn ein, ohne jedoch eine gewünschte Wirkung zu erreichen. Einer plötzlichen Eingebung folgend, mit einer Schärfe, die dem Augenblick angemessen war, rief ich da den Namen: Graf Luckner! – und zu meiner

Überraschung herrschte sogleich Stille, der Träumer schien zu lauschen, abzuwarten, offenbar erwartete er einen Befehl, und so befahl ich denn, was ich in einem seiner Bücher gelesen hatte: Feuer einstellen und abdrehen! Darauf entspannte sich Herr Klaus Knöpfle sichtlich, flüsterte deutlich: Jawohl, Herr Admiral, und wiederholte den Befehl: Feuer einstellen und abdrehen.

Diese Erfahrung gab mir zu denken, und ohne einstweilen einem Plan zu folgen, begnügte ich mich damit, gelegentlich in die lauten Träume meines Zimmergenossen einzugreifen; hörte die Störung der Nachtruhe nicht auf, so trat ich an sein Bett, befahl ihm, eine Nebelwand zu legen, das Feuer einzustellen, Flöße klarzumachen – wobei ich ihn bedacht Graf Luckner titulierte, zuweilen auch, wenn ich ihn belobigen wollte, »lieber Graf« sagte. Am Morgen seines einundachtzigsten Geburtstags – er lag seltsam verstört und versteift im Bett und schien über etwas zu rätseln – gratulierte ich ihm und schenkte ihm eine Flasche Wein (Domaine de Riberolles), die er so wenig beachtete, daß es einer Herausforderung gleichkam; da erlaubte ich mir die Bemerkung: Das letzte Gefecht hatte es wohl in sich, Graf Luckner. Er war nicht verwundert, sah mich nicht ratlos an, er nickte nur zustimmend und sagte: Wir hätten früher erkennen müssen, daß auch die »Cornwall« ein getarnter Hilfskreuzer war. Als die Heimleitung ihm die Geschenke schickte, die er sich gewünscht hatte – eine dunkelblaue Seglermütze und eine kurzstielige Shagpfeife –, wußte ich sofort, wer sich mit diesen Utensilien gern photographieren ließ, um einen Buchumschlag zu schmücken. Nicht wenig erstaunt war ich, als Herr Harald Frunse, übermütig, wie er es manchmal sein konnte, dem Jubilar mit den Worten gratulierte: »... denn man tau und noch viele glückhafte Unternehmungen, lieber Luckner«, und mein Mitbewohner darauf weder Abwehr noch Befremden oder auch nur einen Anflug von Belustigung zeigte; der Ausdruck seines Gesichts ließ erkennen, daß er mit der Anrede einverstanden war.

Damals ahnte ich noch nicht, zu welchem Ausweg mir diese Erfahrungen verhelfen konnten; sie methodisch, und das heißt planvoll, zu benutzen, beschloß ich am Tag des großen, vorpfingstlichen Reinemachens, bei dem in unserm Heim alles ans Licht gebracht wird, was sich im Laufe eines Jahres verkrümelt hat. Herr Klaus Knöpfle zog es vor, den Park zu durchkämmen, um Zuhörer für seine Reden zu finden; ich saß, mit Zustimmung der beiden Reinmachefrauen, auf meinem Bett und vertiefte mich in Abbildungen karolingischer Dokumente. Beim Abrücken des Schranks sprang die Tür auf, beim Verkanten rutschte der Inhalt des Schranks heraus, unter anderem mehrere übereinandergestapelte Schuhkartons, und als von einem Karton der Deckel absprang, war der Betretenheit kein Ende: Brötchen waren darin, trockene, steinharte Brötchen, die, daran gab es keinen Zweifel, vom Frühstückstisch stammten. Alle Kartons waren mit diesem Gebäck gefüllt, insgesamt wohl an die achtzig Brötchen, die die Frauen mit anklägerischer Entschiedenheit an sich nehmen wollten. Gutes Zureden und ein Trinkgeld bewog sie dann aber, die fatalen Fundstücke in die Kartons und die Kartons in den Schrank zurückzulegen. Die Frauen lächelten nur, als sie lasen, was in Blockbuchstaben auf jeden Deckel geschrieben war; ich aber wußte, was die Aufschrift: »Eiserner Proviant von F. G. L.« zu bedeuten hatte; denn längst kannte ich Luckners Vornamen.

Nun, da Gewißheit bestand, für wen sich mein Mitbewohner insgeheim hielt, entstand in mir der Plan, ihn methodisch in dieser Selbstverwechslung zu bestärken, ihn also konsequent mit dem entlehnten Titel anzureden – ernst im Zimmer, zwinkernd in der Öffentlichkeit. Er nahm es selbstverständlicher an, als ich erwartet hatte, nur selten gab es Augenblicke der Verdutztheit oder einer stirnrunzelnden Unsicherheit. Die andern Heiminsassen, immer auf Kurzweil und Unterhaltung aus, spielten bereitwillig mit und taten alles, um Herrn Klaus Knöpfle in seiner neuen Identität sicher werden zu lassen. In der Anrede, im Betragen, in der unermüdlichen Aufforderung, Seegeschichten zu erzählen, zeigten sie ihm, für wen sie ihn hielten, und er quittierte dies gelegentlich mit Dankbarkeit – einer Regung, die man bis dahin an ihm vermißt hatte. Herr Harald Frunse brachte es fertig, ihm eines Tages ein Photo des Hilfskreuzers »Seeadler« vorzulegen, mit der Bitte, es zu signieren; ohne zu zögern, unterschrieb er es mit dem Namen Felix Graf Luckner. Den Schwestern, die ausnahmslos von mir eingeweiht waren, machte es spürbar Freude, ihn mit seinem erträumten Titel anzusprechen; er schenkte ihnen eigenartige geknotete Gebilde, die er aus gewachster Schnur herstellte. Es braucht kaum erwähnt zu werden, welchen Namen er nannte, wenn er sich selbst neuen Heiminsassen vorstellte.

Nachdem ich mehrere Beweise dafür erhalten hatte, daß er, wenn ihn jemand mit Knöpfle ansprach, nicht einmal den Kopf hob, sich höchstens umwandte, als stehe der Gemeinte hinter ihm, beschloß ich, meinen Plan in die Tat umzusetzen. Der Schritt zur ersehnten Trennung konnte getan werden. Am Jahrestag der Skagerrakschlacht – er fiel diesmal auf einen Sonntag – überredete ich ihn in aller Frühe, mit mir zusammen in den Hafen, nach Altona zu fahren, um dem Schiffsmuseum einen Besuch abzustatten. Das mußte heimlich geschehen, denn die Direktion duldete keine unangemeldete Entfernung aus dem Heim. Herr Klaus Knöpfle, von der Aussicht beflügelt, die Planken von Schiffsveteranen zu betreten, stimmte spontan zu, und gemächlich, doch zielbewußt strebten wir bei aufgehender Maisonne zur S-Bahn-Station. Da mein Mitbewohner aus der kleinen Stadt Esens stammte und deshalb mit den Verkehrseinrichtungen einer Großstadt nicht vertraut war, übernahm ich es, aus dem Automaten, der nicht geringe kombinatorische Ansprüche stellte, die Fahrkarten zu ziehen (Umsteiger St. Pauli Landungsbrükken).

Planvoll lenkte ich unsere Schritte zum Hafen hinunter, genauer: zum Fischmarkt, wo bereits das allen bekannte Gewoge und Gedränge herrschte, der übliche Menschenauflauf vor den seltsamsten Angeboten. Mein Zimmergenosse amüsierte sich über die Ausrufer, erlebte zum ersten Mal Schnellversteigerungen von Bananen und Aalen, konnte sich nicht sattsehen an lebendem und totem Inventar. Ich führte ihn zu einem umlagerten Frischfischverkäufer, dem eine Meerkatze auf der Schulter saß und der bei jedem Handel das possierliche Tier fragte, ob er seine Ware so billig abgeben dürfe; allemal klatschte das Äffchen zum Zeichen des Einverständnisses. Unter dem Vorwand, eine Toilette aufsuchen zu müssen, bat ich ihn, beim Frischfischverkäufer auf mich zu warten, und entfernte mich; ich drängte mich durch das Gewimmel, stieg zur Hafenstraße hinauf und bezog Posten hinter einer abgestellten fahrbaren

Baubude. Nach kurzer Orientierung hatte ich meinen Mitbewohner wiederentdeckt. Er stand und harrte aus; sein Vertrauen in meine Rückkehr ließ bereits ein Gefühl des Mitleids mit ihm aufkommen, da beendete der Frischfischverkäufer sein Geschäft, und Herr Klaus Knöpfle wurde vom Strom der Besucher fortgetragen.

Einmal glaubte ich, ihn in einem Gespräch mit zwei Matrosen zu erkennen, ein andermal war es mir, als bugsierten ein paar taumelnde Gestalten ihn in eine Kneipe; jedenfalls kam er mir planmäßig abhanden, und ich trat die Heimfahrt mit dem Gedanken an, den Bettnachbarn, der mir soviel Ungemach bereitet hatte, auf stille und gewaltlose Art losgeworden zu sein.

Offenbar hatte mein Plan, den ich hiermit aufdecken möchte, Erfolg: eine Woche ist vergangen, und Herr Klaus Knöpfle ist nicht zurückgekehrt. Die Erklärung lautet, daß nirgendwo, etwa auf telefonische Anfrage, ein Graf Luckner vermißt wird und daß andererseits er, der sich so nennt, bei allen, die sich mit ihm abgeben, auf Nachsicht und Unglauben stößt. Mir ist nicht bekannt, wo sich mein Mitbewohner derzeit aufhält, wer sich um ihn kümmert und wem es obliegt, die Sachen abzuholen, die er hier zurückgelassen hat.

Fern davon, meine Tat zu verharmlosen, möchte ich zu Protokoll geben, daß ich die Methode der Trennung bedaure. Schlaflos seit acht Tagen, möchte ich ebenfalls erwähnen, daß ich viel in den Büchern gelesen habe, die meinem Mitbewohner gehören; mein Verständnis für ihn ist gewachsen. Wie immer Ihr Urteil ausfallen wird: von mildernden Umständen bitte ich, wie gesagt, abzusehen. Meine Adresse ersehen Sie aus dem Briefkopf. Ich zeichne mit Hochachtung

Admiral Nelson, im 87. Lebensjahr

Die Prüfung

In jeder Wegbeschreibung kommt heute zumindest eine Tankstelle vor, dachte Hartmut und bog, nachdem er die Verladerampe eines Versandhauses passiert und einen beschrankten Bahnübergang hinter sich gelassen hatte, vor einer neu errichteten, noch unbedachten Tankstelle ab und mußte gleich Doktor Crespien recht geben: der Weg war in der Tat noch nicht fertig. An tiefen, verkrusteten Radspuren, die von schweren Baufahrzeugen stammten, an lehmtrüben Pfützen, Steinhaufen und ausgekipptem Sand vorbei ruckelte und holperte er im ersten Gang den Weg hinab und pries still für sich die Federung seiner »Ente«. Doktor Crespien hatte sich am Telefon dafür entschuldigt, daß er im letzten Haus des Ibsenwegs wohnte, hatte wie zum Trost darauf hingewiesen, daß sämtliche Wege im sogenannten Dichterquartier noch nicht angelegt seien, und mehr oder weniger absichtsvoll war ihm eine Anspielung auf die Mühen rausgerutscht, die wohl jeder aufbringen muß, der sich Zugang zu etwas Neuem verschaffen will.

Vor dem Haus Nummer vierzehn hielt Hartmut; die spielzeughafte Gartenpforte war geschlossen; ein Kleinlaster, auf dessen Ladefläche

Schubkarren gestapelt waren, versperrte die Auffahrt zur Garage. Wie bei allen anderen Häusern, die gerade bezogen worden waren, lag der Eingang an der Seite; man erreichte ihn über ausgelegte verdreckte Bretter. Obwohl es ein paar Minuten vor der verabredeten Zeit war, nahm Hartmut seine Kollegmappe vom Rücksitz und stieg aus und mußte unwillkürlich an Ulrike denken, die sich oft darüber amüsierte, wie er seine langen Gliedmaßen aus dem Auto herausbrachte. Er musterte die frisch verputzte Fassade, streifte mit einem Blick das große Fenster und glaubte zu erkennen, daß sich die Gardine sanft bewegte. Einen Augenblick war er unsicher, ob er nicht doch Blumen hätte mitbringen sollen, zumal da er wußte, daß die Crespiens gerade in ihr Haus eingezogen waren, doch dann gab er Ulrike recht, die in ihrer ruhigen besorgten Art festgestellt hatte: Deinem Prüfer kannst du keine Blumen bringen.

Doktor Crespien hatte ihn zu sich nach Hause eingeladen, um mit ihm über seine schriftliche Examensarbeit zu sprechen; wie sein Urteil ausgefallen war, hatte der Prüfungsbeauftragte am Telefon nicht gesagt. Freundlich und kollegial war seine Stimme gewesen, Hartmut war nahe daran, ein Gefühl der Ebenbürtigkeit zu empfinden, und weniger aus Bescheidenheit als aus Dankbarkeit hatte er sich mit jedem Terminvorschlag einverstanden erklärt. Auf Ulrikes Wunsch hatte er seine olivfarbene Cordhose angezogen und die weißen Turnschuhe mit einem feuchten Lappen abgerieben, und weil sie es wollte, trug er unter der Windjacke ein lindblaues Hemd und das Halstuch, das sie von einem Patienten geschenkt bekommen hatte.

Gewiß hätte es ihn weniger Anstrengung gekostet, über die Spielzeugpforte einfach hinwegzusteigen, doch da er damit rechnete, daß er beobachtet wurde, beugte er sich hinab, öffnete mit demonstrativer, belustigt wirkender Sorgfalt das Pförtchen und schloß es ebenso wieder hinter sich. Vorsichtig balancierte er über leicht wippende Laufbretter. Die frischgepflanzten Rhododendren, die jungen Blutbuchen und Edeltannen trugen noch die gelben Gütemarken der Baumschule. Über dem Klingelknopf war ein provisorisches Namensschild in Schreibmaschinenschrift angepinnt: Dr. Marius Crespien. Auf seinen Druck hörte Hartmut ein melodiöses Läutwerk im Innern des Hauses.

Wenn er gewußt hätte, wer ihm die Tür öffnen würde, wäre er wohl nicht im Ibsenweg erschienen; doch plötzlich stand sie vor ihm und lächelte ihn überraschungslos an. Ihr dunkles Haar war wie damals in der Mitte gescheitelt, ihr schönes, knochiges Gesicht hatte noch den alten Ausdruck von Offenheit und einer ahnbaren Härte. Sie trug eine enge dunkelblaue Hose und einen gleichfarbigen geräumigen Pullover, und wie in vergangener

Zeit hatte sie die beiden winzigen Perlen als Ohrklips angelegt. Hartmut erkannte, daß sie auf sein Kommen vorbereitet war. Während er ihre Hand nahm, hörte er sie sagen: Nun komm schon rein, mein Mann ist noch im Garten; sie legen einen Teich an. Aufgeräumt ging sie ihm voraus, schloß im Gehen die offenstehende Tür zur Gästetoilette, schubste mit dem Fuß ein Paar verschmierte Kinderstiefel in die Garderobe und gab ihm ein Zeichen, auf dem gefliesten, feucht glänzenden Fußboden behutsam zu gehen. Als ob ein schwerer Magnet ihn am Boden festzuhalten versuchte und er sich bei jedem Schritt mühsam lösen mußte: so angestrengt folgte er der Frau, ungläubig und herzklopfend und von der Einsicht bedrückt, daß es zu spät sei, sich jetzt noch unter einem Vorwand zu verabschieden. Gegen das einfallende Licht sah er die Silhouette ihrer Figur, die sich leicht und gelenkig bewegte, mit der Selbstsicherheit, die er in Erinnerung hatte; immer noch hatte sie die Angewohnheit, ab und zu mit den Fingern zu schnippen. Sie führte ihn in einen unerwartet großen, kaum möblierten Raum, von dem aus man auf die Terrasse und in den Garten hinaustreten konnte. Draußen knieten und standen einige Männer und ein kleiner Junge vor einer bescheidenen, nierenförmigen Wasserfläche; offenbar setzten sie Teichrosen.

Hartmut spürte, daß sie ihn aus den Augenwinkeln musterte, spürte auch, daß sie ein Wort von ihm hören wollte, und er sagte: Schön habt ihr's hier, viel Platz. Ja, sagte sie, aber wie du siehst: es ist noch viel zu tun. Er sah dem Jungen zu, der einen Plastikeimer mit Schilfschößlingen schleppte, und ohne es zu wollen, fragte er: Euer Junge? Nein, sagte sie, wir sind erst zwei Jahre verheiratet; es ist der Junge meiner Schwägerin, sie hatte einen Autounfall. Ihre Stimme war sachlich, freundlich, sie verriet nicht, ob etwas zurückgeblieben war aus der Zeit ihrer Gemeinsamkeit, Groll etwa oder Enttäuschung. Er war sicher, daß ihr nicht daran gelegen war, das unverhoffte Wiedersehen zu benutzen, um Schuld zu erörtern, Rechtfertigung anzubringen. Sie entschuldigte sich und ging hinaus in den Garten, um seine Ankunft zu melden, und während sie sich entfernte, sah er sie und sich in dem Sessellift sitzen, der sie den langen, blendenden Hang emportrug, höher und höher, über verschneite Kiefern hinweg, vorbei an kantigen grauen Felsen, bis zu dem Plateau, von dem aus ihnen das Dorf und der Gasthof, in dem sie wohnten, winzig und rührend vorkamen.

Es hatte einige Tage gedauert, ehe er ihrem Drängen nachgab und sich ein Paar Skier gegen Bezahlung lieh, nicht um einsame Wanderungen zu machen, sondern um am Fuß des Hangs gemütlich hin und her zu gleiten und darauf zu warten, wie sie, eiförmig zusammengeduckt, Bodenwellen kraftvoll ausgleichend, in Schußfahrt zu ihm herabgesaust kam. Sie war eine sehr gute Läuferin. Wenn sie zwei, drei Abfahrten genossen hatte, begleitete sie ihn auf den Anfängerhügel und brachte ihm Schneepflug und Telemark bei, und da er als Schüler in den Winterferien ein paarmal auf den Brettern gestanden hatte, machte er rasche Fortschritte und ließ sich lächelnd belobigen. Etwas aber gelang ihnen nicht: ihre Vorlesungsnotizen über den europäischen Schelmenroman zu vergleichen, sie zu ergänzen und sich gegenseitig abzufragen. Sie fühlten sich so müde, daß sie es zehn Stunden aushielten unter dem monströsen Zudeck im Gasthof »Zur Sonnenuhr«.

Hartmut sah, wie Doktor Crespien sich im Teich die Hände wusch und sie an seinen Hosen trockenrieb, danach besprach er sich mit den Arbeitern, wischte dem Jungen übers Haar und kam zur Terrasse herauf, ein schlaksiger Mann, grauhaarig, von schwer bestimmbarem Alter. Sibylle könnte bei ihm gehört haben, dachte Hartmut, vielleicht hat sie sogar Examen bei ihm gemacht. Sie müssen entschuldigen, sagte Doktor Crespien zur Begrüßung, aber bei uns geht es noch zu wie bei Familie Maulwurf, und er gab seinem Besucher die Hand und zog ihn gleich mit sich in sein Arbeitszimmer, in dem Bücherkartons auf dem Boden standen und Stapel von Zeitschriften das Fensterbrett besetzt hielten. An den Wänden waren

Kinoplakate angepinnt: Humphrey Bogart, Ingrid Bergman und James Dean musterten mit verpflichtendem Blick den Besucher; auf einem eingebauten Schränkchen im Bücherregal stand ein Plattenspieler. Doktor Crespien, der einen Jeansanzug und Stiefeletten mit erhöhtem Absatz trug, nahm lässig Platz und drehte sich aus schwarzem, krausem Tabak eine Zigarette. Auch eine? fragte er. Danke, sagte Hartmut, ich hab's mir abgewöhnt. Während sein Prüfer sich die Zigarette ansteckte, bemerkte er, daß die Haut über seinen Handrücken knittrig und schlaff war und daß die Wangen beim kräftigen Inhalieren feine Furchen zeigten. Die geröteten Druckstellen auf dem Nasenrücken stammten gewiß von der Nickelbrille, die auf dem braunen Schnellhefter lag – Hartmuts Schnellhefter.

Tja, lieber Hartmut Goll, sagte Doktor Crespien und unterbrach sich sogleich, als seine Frau den Tee brachte und ihnen riet, noch zwei Minuten mit dem Einschenken zu warten. Hartmut war sicher, daß sie ihm nicht nur höflich, sondern auch heiter-verschwörerisch zunickte, nachdem sie eine Tasse und ein Schälchen mit Schokoladenkeksen vor ihn hingestellt hatte. Einen Augenblick blieb sie unschlüssig an der Tür stehen. Soll ich Mutter auf morgen vertrösten? fragte sie. Tu das, mein Frettchen, sagte Doktor Crespien und wollte sich wieder Hartmut zuwenden, als ihm offenbar noch etwas einfiel, das von Wichtigkeit war; er ging hinaus auf den Gang.

Frettchen nennt er sie, dachte Hartmut, mein Gott! Er hörte, wie Doktor Crespien mehrmals »super« sagte und ein Schnalzgeräusch produzierte, mit dem er höchste Zufriedenheit bekundete, und die war ihm noch anzusehen, als er, Eddie Cochrans ›Summertime Blues‹ summend, zurückkehrte. Gutgelaunt schlug er den Schnellhefter auf, las, zunächst indem er das Manuskript von sich abhielt, entschied sich jedoch bald, die Brille aufzusetzen, und überflog so, als müßte er sich rasch den Inhalt in Erinnerung bringen, die ersten Seiten. Ein Schatten am Fenster ließ Hartmut aufblicken: draußen balancierte Sibylle in einem Anorak mit rotweißem Zackenmuster über die ausgelegten Bretter, auch sie stieg nicht einfach über die niedrige Gartenpforte, sondern öffnete und schloß sie mit ironisch anmutender Sorgfalt.

Es war derselbe Anorak, den sie auch damals trug, als sie gemeinsam durch den Pulverschnee zogen, hinauf durch eine schattige Waldregion zu der gemächlichen Piste, die um den Berg herumführte und wie für Anfänger angelegt war. Der blendende, spurlose Hang – tief unten war ein zugefrorener See zu erkennen – wirkte auch auf ihn wie eine Versuchung, und er konnte es verstehen, daß Sibylle, nachdem sie ihn flüchtig geküßt hatte, plötzlich herumschwang und, sich immer mehr duckend, hinabsauste. Glitzernde Wolken stiegen auf, wenn sie wedelte. Den Bergski nur schleifen lassend, flitzte sie in eleganten Bogen auf eine Kieferngruppe zu, verschwand für einige Sekunden – nicht hinter den Bäumen, sondern weil sie einen unerkennbaren Steilhang hinabstürzte – und tauchte als schnell beweglicher Punkt oberhalb des Sees auf. Da trat er aus der Spur und fühlte sich sogleich gewaltsam fortgezogen, das immer schnellere Gleiten löste eine spontane Freude in ihm aus, der Fahrtwind, den er als wohliges Sengen auf den Wangen spürte, ließ ihn die Geschwindigkeit genießen. Den Sicherheitsbindungen vertrauend, nicht so geduckt wie Sibylle und die Skier weniger dicht beieinander als sie, schoß er hinab, bestrebt, sich in der Nähe ihrer Spur zu halten. Seine Augen begannen zu tränen. Unruhig, als ob sie schlingerte, wuchs die Kieferngruppe vor ihm auf. Plötzlich erkannte er vor sich eine Anzahl brauner buckliger Inseln auf der weißen Fläche. Ausweichen konnte er ihnen nicht mehr. Und dann trug es ihn hoch, die Skier kreuzten sich, und bevor er stürzte, sah er sich auch schon stürzen in einer Wolke von Schnee, sah in einer einzigen Sekunde, alles vorwegnehmend, wie die Stöcke davonflogen und er sich überschlug und vor einer Kiefer hängen blieb. Als er zu sich kam, lag er festgeschnürt auf einem niedrigen Metallschlitten.

Okay, sagte Doktor Crespien und legte das Manuskript auf den Tisch, ich mußte mich nur noch mal vergewissern. Er zündete die Zigarette, die ausgegangen war, ein zweites Mal an, schenkte Tee ein, schob Hartmut die Schokoladenkekse hin, setzte sich bequem zurück und ließ ein Bein über die Stuhllehne hängen. Tja, mein Lieber, das ist ja nun für Sie der zweite Anlauf, und Sie dürfen mir glauben, daß ich weiß, was es für Sie bedeutet, sagte Doktor Crespien, und fragte schnell und beiläufig: Sie sind verheiratet, nicht wahr? Ja, sagte Hartmut. Und Kinder? Eine Tochter. Lieber Hartmut Goll, sagte Doktor Crespien, Ihre Arbeit, Ihre Interpretation ist im großen und ganzen zufriedenstellend, das möchte ich zunächst einmal festhalten. Sie haben den Sinngehalt von Quednaus Novelle ausreichend herausgearbeitet, wenngleich ich Ihnen sagen muß, daß wir in der Bewertung gewisser Verhaltensweisen nicht unbedingt übereinstimmen. Das Kapitel ›Historische Parallelen‹ ist vorzüglich. In Ihrer Zusammenfassung, scheint mir, haben Sie etwas zu wenig berücksichtigt; ich meine, bei der Figur des Bildhauers Hugo Purwin. Die stilistische Überarbeitung, auch das möchte ich erwähnen, ist dem Ganzen sehr bekommen. Hartmut sah seinen Prüfer verblüfft an, denn er konnte sich nicht daran erinnern, seine Interpretation stilistisch überarbeitet zu haben, jedenfalls nicht auf so erkennbare Weise, daß es eigens erwähnt zu werden verdiente.

Sehen Sie, sagte Doktor Crespien, dieser Bildhauer Purwin, die Hauptfigur der Novelle, führt uns zwei Haltungen vor, die durchaus verbindlichen Wert haben: die kompromißlose Haltung des Künstlers auf der einen Seite, und auf der andern die Haltung eines Menschen, der versteht und verzeiht. Sind wir uns darin einig?

Sicher, sagte Hartmut, doch das ist ja in dem Kapitel angedeutet, in dem die Handlung referiert wird; der Besuch des Staatslenkers im Atelier seines Schulfreundes Hugo Purwin. Der Machthaber kommt da zum Bildhauer, beide erinnern sich, reden von ihren Lehrern, trinken gemeinsam; es ist ein fröhliches Wiedersehen. Nach dem Abschied entdeckt der Bildhauer einen Umschlag voller Bargeld: den Vorschuß für das Standbild, das er von seinem ehemaligen Schulfreund anfertigen soll.

Eben, lieber Hartmut Goll, aber hier vermisse ich Ihre Feststellung, daß es für den Bildhauer von der ersten Stunde an keine andere Antwort gab als ein Nein. Er bleibt selbst dann bei seiner Weigerung, als er erfährt, daß einige seiner Arbeiten auf höhere Weisung vom Nationalmuseum angekauft wurden. Der wirkliche Künstler kennt keine Dankbarkeit; um keinen Preis läßt er sich auf Kompromisse ein.

Gut, sagte Hartmut, aber eines Tages entdeckt Hugo Purwin, daß seine Frau nicht, wie er es erwartet hat, den ganzen Vorschuß zurückgab, sondern etwas abzweigte für den Lebensunterhalt. Die Schulden sind beträchtlich. Als der Bildhauer dies entdeckt, wird er nachgiebig, wird er kompromißbereit.

Ja, sagte Doktor Crespien und lächelte, ja, aber der Kompromiß, zu dem er sich bereit findet, ist die Antwort des Künstlers an einen Machthaber, der davon überzeugt ist, daß alle in der Welt käuflich sind. Purwin verfertigt das Standbild, ja, aber das erste Mal stellt er den Staatslenker mit einer Augenklappe dar und das zweite Mal ohne Ohren, was bei der Enthüllung Entsetzen und Gelächter hervorruft.

Was der Bildhauer von seinem Schulfreund hält, sagte Hartmut, das kann man ja auch daran sehen, daß er mehrere Gefängnisstrafen bereitwillig auf sich nimmt. Richtig, sagte Doktor Crespien, die Strafen scheinen die Bestätigung dafür, daß die beabsichtigte Verunglimpfung gelungen ist. Das, finde ich, haben Sie klasse dargestellt, und Ihre ›Historischen Parallelen‹, ich erwähnte es schon – also der Teil, in dem Sie das Verhältnis von Kunst und Macht am Beispiel abhandeln –, überzeugen in jeder Hinsicht, überzeugen, ja. Die Rolle der Frau hingegen, ich meine Purwins Frau, scheint mir nicht angemessen dargestellt zu sein. Von ihr heißt es ja an einer Stelle, ihre Lieblingsblume sei die Bauernrose, und damit wird doch nichts weniger angedeutet, als daß diese schlichte, üppige, genügsam in sich selbst ruhende Meta ein Geschöpf von schöner Durchschnittlichkeit ist. Obwohl sie Purwin Modell gestanden hat, äußert sie sich niemals über seine Arbeit – und er selbst ließe sie auch kaum zu Wort kommen. Sie ist die schweigsame, besorgte, keineswegs aber nur ergebene Gefährtin.

Es klopfte, und ohne abzuwarten öffnete der Junge, den Hartmut am Teich gesehen hatte, die Tür, ging zu Doktor Crespien und versuchte ihn vom Stuhl zu ziehen. Schnell, sagte er, du mußt jetzt kommen, sie setzen die Fische ein. Wartet noch ein bißchen, dann komme ich, sagte Doktor Crespien, und der Junge darauf: Ein Fisch ist schon fast tot, du mußt gleich kommen. Seufzend gab Doktor Crespien nach, er stand auf und stellte Hartmut frei, ebenfalls hinauszukommen, um das Einsetzen der Fische zu beobachten, doch sogleich zeigte er auch Verständnis für Hartmuts Wunsch, im Arbeitszimmer zu warten. Schenken Sie sich noch Tee ein, mein Lieber, es dauert nicht lange.

Hartmut blickte auf den braunen Schnellhefter, auf dem sein Manuskript lag; er war allein, mit einem Griff hätte er seine Arbeit heranholen und sich Klarheit darüber verschaffen können, welche stilistischen Verbesserungen Doktor Crespien gelobt hatte. Er wagte es nicht – vielleicht, weil ihn aus gestepptem Lederrahmen Sibylles Photo anlächelte. Sie trug den Anorak mit rotweißem Zakkenmuster, holte zum Wurf mit einem Schneeball aus und lächelte und zeigte dabei einen schiefen Vorderzahn.

Mit diesem Lächeln war sie zu ihm hereingekommen, als er im Streckverband lag, in dem kleinen, sonnendurchfluteten Spital, mit Aussicht auf den zugefrorenen See. Er wußte zunächst gar nicht, was alles er sich zugezogen hatte bei seinem Sturz und dem Aufprall auf den Kiefernstamm, man hatte nur einen komplizierten Bruch und einen Nierenriß zugegeben. Das Sprechen machte ihm Mühe. Sibylle hielt sich an die Besuchszeiten, sie brachte ihm Blumen und Obst, saß lesend auf dem Besucherstuhl, und manchmal, wenn er eingeschlafen war, ging sie ohne Abschied. Sie machte ihm keine Vorwürfe dafür, daß er ihr auf dem schnellen Hang gefolgt war. Sie bedauerte ihn, sprach ihm gut zu, doch bei allem zeigte sie eine eigentümliche Scheu, ihn zu berühren. Ihre Abreise verschob sie zweimal; bei ihrem letzten Besuch versprach sie, ihn »heimzuholen«, wenn es soweit sei. Er dankte ihr und lag dann da und grübelte und konnte sich nicht erklären, warum er nach ihrer Abreise erleichtert war.

Es lag nicht an Ulrike, damals nicht; denn von ihr, die pünktlich nach ihm sah, ihm das Essen brachte und das Bett aufschüttelte, wußte er kaum etwas – oder allenfalls soviel, daß sie die Nachtwachen freiwillig übernahm und dabei nicht las, sondern klöppelte. Erst nach und nach erfuhr er, daß ihr Vater Lebensmittelchemiker war und daß sie ihr Studium der Kirchenslawistik abgebrochen hatte, um Krankenschwester zu werden. Einmal sagte er zu ihr: Ob Sie's glauben oder nicht, Ulrike, ich beneide jeden, der Ihr Patient ist.

Ein Telefon läutete. Es stand auf dem Fußboden, zwischen Bücherkartons, und Hartmut überlegte, ob er Doktor Crespien rufen oder einfach selbst den Hörer abnehmen sollte, als Sibylle hereingelaufen kam. Sie winkte ihm einen Gruß zu, hob ab und drehte sich zur Wand, ihre Stimme nahm einen werbenden Ton an, mitunter hörte sie sich an wie eine Kinderstimme, die um Verständnis bat, etwas gelobte und in Aussicht stellte. Tickend schlug sie dabei mit der Schuhspitze gegen die Fußbodenleiste. Offenbar hatte sie mit der angenommenen Stimme keinen Erfolg, denn auf einmal sprach sie entschieden und gefaßt, und Hartmut mußte plötzlich daran denken, wie sie am Tag seiner Abreise vor dem kleinen See standen, auf dem bläulich schimmernde Eisschollen trieben. Wie sie es versprochen hatte, war Sibylle gekommen, um ihn »heimzuholen«, doch beide merkten, daß sich etwas verändert hatte, schon bei ihrem letzten Gang um den See. Liebst du mich nicht mehr? Doch; aber vielleicht nicht genug. Und du? Es ist nicht mehr so wie früher; ich weiß auch nicht, wie es kommt; vielleicht haben wir angefangen, zu überlegt zu handeln.

Sibylle war ein bißchen verärgert, als sie den Hörer wieder auflegte, sie schüttelte den Kopf, lächelte aber gleich wieder und fragte ihn, ob sie ihm Tee nachschenken dürfe. Hartmut zeigte ihr an, daß er sich bereits selbst bedient hatte; er lobte den Tee, er nannte ihn stimulierend. Aus ihrem suchenden, unsicheren Blick schloß er, daß sie sich gern zu ihm gesetzt hätte, sie erfaßte auch die Lehne des Schreibtischstuhls, doch beim Anblick seines braunen Schnellhefters zögerte sie und fragte leise: Seid ihr euch einig? Teils, teils, sagte Hartmut und hob die Schultern. Ich habe deine Arbeit gelesen, sagte sie, ich finde sie gut; genauer kann man Quednaus Novelle nicht interpretieren. Du hast doch nichts dagegen, daß ich mal reinschaute? Er schüttelte den Kopf. Die ›Historischen Parallelen‹ haben mir besonders gefallen, sagte Sibylle, und er darauf: Ich glaube, daß wir den Begriff »Kompromiß« verschieden auslegen, dein Mann und ich. Sibylle schien nicht überrascht, eher erheitert und bereit, ihm zuzustimmen, sagte sie: Vielleicht liegt es daran, daß er nicht unserer Generation angehört. Erstaunt, wie frei und sachlich sie sich äußerte, sah er sie verwundert an, und ermutigt durch das Gefühl, daß sie sich über ihre Wiederbegegnung freute, fragte er: Hast du bei ihm Examen gemacht, bei deinem Mann? Ja, sagte sie, allerdings, damals war er noch nicht mein Mann; und damit du es weißt: ich bin nur so mit Ach und Krach durchgekommen. Und – eine Anstellung, fragte Hartmut. Anstellung? fragte sie belustigt und bitter zugleich; wir machen unsere Examen für einen Platz im Wartesaal, in einem Wartesaal, in dem nie ein Zug aufgerufen wird. Sechzigtausend sind noch vor uns.

Sie hörten eine Tür zufallen und gleich darauf die Schritte von Doktor Crespien und die gepfiffene Melodie von ›Words‹. Ich drück dir die Daumen, sagte Sibylle schnell, aber ich weiß, du schaffst es. Bei ihm brauchst du nur in Gegensätzen zu denken, alles fängt sich für ihn in Satz und Gegensatz: wer die aufspürt, hat die Gleichung des Lebens gefunden. Hartmut wollte noch etwas sagen, er wollte sich vergewissern, ob sie seinen Text stilistisch geglättet hatte, doch da trat schon Doktor Crespien ein, aufgeräumt, zwinkernd, und mit gespieltem Ernst zitierte er: Pisces natare oportet... die Fische wollen schwimmen, und nun schwimmen sie, alle fünf. Ich werde sie gleich mal füttern, sagte Sibylle und fügte beiläufig hinzu: Deine Mutter hat eben angerufen; sie maulte ein wenig, aber ich habe sie auf morgen vertröstet.

Während Doktor Crespien sich eine Zigarette drehte, empfand Hartmut auf einmal ein vages Mitleid mit seinem Prüfer, einen Grund hätte er kaum nennen können, er fühlte nur, daß dieser Mann ihm leid tat. Und in diese Empfindung hinein sagte Doktor Crespien: Wir waren bei der Frau des Bildhauers, bei Meta Purwin, einer üppigen, ländlichen Erscheinung, die sich nie über die Arbeit ihres Mannes äußert, die bei Einladungen nur ißt und zuhört. Eine Bauernrose. Aber das ist nicht immer so, sagte Hartmut, es gibt Augenblikke, in denen der Bildhauer ihr nicht nur das Wort läßt, sondern sie beinahe liebevoll ums Wort bittet. Gut, sagte Doktor Crespien, aber bei welchen Gelegenheiten geschieht das? Immer dann, sagte Hartmut, wenn der Bildhauer von seinen Verhaftungen erzählt; er kann sich an kein Datum, kann sich nicht an die Umstände der Verhaftungen erinnern; dies aufzubewahren und zu erzählen, überläßt er ausschließlich seiner Frau. Na also, sagte Doktor Crespien, in Ihrer schriftlichen Arbeit haben Sie es nicht so präzis dargestellt. Es ist doch klar, sagte Hartmut: Hugo Purwin weiß, daß seine Frau jedesmal, wenn er abgeholt wurde, mehr zu ertragen, zu leiden hatte als er selbst, und deshalb sieht er es als ihr Vorrecht an, die schlimmen Daten aufzubewahren. Und nach einer Pause fügte er hinzu: Es ist ein Ausdruck von Liebe und Dankbarkeit. Ja, sagte Doktor Crespien gedehnt, ja, und was ergibt sich daraus im ganzen? Wenn man es auf Satz und Gegensatz bringen will, sagte Hartmut mit gesenkter Stimme, dann könnte man feststellen: der Künstler kennt keine Dankbarkeit – der Mensch ist sie sich schuldig.

Doktor Crespien sah ihn überrascht an, dann huschte ein müdes, ironisches Lächeln über sein Gesicht; wieder ließ er ein Bein lässig über die Stuhllehne baumeln und vertiefte sich noch einmal in Hartmuts Manuskript. Lesend fragte er: Hat Professor Collwein sich schon bei Ihnen gemeldet? Nein, sagte Hartmut. Aber Sie wissen, daß er Ihr anderer Prüfer ist? Ja, ich weiß. Wir haben uns auch noch nicht abgestimmt, sagte Doktor Crespien, deshalb ist mir nicht bekannt, wie er Ihre Arbeit benotet. Gleichwohl, lieber Hartmut Goll, wir sind ja erwachsene Leute: ich glaube, es läßt sich vertreten, wenn ich meine Note heraufsetze; Sie können mit einem »Gut« rechnen. Hartmut hatte den spontanen Wunsch, sich zu bedanken, hielt es jedoch für unangebracht und stand auf und merkte auf einmal, wie schwer es Doktor Crespien fiel, sich zu erheben. Er machte eine resignierte Geste und gab vor, daß sein Bein eingeschlafen sei. Dann rief er seine Frau. Sei so lieb, mein Frettchen, und bring unsern Gast an die Tür; das sagte er, und Hartmut erkannte, wie Sibylle die Lippen zusammenpreßte bei diesem Kosewort, gerade als müßte sie sich gegen einen Schmerz wehren. Sie gaben sich die Hand. Lange hätte Hartmut den Blick Doktor Crespiens nicht ausgehalten, diesen sprechenden, diesen bekümmerten Blick; obwohl es seiner Art widersprach, verließ er das Arbeitszimmer mit einer angedeuteten Verbeugung.

Schweigend gingen sie nebeneinander den Gang hinab, auf dem Drücker der Tür berührten sich ihre Hände. Danke, sagte Hartmut, danke für alles; ich werd's nicht vergessen. Wieso, sagte sie, so muß es doch sein, wenn man unter einer Decke steckt, oder? Für mich jedenfalls muß es so sein. Du hast mir, sagte er, und konnte den Satz nicht vollenden, denn mit komplizenhaftem Zwinkern flüsterte sie: Wenn es dir Erleichterung verschafft: du bist nicht der einzige. Sie zog die Tür auf und winkte ihm aus gebeugter Haltung nach, während er über die verdreckten Bretter balancierte und sich darüber wunderte, daß sie noch nicht gemerkt hatte, wieviel Doktor Crespien wußte und ihr zugestand.

Der Mann unseres Vertrauens

Auch beim Abschied in der Redaktion, vor allen Kollegen, die mit dem Schnapsglas in der Hand um mich herumstanden, glaubte der Chefredakteur noch einmal meine Qualitäten aufzählen zu müssen, die mich als geeignet erscheinen ließen für den Posten des Auslandskorrespondenten in Stockholm. Stockend, wie immer, erwähnte er meine Umgänglichkeit und die Ausbildung im Staatlichen Institut für Journalistik, er erinnerte an die beiden Preise, die ich erhalten hatte, lobte lächelnd, fast nachsichtig, meine Fähigkeit, auf die Zeile genau und nach Maß zu schreiben, wies gleich darauf mit grüblerischem Ausdruck auf meine gesellschaftliche Loyalität hin und auf die Sicherheit der Perspektive, unter der sich das trübe Gemisch der Ereignisse bei mir wie von selbst schied, und schließlich hielt er mir zugute, daß ich gegenüber jedem Zweifel gefeit sei und damit in der Lage, meine Verläßlichkeit an jeden Ort zu exportieren. Daß mein Vorgänger sich abgesetzt und entschieden hatte, in Schweden zu bleiben, erwähnte er nicht.

Während er mir die Abschiedsrede hielt, brauchte ich die Blicke meiner Kollegen nicht auszuhalten, sie sahen zu Boden; und nachdem er gesprochen hatte, musterte ich sie nur kurz über den Rand des Glases, aus dem wir Maisschnaps kippten, unser Nationalgetränk, das – eiskalt genossen – gegen mehrere Krankheiten hilft, nicht nur gegen Depressionen. Stumme Händedrücke, unterschiedliches Zwinkern. Einige angedeutete, einige vollzogene Umarmungen. Der offizielle Abschied war überstanden, und der Chefredakteur legte mir versonnen einen Arm um die Schulter und führte mich in sein Arbeitszimmer, wo er mir den Paß überreichte und, mit verzögerten Gesten, einen Umschlag mit Devisen – Währungen der Länder, die ich auf meinem Weg nach Stockholm durchqueren mußte. Gerade wollte er zwei gedrungene Gläser auf den Tisch setzen, da klopfte Barato, Freund und Kollege, mit dem zusammen ich das Institut für Journalistik absolviert hatte; er wollte mir beim Packen helfen.

Bevor ich Sobry beim Packen half, holten wir sein Auto aus der Werkstatt ab, einen betagten Citroën, Modell 34 – zumindest verdiente die Karosserie diesen Namen; zu allem, was unter der Kühlerhaube lag, hatten ausgeweidete Modelle aus vier Jahrzehnten beigetragen. Die Hupe zum Beispiel stammte von einem der ersten Jaguars; zum Erschrecken aller Verkehrsteilnehmer produzierte sie ein Hornsignal, mit dem bei der Fuchsjagd der Tod der Brandjacken weithin bekanntgegeben wird. Sobry bestand darauf, mit dem Auto nach Stockholm zu fahren.

Auf der Fahrt zu seiner Wohnung – sie lag in einem neuen, ockerfarbenen Mietshaus – waren ihm weder Genugtuung noch Erregung anzumerken; wenn mir überhaupt etwas an ihm auffiel, war es eine Art herausfordernder Gelassenheit. Wir packten unter den Augen seiner geschiedenen Frau, das heißt, unter einer Photographie seiner geschiedenen Frau, die in einem Muschelrahmen auf dem Bücherregal stand: glattes, breites Gesicht, strenger Mittelscheitel. Allzu leicht, schien mir, trennte er sich von den historischen Romanen; er stellte mir frei, zu nehmen, was mich interessierte; nur die Nachschlagewerke wollte er auf die Reise mitnehmen. Am längsten hielt uns das Verpacken seiner Eulensammlung auf, Eulen aus Glas, Walfischbein, Holz und Keramik; wir mußten jedes Stück einwickeln, sorgsam in Holzwolle betten. Zuletzt verstaute er die Photographie seiner geschiedenen Frau in einem Strohkoffer, von Strümpfen beiderseits gepolstert. Sein Gepäck trugen wir schweigend zum Auto. Bevor wir uns umarmten, erwähnte ich, daß ich immerhin täglich seine Stimme hören würde, während seiner alltäglichen Anrufe zur Zeit der großen Redaktionskonferenz. So ist es, sagte er.

Im Rückspiegel behielt ich Barato im Auge, erkannte, daß er bereits zu winken aufhörte, als ich die Steigung nahm. Eine Weile fuhr ich in einer Militärkolonne, die Soldaten sahen von der Ladefläche gleichgültig, manchmal feindselig auf mich herab, ich spürte, daß sie mich beneideten, daß ihnen spontan Ziele einfielen, zu denen sie selbst gern in einem Auto aufgebrochen wären; darum beschloß ich, auszuscheren und zu einem schattigen Dorf hinabzufahren, in dem mein alter Lehrer wohnte.

Obwohl wir uns nur sehr selten begegneten, sah ich es angesichts meiner Reise nach Stockholm als gerechtfertigt an, ihm einen Besuch zu machen, einen Abschiedsbesuch. Seltsamerweise überraschte ihn weder mein Erscheinen noch die Nachricht über meine neue Aufgabe; gleichmütig legte er die Schere aus der Hand, mit der er Pfirsichbäume gestutzt hatte, band die Schürze ab, sorgte für Milch und Gebäck und setzte sich zu meiner Verfügung. Meine Hoffnung, daß er etwas von meiner Berufung indirekt auf sich beziehen würde – und wenn auch nur ironisch –, erfüllte sich nicht. Er sagte mir Landschaftserlebnisse von »feierlichster« Art voraus; um eine Ansichtskarte bat er nicht, doch als ich ihm von mir aus eine versprach, erhob er sich wortlos und trug ein Stück Gebäck zu dem Maultier, das durch das offene Gartenfenster hereinsah. Ich konnte mir nicht erklären, warum er bei meinem Abschied erleichtert schien.

Hinter Sobrys Schreibtisch in der Zentralredaktion, den ich nach seiner Abreise übernahm, hing eine Europa-Karte, auf der, fein gestrichelt und nur bei schrägem Lichteinfall erkennbar, die Route eingezeichnet war, die er zu nehmen gedachte auf seinem Weg nach Stockholm. Jeden Morgen blickte ich auf die Karte, versetzte mich auf seine Spur, ich sah ihn Hotelrechnungen bezahlen, an Tankstellen vorfahren, immer wieder Grenzen passieren, und unwillkürlich war ich dabei, ihm Etappen für seine Reise zu setzen. Es war ausgemacht, daß er zum ersten Mal während der großen Freitagskonferenz anrufen sollte; seinen Weg täglich nachrechnend, traute ich ihm zu, daß er sich bereits am Donnerstag melden würde, um seine Ankunft zu bestätigen.

Beim Ausräumen seines Schreibtisches fand ich nichts, was aufzubewahren sich gelohnt hätte, ausgenommen einen Schnellhefter, in dem Sobry Artikel über Schweden gesammelt hatte – aufschlußreich insofern, als sie sich allesamt mit dem »schwedischen Charakter« befaßten. Hervorgehoben waren Behauptungssätze über zeremonielle Korrektheit und unerbittliche Regelhaftigkeit im schwedischen Leben. Von allen Kollegen fragte nur der außenpolitische Redakteur nach Sobry;

mehrmals erkundigte er sich, ob ich schon ein Zeichen von unterwegs bekommen hätte, allerdings nicht drängend oder besorgt, sondern eher in mechanischer Höflichkeit. Einmal sagte er: Sein Schweigen sollte uns beruhigen; unangenehme Nachrichten erfährt man sofort. Ihr Freund ist ein verläßlicher Mann.

Wenn ich nicht die letzte Abendfähre verpaßt hätte, wäre ich schon am Donnerstag in Stockholm gewesen. Ich mietete mich in einem Hotel am Hafen ein und schrieb nach einem ungewohnten, sehr fetten Abendbrot zwei Postkarten an Barato und an meine geschiedene Frau; daß sie nie ihre Empfänger erreichten, lag wohl daran, daß ich die Postkarten in den Schlitz einer sogenannten Beschwerdebox warf, die ich, betäubt von Bier und honigfarbenem Aquavit, für einen Briefkasten gehalten hatte. Besetzt von lärmendem Kopfschmerz, nahm ich am nächsten Morgen die erste Fähre und blieb während der ganzen Überfahrt auf dem Oberdeck, massiert und gezaust vom Seewind, appetitlos beim Anblick der lastenden kalten Buffets.

Angeschoben von einigen Matrosen des Autodecks, startete endlich der Motor meines Autos; ich fuhr an einem zeitunglesenden Zöllner vorbei, durch eine weinrote Stadt unter Birken, und fühlte mich schmerzfrei und zuversichtlich, als ich die

Waldregion erreichte. Was schwedisches Einzelgängertum sich mitunter einfallen ließ, gab mir lange zu denken: weit lagen die Gehöfte voneinander entfernt, einige warnten auf uneinnehmbaren Bergkuppen vor jedem Besuch; sie schimmerten von felsigen Inseln in flaschengrünen Seen herüber oder bestanden auf ihrer Zurückgezogenheit in sich selbst überlassenen Wäldern. Bei uns drängen sich die Häuser so dicht aneinander, daß alles öffentlich wird, die Trauer nicht weniger als die Selbsttäuschungen.

Auf einem hartgefahrenen, abschüssigen Sandweg merkte ich auf einmal, daß die Bremsen nicht mehr faßten; ich schaltete zurück, erwog einen Augenblick, die zerrissene Böschung zu rammen, aus der dünnes Wurzelwerk heraushing, doch da mir seit langem kein Auto entgegengekommen war, glaubte ich, noch die schmale Holzbrücke »nehmen« zu können, hinter der das Auto auf wieder ansteigender Straße sanft ausrollen würde. Ich hatte die Brücke noch nicht erreicht, als von der Waldböschung zwei Ziegen auf die Straße sprangen, braune, langhaarige Bergziegen, die sich streitend mit ihrem Gestänge so ineinander verhakt hatten, daß nicht einmal mein seltenes Hupsignal sie erschrecken und fliehen ließ. Das Geländer der Holzbrücke brach, ich stürzte und sah mich stürzen, überschlug mich und sah vorwegnehmend, wie mein Auto sich überschlug, von verrotteten Stämmen abgefedert in den Farnen aufschlug und in einem Wirrwarr von gestorbenen Bäumen hängenblieb. Das nahm ich, wie gesagt, vorweg, als der Wagen ausbrach und über die Brücke hinausschoß; gespürt, wirklich gespürt habe ich nur einen einzigen Schlag.

Zuerst meldete sich während der großen Redaktionskonferenz am Freitag, die wir auch »Olivenkonferenz« nannten, da die aktuellen Themen der nächsten Woche bei Wein und Oliven besprochen wurden – als erster meldete sich unser Korrespondent in Zürich; danach hörten wir die Vorschläge aus unseren Pariser und Londoner Büros. Die Stimmen der Auslandskorrespondenten wurden über einen Lautsprecher übertragen, so daß jeder von uns den vollständigen Dialog zwischen Chefredakteur und Korrespondent mithören konnte. Keiner unserer Korrespondenten hatte den Geburtstag des Chefredakteurs vergessen, es war aufschlußreich, ihre unterschiedlichen Glückwünsche auszuwerten, die sie nach ihren Berichten pflichtschuldigst anbrachten.

Stockholm wollte und wollte sich nicht melden, obwohl wir länger als gewöhnlich zusammensaßen und den Chef hochleben ließen mit einem besonderen Wein. Die Stimmung, wie man so sagt, stieg; bald hatte ich den Eindruck, daß ich der einzige war, der Sobrys Anruf ungeduldig herbeiwünschte, und vielleicht hätte ihn auch niemand mehr vermißt, wenn der Chefredakteur nicht plötzlich ins Innenministerium bestellt worden wäre. Bevor er aufbrach, bat er mich, von meinem Apparat aus unser Stockholmer Büro anzurufen.

Sobry war noch nicht erschienen, war noch nicht einmal in seiner Wohnung angelangt; auch von unterwegs hatte er sich, wie die Sekretärin ratlos erklärte, nicht ein einziges Mal gemeldet. Unüberhörbar war ihre Besorgnis, eine begründete Besorgnis: sie hatte immer noch nicht die Konflikte überwunden, in die sie gestürzt wurde, als Sobrys Vorgänger glaubte, sich absetzen zu müssen. Bedrückt vertraute sie mir an, daß sie bereits bei der schwedischen Polizei nachgefragt habe, ohne indes etwas anderes zu erfahren, als daß zusammenfassende Unfallmeldungen erst gegen Abend zu erwarten seien. Mir entging nicht, daß der Chefredakteur unwillkürlich seinen Blick verengte, als ich ihm das Ergebnis meines Anrufs mitteilte. Schon abgewandt, bat er mich, ihn zu Hause anzurufen, falls Sobry sich doch noch melden sollte.

Den Jungen sah ich zuerst, den unbeweglich auf einem Hocker sitzenden Jungen; er hatte noch nicht mitbekommen, daß ich erwacht war, er starrte durch die offene Tür auf einen bewaldeten Hang, in dem sich graues Gestein aufbuckelte. Als ich mich regte, drehte er sich blitzschnell um, sprang auf und flitzte hinaus, gerade als ob er, der kleine barfüßige Wächter, mein Erwachen sofort zu melden hätte; und es dauerte auch nicht lange, da betrat ein alter, hagerer Mann den Raum und beugte sich über mein Lager; er beobachtete mich mit ruhigem Mißtrauen, ohne mein Lächeln zu erwidern oder auch nur wahrzunehmen. Er überprüfte die Verbände, Kopf- und Brustverband, deutete knapp auf einen Becher mit Tee, den ich zu trinken hätte; meinen Dank nahm er gleichgültig zur Kenntnis, ich war nicht einmal sicher, daß er mich verstand. Auf meine Frage nach einem Telefon antwortete er mit einer verneinenden Geste und beschrieb einen flüchtigen Bogen gegen die nackten Holzwände, womit er gewiß sagen wollte, daß hier im weiten Umkreis kein Telefon zu finden sei, in dieser Einsamkeit.

Schmerzen hatte ich nur, sobald ich mich rührte, und wenn ich mich aufzustützen versuchte, zog mich ein klopfendes Schwindelgefühl nieder. Noch wagte ich es nicht, den Mann, der offenbar der Großvater des Jungen war, nach einem Arzt schicken zu lassen. Der selbstgemachte Hocker blieb während des ganzen Tages besetzt; nicht nur, daß der alte Mann den Jungen ablöste, wachend saß auch eine schweigsame, sommersprossige Frau vor meinem Lager und in der Dämmerung ein barfüßiges Mädchen, das, den klickenden Geräuschen nach zu schließen, mit massiven Glasfiguren spielte. Als die Kleine sich erhob, erkannte ich, daß sie mit zwei gläsernen Eulen spielte, die aus meiner Sammlung stammten.

Nach der Montagskonferenz – wieder hatten wir vergeblich auf den Anruf unseres Stockholmer Korrespondenten gewartet – bat der Chefredakteur mich in sein Zimmer, wo er nicht nur seine Enttäuschung zugab, sondern auch seine Verletztheit. Er erinnerte mich daran, daß ich es war, der die entscheidende Garantie für Sobry abgegeben hatte, und in der Voraussetzung, daß wir uns über unsere Befürchtungen nicht weitläufig zu verständigen brauchten, fragte er mich: Trauen Sie es ihm zu? Obwohl ich es ihm nicht zutraute, sagte ich: Wir müssen ihm noch etwas Zeit lassen – worauf der Chefredakteur leise feststellte: Ich höre es tikken, Barato, ich höre es schon wieder ticken; offenbar gibt es keinen unbedingten Verlaß.

Auf dem Heimweg sah ich in der ebenerdigen Wohnung von Sobrys geschiedener Frau Licht; bevor mir einfiel, wie ich meinen Besuch erklären könnte, hatte ich schon geklingelt. Sie war erfreut über mein Erscheinen, sie bot mir das Sofa an und verschwand im Badezimmer, wo sie Strumpfhosen und Nylonblusen spülte und tropfnaß auf einen Bügelständer hängte, der in der Badewanne stand. Zweimal forderte sie mich auf, uns beiden einen

Maisschnaps einzugießen, und nachdem wir getrunken hatten, blickte sie mich forschend an: Ist was mit Sobry? Jetzt erst wußte ich, worauf ich aus war, warum ich geklingelt hatte. Nachdenklich nahm sie die Befürchtungen der Redaktion zur Kenntnis, wollte Einzelheiten hören, die ich ihr nicht liefern konnte, verlor sich deutlich an Erinnerungen, fand auch dann keine Erklärung, als ich sie zum Abendessen einlud – zumindest glaubte sie keine Erklärung finden zu können für Sobrys Verstoß gegen selbstverständliche Pflichten.

Mir allerdings besagte es etwas, als sie noch einmal, von sich aus, die Gründe ihrer Scheidung erwähnte, einer Scheidung in beiderseitigem Einvernehmen. Wenn ich sie richtig verstand, fühlten sie sich beide nicht der unablässigen Nötigung gewachsen, sich voreinander rechtfertigen zu müssen – immerhin hatten sie eine nennenswerte Zeit der Selbständigkeit hinter sich, als sie heirateten, der Redakteur und die Dolmetscherin. Alle Übereinkünfte halfen ihnen nicht; der Zwang, sich zu rechtfertigen, bestimmte ihre Abende so sehr, daß sie sich nach fünfjähriger Ehe zu trennen beschlossen. Nie hatte Sobry mir gegenüber diesen Grund genannt, nie zuvor war mir diese Neigung oder Abneigung an ihm aufgefallen: in einer Zeit, in der alles gerechtfertigt werden mußte – die Rede und das Schweigen, das Ja und das Nein –, während alle dieser Forderung entsprachen, lehnte er sie für sich selbst ab. Noch wußte ich nicht, wie ich diese Entdeckung bewerten sollte.

Auf meine Bitte, ein Telegramm nach Stockholm zu schicken, gab mir der alte Mann in vereinfachtem Schwedisch zu verstehen, daß die nächste Poststation zu weit entfernt sei und daß sie es sich im Haus vorerst nicht leisten konnten, einen der ihren für längere Zeit zu entbehren. Einen Arzt, der ebenso weit entfernt lebte, glaubte er nicht mehr holen zu müssen, weil es mir, wie er nach eigenhändiger Untersuchung feststellte, bereits besser ging. Mit mäßigem Bedauern teilte er mir mit, daß mein Auto, nachdem zunächst Baumstämme seinen Sturz abgefangen hatten, auf dem Grund einer Schlucht gelandet sei, zerstört und für immer verloren; mein Eigentum, soweit sie es zwischen Farn und dichtem Unterholz hatten finden können, lag in einem Heuschober für mich bereit.

Mehrmals versuchte ich, mit den Kindern ins Gespräch zu kommen, besonders, wenn sie mir das einfache Essen hinsetzten; es gelang mir nicht, da sie sich sogleich scheu wieder zurückzogen beziehungsweise als verschlossene Wächter auf den Hocker setzten. Für einen Augenblick der Beschämung sorgte ich selbst, als ich den Jungen bat, mir Bleistift und Papier zu besorgen; er hatte nichts

Eiligeres zu tun, als meinen Wunsch dem alten Mann zu hinterbringen, der keineswegs aufgebracht oder erregt war, sondern nur monoton vom Eingang her fragte, wieviel sich eigentlich bei uns zu Hause mit den Gesetzen der Gastfreundschaft vereinbaren lasse. Lange versuchte ich, den Geruch zu bestimmen, der sich vor allem am Abend streng und deckend bemerkbar machte; schließlich wußte ich es: was durch Ritzen zu mir hereindrang, war ein Geruch nach Kümmel. Ihm nachzuspüren war mir immer noch nicht möglich, da ich mich allenfalls unter Mühen aufrichten konnte; beim ersten nächtlichen Versuch, das Lager zu verlassen, wäre ich fast gestürzt. Ich zweifelte nicht, daß methodisch nach mir gesucht wurde.

Woher der innenpolitische Redakteur wußte, daß Sobry kurz vor seiner Abreise nach Stockholm das Haus verkaufte, das er von seinen Eltern geerbt hatte, blieb während der Konferenz unerwähnt. Uns gab es zu denken, daß er weit unter Preis verkauft hatte, überstürzt, wie es hieß, einverstanden mit dem ersten Angebot. Wir hatten dieses Wissen kaum angewendet, da setzte uns der innenpolitische Redakteur mit der Zusatznachricht in Erstaunen, daß Sobry sich auch nach dem Barverkauf des Hauses kein Konto bei der Nationalbank eingerichtet hatte. In dem Schweigen, das darauf wie von selbst entstand, wurde unser neuer

Auslandskorrespondent unerträglich gegenwärtig. Ich sah zum Chefredakteur hinüber, der, die Zigarette schräg vor dem Kinn, kratzend über die Brandmulden auf der Schreibtischplatte fuhr. Er hob nicht einmal das Gesicht, als sich der Leiter unserer Dokumentationsabteilung, der uns täglich Nachhilfeunterricht in korrektem Zitieren gab, gezwungen sah, die Schatten über Sobry zu vermehren; mit leiser Stimme teilte er uns mit, daß der Mann, der mit unserem Vertrauen nach Stockholm aufgebrochen war, sich an dem Tag, an dem der Verlust der konfiszierten Manuskripte festgestellt wurde, im Archiv aufgehalten hatte; es sei deshalb nicht auszuschließen, sagte er, daß diese Manuskripte demnächst einen schwedischen Verleger finden würden.

Der Chefredakteur stand auf, bereit, die Zentralredaktion zu verlassen, als das Telefon klingelte und ein Anruf von Stockholm angekündigt wurde. Die Sekretärin meldete sich; verstört fragte sie, ob sie eine Vermißtenanzeige aufgeben solle, die Polizei habe es ihr nahegelegt. Ohne sich zu bedenken, entschied der Chefredakteur, in diesem Fall keine Vermißtenanzeige aufzugeben; er stellte der Sekretärin eine Erklärung in Aussicht, die sie in einem noch zu bestimmenden Augenblick der Presse zu übergeben hätte. Dann winkte er mir, ihm zu folgen, doch bevor ich an der Tür war, gab er mir durch einen erneuten Wink zu verstehen, daß er mich nicht mehr brauchte: dieser Widerruf war für mich ein Ausdruck der Resignation.

Es gelang mir, sie über meinen Zustand zu täuschen, indem ich in ihrer Gegenwart das Aufstehen probierte; ich führte ihnen meine Kraftlosigkeit so überzeugend vor, daß sie die Tür zur Nacht zwar schlossen, aber nicht verschlossen. Obwohl ich keine letzten Beweise dafür hatte – die ständige Anwesenheit eines »Wächters« konnte ja auch als Fürsorge ausgelegt werden –, entstand das Gefühl, in eine Art von Gefangenschaft geraten zu sein. Als ich zu fliehen beschloß, nahm ich mir vor, ihnen aus der Ferne angemessen zu danken und ihnen durch einen Boten, der auf der Rückfahrt meine Sachen mitnehmen würde, einige Geschenke zu schicken.

Im Morgengrauen, Nebel kroch über den bewaldeten Hang, drückte ich die Tür auf, lauschte, machte einige Schritte an der rostrot getünchten Scheune, lauschte wiederum; vom Saum des Waldes, der zur Straße abfiel, beobachtete mich eine Herde von Bergziegen. Ich mußte am Wohnhaus vorbei, lief geduckt hinüber, tastete mich an gebeiztem Bretterzeug entlang, bis ich vor dem verschmutzten Kellerfenster stand, hinter dem eine alte Petroleumfunzel brannte. Im Ausschnitt erkannte ich das Gesicht und eine Schulter des alten Mannes, der, wie bezwungen von Erschöpfung, auf einer Holzpritsche lag. Fein ausgerichtet, standen Flaschenspaliere an der Wand. In der Mitte des Raums erhob sich auf Böcken eine Destillieranlage, Kolben, Blasen, Retorten und Kühlschlangen; aus einem geneigten Rohr tropfte es in einen Kessel: ich hatte den Grund ihrer Wachsamkeit gefunden.

Schwierig war der Abstieg durch das Unterholz zur Straße. Die Ziegen folgten mir, sprangen heran, wenn ich strauchelte, griffen mich spielerisch an, sobald ich einen Augenblick liegenblieb; erst auf der Straße hielten sie einen Sicherheitsabstand ein und blieben vor einer Brücke so selbstverständlich zurück, als hätten sie die anerkannte Grenze ihres Auslaufs erreicht. Dem Postautobus brauchte ich nicht zu winken, er hielt wenige Schritte vor mir, und zwischen müden, abweisenden Gesichtern fuhr ich zur Provinzhauptstadt, und von dort mit einem Schnellzug nach Stockholm. Getragen von Euphorie, suchte ich nicht meine Wohnung auf, sondern ließ mich von einer Taxe zu unserem Büro bringen. Die Entgeisterung meiner zukünftigen Sekretärin konnte ich nicht verstehen; als sie mir aber den Kaffee hinsetzte, ahnte ich, daß ihre Erregung mit meinem Erscheinen zusammenhing. Ich bat sie, ein Gespräch nach Hause anzumelden.

Auf einmal wußte jeder etwas; jeder aus dem Kreis der »Olivenkonferenz« konnte sich an etwas erinnern, hatte etwas erfahren, war zufällig auf etwas gestoßen, das Sobrys Schweigen erklärte und die schlimmste Annahme rechtfertigte. Mich hatte es kaum noch überrascht, als sein alter Lehrer, den ich bei einem öffentlichen Vorlesewettbewerb traf, sich vor allem an den »nagenden Zweifel« erinnerte, der Sobry mehr als jeden anderen Schüler erfüllte, ein Zweifel selbst gegenüber einfachsten Wahrheiten. Als ich dies der Konferenz mitteilte, erntete ich nicht einmal Erstaunen.

Mir tat unser Chefredakteur leid, der, falls Sobry wie sein Vorgänger abspringen sollte – und mittlerweile warteten wir stündlich auf diese Nachricht –, allein die Konsequenzen würde tragen müssen. Schon seine Art des Dasitzens verriet, was er empfand. Er hatte den Vorsitz an den außenpolitischen Redakteur abgegeben und schien uninteressiert an der Erklärung, die wir gemeinsam vorbereiteten und die zu formulieren die Konferenz mich beauftragte. Ich war entschlossen, Sobry des Devisenvergehens ebenso zu bezichtigen wie der Entwendung verschlossener Manuskripte. Während ich Stichworte notierte, die die Kollegen mir zuriefen, kündigte die Zentrale ein dringendes Gespräch aus Stockholm an.

Diesmal überließ es der Chef dem außenpolitischen Redakteur, den Hörer abzunehmen. Jeder von uns erwartete die Stimme der Sekretärin, die lange befürchtete Nachricht zu hören. Und dann meldete sich Sobry. Wie heiter er von seinem Unfall erzählte! Wie belustigt er die Tage der Krankheit auf einem einsamen Hof schilderte, deren Besitzer Schwarzbrenner waren! Er zögerte tatsächlich nicht, dem Redakteur für die »vermischte Seite« einen Erlebnisbericht in Aussicht zu stellen: ›Der Spalt im Auge der Ziege‹. Da er unsere Runde nicht sah – wir saßen versteift da, in eisiger Ablehnung –, bat er nach flüchtiger Entschuldigung für seinen verspäteten Anruf um die Direktiven der Redaktionskonferenz.

Plötzlich verlangte der Chefredakteur den Hörer; mit geschlossenen Augen und pausenreich forderte er Sobry auf, sofort unter Ausnutzung der schnellsten Verbindungen zurückzukehren; und in das betroffene Schweigen hinein sagte er: Telegrafieren Sie uns Ihre Ankunftszeit. Danach legte er auf und verließ grußlos die Zentralredaktion; wir aber blieben sitzen wie versteint.

In zehn Minuten werde ich es wissen, denn da ich ihnen die Ankunftszeit telegrafieren sollte, wird mich wohl einer erwarten, hoffentlich Barato, hoffentlich er, denn diesmal möchte ich alles erfahren, und nur zwischen uns wird alles gesagt.

Verspätung ist nicht gemeldet, also noch knapp zehn Minuten, und ich zweifle nicht, daß er erstaunt sein wird, daß er empört und außer sich sein wird, darauf vorbereitet, alles zurückzuweisen, was ans Licht gekommen ist in der Zeit seiner Verschollenheit. Auch wenn er, bei seiner Beredsamkeit, einzelne Punkte widerlegen sollte: das allgemeine Urteil wird er nicht aufheben können, das nicht; schließlich sind wir uns alle über ihn einig.

Siegfried Lenz

Romane

Es waren Habichte in der Luft
Deutschstunde
Das Vorbild
Die frühen Romane
Heimatmuseum
Der Verlust
Exerzierplatz
Die Klangprobe
Die Auflehnung

Erzählungen

Der Spielverderber
Gesammelte Erzählungen
Das Feuerschiff
Der Geist der Mirabelle
Einstein überquert die Elbe bei Hamburg
Sie zärtlich war Suleyken
Lehmanns Erzählungen oder So schön war mein Markt
Ein Kriegsende
Leute von Hamburg - Meine Straße
Das serbische Mädchen
Ludmilla

Szenische Werke

Das Gesicht · Komödie
Haussuchung · Hörspiele
Drei Stücke:
Zeit der Schuldlosen ·
Das Gesicht · Die Augenbinde

Essays

Beziehungen
Elfenbeinturm und Barrikade
Über das Gedächtnis

Gespräche

Alfred Mensak (Hrsg.):
Siegried Lenz · Gespräche mit Manès Sperber und Leszek Kolakowski
Alfred Mensak (Hrsg.):
Über Phantasie
Siegfried Lenz · Gespräche mit Heinrich Böll, Günter Grass, Walter Kempowski und Pavel Kohout

Werkausgabe in Einzelbänden

Band 1
Es waren Habichte in der Luft
Band 2
Duell mit dem Schatten
Band 3
Der Mann im Strom
Band 13
Erzählungen I

Hörcassetten

Siegfried Lenz liest seine Werke

Deutschstunde (19 MC)
So zärtlich war Suleyken (2 MC)

In der gleichen augenfreundlichen Schrift
bei dtv erschienen:

Wolfgang Schmidt
Die Geschwister

Roman · dtv 25120

»Wolfgang Schmidts Roman gehört zu den schönsten und reifsten Publikationen der Saison.«
Stuttgarter Zeitung

Böhmen 1935. Ein junger Mann von überragender Intelligenz und großem Charisma bringt die geordnete Welt einer kleinen Stadt an der Moldau durcheinander. Erste Liebe und sexuelle Obsessionen schaffen eine erotische Spannung, die von der ersten bis zur letzten Zeile anhält.